公余存墨

常荣军 ◎ 著

中国文史出版社

目　　录

第二辑　见事贵见缺　见缺贵见行

第三辑　岁月如酒

写在前面的话

　　机关工作中，不论处在哪个层级，总要同文字打些交道。我在机关工作近四十年，参与、经手、负责的公文、简报、调研报告、讲话稿、文件稿，不计其数，包括草稿，说累积起来业已等身，似也差不了多少，但这些几乎都不能以个人名义公之于众。当然，有的也属于"翰林院的文章，太医院的药方"，未必有多大价值。

　　蓬生麻中，不扶自直。工作之需，公务之余，对阅读与文字，也有些盎然兴趣。人生在世，总有喜怒哀乐，总有所思所悟。这些喜怒哀乐、所思所悟，总要有一个宣泄或表达。情动于中而形于言。而我的宣泄或表达的方式之一，就是诉诸笔端。从上个世纪 80 年代到机关工作起，经年累月，一来二去，还真是积攒了一些。虽然既无好句，也甚少好意，不过正如宋代诗人陆游《秋思》中所云"遗簪见取终安用，弊帚虽微亦自珍"，所以不揣粗陋，结集成册。

　　既然成册付梓，总得有一个书名，想来称之为《公余存墨》，虽然过雅，还算贴切，基本反映了是在工作之余舞文弄墨的结果。二十几万的文字，多为兴致所至，因而有长有短，类型不

1

同，内容异趣，如按写成发表的时间顺序排列，一定显得杂乱无章，引起阅读时思维的混乱。为规避于此，将时序打乱，乱是为了不乱，分为三个部分。第一部分"让历史告诉未来"，为自己不同时段亲身经历事件的记录，对有关历史的回顾及心得，从一个侧面反映了统一战线、人民政协历史进程的雪泥鸿爪。第二部分"见事贵见缺，见缺贵见行"，为杂谈类，虽然不少都较浅显，也做不到"出言有尺"，但只言片语，毕竟是由所见所闻所感引发。第三部分"岁月如酒"，自我的色彩重一些，以游记为主，杂之以自身经历与感悟，还列有两篇为朋友朱永新先生书作的序及读后感。全书插图为业余拍下来的照片，"重要的不是看到的风景，而是看风景的心情"，这些年公余之时拍了不少，虽难称之为"作品"，却真实地反映了当时看到此景的心情、取舍，"神游物外，而心与景接"之谓也。

二十几万字的小书，不长，却很杂。于此书而言，不杂难以成册；于生活而言，不杂何来多彩。谋其上，做其中，得其下，不论下与否，反正是得了嘛！权且作为年逾六十以后的一个小结，算是记忆重温、自娱自乐吧！

谢在这一过程中给予鼓励、帮助的诸公。

第 一 辑

让历史告诉未来

文史旨趣　家国情怀

我与人民政协的缘分，肇始于全国政协五届五次全体会议。1982 年 2 月，我大学毕业后到中央统战部工作，作为小组秘书，为当年 11 月全国政协五届五次会议第五组——无党派爱国人士组服务。之后，从六届一次会议起，每次大会都到大会联络组从事联络工作，直到 2007 年全国政协十届五次会议。二十六年二十六次参与全国政协全体会议有关会务工作，从未中断过。从 2008 年全国政协十一届一次会议荣任全国政协委员至今，十一年十一次参加全国政协全体会议，没有缺席过。从 2013 年 3 月到全国政协机关工作以来，也逾六年时间了。人民政协在我的工作经历中，可谓念兹在兹，不离不弃了。岁月悠悠，三十七年弹指一挥间，担任全国政协五届五次会议无党派爱国人士小组秘书工作的经历，虽然"当时只道是寻常"，但"沉思往事立残阳"时，仍能体会到那段经历的温润和泽被我后来工作、人生的点点滴滴。

一、在历史上有影响的人

大学期间，我学的是历史专业。写毕业论文时，我选择的是

关于辛亥革命方面的题目。为了写好论文，不仅阅读了大量的有关书籍，还基本通读了全国政协编辑的几十辑《文史资料选辑》，摘抄了不少资料卡片，对许多历史人物印象很深。担任全国政协五届五次会议无党派爱国人士组小组秘书，仅看小组人员名单，就有了一种历史就在眼前之感。随着接触增多，书写历史的人，被写入历史或将要被写入历史的人，从史书史料中走出来，从政协《文史资料选辑》中走出来，从耳闻中走出来，活生生地出现在面前，史实史料一下子鲜活起来，学史的收获顿时灵动、厚实、多彩起来，让我仿佛走进了那段活生生的中国近现代史。

全国政协五届五次会议无党派爱国人士组共有十五名委员，当时平均年龄七十八岁，最长者为现代实验心理学家、心理学史家、北京大学教授唐钺先生，时九十一岁高龄；最小者为物理化学家、高分子物理学家、中科院化学所研究员钱人元先生，时六十五岁。最晚离世的也是钱人元先生，2003 年 12 月因病去世，享年八十六岁。虽然十五名委员已先后离世，但哲人其萎，其淡如菊，其温如玉，其静如水，其虚如谷，丰碑犹在，风范长存。

全国政协五届一次会议召开时有委员一千九百八十八名，二次会议时增补一百一十一名，三次会议时增补九十七名，四次会议时增补七十名，五次会议时增补两名。在两千二百多名委员中，无党派爱国人士组的十五名委员占比很小。十五名委员职业不同，经历迥异，性格禀赋不尽一致，年龄跨度达二十六岁，但十五名委员就是一个世界、一个时代、一个社会的缩影。他们在各自领域的建树和成就，让人高山仰止，很多人在中国革命、建设史上的贡献，让人永远铭记。

十五名委员中，简单加以划分，国宿耆老者有叶道英、朱洁夫、吴世昌、梁漱溟等诸先生。他们的道德文章、嘉言懿行，岁月虽邈，常记常新。叶道英先生是叶剑英元帅的弟弟，1949 年前曾担任广东省财政厅税务专员、香港大道公司总经理。中华人民共和国成立后，历任国务院华侨事务委员会参事、国务院参事、全国政协常委等。他用一口粤味普通话娓娓道来：年龄大了，但要鼓起精神，做实干派、促进派，壮士暮年，雄心不已。吴世昌先生是著名的汉学家、红学家、词学家，精通文史，学贯中西。"九一八事变"后，他率先在燕京大学贴出《告全体同学书》，点燃学校抗日救亡的熊熊烈火，并被选为燕大第一届学生抗日会主席。1962 年，他毅然辞去在英国牛津、剑桥大学的任职，带着家人于国家困难时期回国，并担任全国人大常委会委员、人大教科文卫委员会副主任委员、全国政协委员等职。吴世昌先生在《红楼梦探源》英文本五卷成书时曾赋五绝，成为另一种形式的红楼梦探源。其中一绝有言："朱墨琳琅满纸愁，几番抱恨注红楼。脂斋也是多情种，可是前生旧石头。"反复吟诵，别有滋味。

学界泰斗者有王力、冯德培、郑易里、赵宗燠、俞大绂、钱人元、唐钺、曾世英等诸先生。他们在自己从事的学科领域中具有开门布道的鼻祖地位、指点江山的巨擘作用，文采泱泱，成果累累，至今在学术界仍有深远影响。赵宗燠先生是著名的化学工程专家，1957 年被选聘为中国科学院学部委员，在能源研究、有效利用和节能、防止环境污染等方面独步一时，曾任国务院环境保护领导小组副组长、全国政协常委等职。俞大绂先生不仅家世显赫，一族之中有多位名闻华夏的人物，他本人更是著名的植物病理学家和微生物学家，曾任北京农业大学校长、中国植物病理学会理事长、中国农学会副理事长、全国政协常委等职。

　　风云人物者有刘定安、李铁铮、倪征燠等诸先生。在辛亥革命、民国乍兴、抗日战争、解放战争时期，新旧杂糅，风起云涌，顺历史潮流而动者、逆历史潮流而动者、逍遥观望者、先顺而后逆者或先逆而后顺者，不同的脸谱，不同的角色，在中国近现代历史上，或成为历史发展的动力之一，或成为阻力之一。能成为全国政协无党派爱国人士组的一员，无论贡献大小，都是历史发展推动力的组成部分。李铁铮先生是国际法学家、国际关系学家、外交家，民国时曾驻外任大使、联合国代表团顾问兼大使衔代表，中华人民共和国成立后转身从事研究、教学工作。1964年回国任外交学院教授，1976 年再赴美国，1978 年再度回国直至去世。全国政协五届五次会议时，李铁铮先生手持拐杖，虽瘦骨嶙峋，却不怒自威，清癯的脸上写满了历史的风云和知识分子的风骨，一睇一言，显现出外交官和大学教授的风范。倪征燠先生是新中国第一位国际大法官，是与中国 20 世纪法制史同行一生的人。抗战胜利后，1946 年至 1948 年在远东国际军事法庭审判土肥原贤二等十恶不赦的日本战犯时，倪征燠先生临危受命、挺身而出，深入搜集侵华日军的罪证，用道义、担当和学识，挽狂澜于既倒，令日本法西斯侵略中国的历史铁证如山，一举扭转审判初期中国方面有冤难申的被动局面，使战犯得到了应有的惩处，为国家讨回了公道，为民族赢得了尊严。慈眉善目与正气凛然，折冲樽俎与冲冠一怒，温文尔雅与严慎不苟，这些看起来截然不同的气质，倪征燠先生将之和谐有序地融为一体。

二、居庙堂之高则忧其民

"不以物喜，不以己悲；居庙堂之高则忧其民，处江湖之远则忧其君，是进亦忧，退亦忧……先天下之忧而忧，后天下之乐而乐。"宋人范仲淹在《岳阳楼记》中所阐释的家国情怀，在全国政协五届五次会议期间，被无党派爱国人士组这群耄耋之年的老人，丰富而生动地演绎着。

1978 年 12 月召开的党的十一届三中全会，确定把全党的工作重心转移到社会主义现代化建设上来，开始了党在思想、政治、组织等方面的拨乱反正，揭开了改革开放的序幕。同时，本着实事求是、有错必纠的原则，开始大规模地平反冤假错案和调整社会各方面的关系。

为进一步协助党和政府落实知识分子政策，全国政协五届五次会议前，召开了一系列知识分子问题座谈会，广泛听取有关专家学者的意见和建议，并组成调查组赴一些省市就知识分子，特别是中年知识分子在入党、安排使用、工资待遇、夫妻两地分居、住房、子女入学和就业等方面政策落实的问题，进行调查研究，提出意见和建议。在全国政协五届五次会议期间，无党派爱国人士组在进行小组讨论时，委员们既对知识分子春天的到来欢欣鼓舞，又为进一步落实好知识分子政策，特别是为年龄五十岁左右、工资五十多块钱、住房五十多平方米的"三五牌"中年知识分子的问题而鼓与呼，为他们面临的教学科研任务重、基层党政工作任务重、经济负担重、工资收入低、生活水平低的"三重两低"问题而忧心忡忡。他们认为，在落实对中年知识分子的政策方面，有些地方和单位"只听楼梯响，不见人下来"，口惠而实不至；有些地方和单位一年年地拖，使党的好政策减色、逊色。他们还对有的人、有的地方未将知识分子作为工人阶级的一部分，仍作为团结、教育、改造对象的做法，进行了批评。有的委员说："我家九口人，三间住房，书桌都没地方放，只能把书籍资料堆在床下，在床上搞研究。"老专家尚且如此，遑论中年知识分子了。有的委员说，家中三个大学生，一个五年毕业，一个六年毕业，一个六年毕业后又读研究生，工龄短、工资低，工作十分繁忙，生活十分拮据，不解决中年知识分子的困难和问题，教育、科研工作将会后继乏人。一群老年知识分子，对教学、科研后继是否有人的问题，为保护中年知识分子、发挥好中年知识分子作用的问题感同身受，言辞恳切。

全国政协五届五次会议，是在党的十二大正式提出"建设有中国特色的社会主义"新命题之后召开的一次重要会议，在人民政协历史上具有重要地位。这次会议的一个重要议题是审议修改政协章程。由于历史的影响，当时的宪法、政协章程沿袭了一些"文革"时期的错误理论和提法。他们在讨论宪法修正案草案和政协章程修正案草案时，有的戴着厚如瓶底的眼镜，有的手持放大镜，有的眼镜几乎贴着文件，在逐字逐句地阅读斟酌，提出修改的建议。毛泽东主席说过："世界上怕就怕'认真'二字，共产党就最讲认真。"无党派爱国人士组的十五位老人，也同共产党人一样，最讲认真，其认真、较真的态度，至今令人难忘。他们对"无党派民主人士""无党派爱国人士"两个不同表述的直拗，则反映出他们对过去同共产党一道反抗国民党独裁统治，争民主自由、争民族发展进步的历史和经历的珍视。在他们看来，"民主人士"当然"爱国"，在"爱国"的基础上争取民主、进步，追求真理，政治上"民主人士"高于"爱国人士"。此外，他们还认为，无党派民主人士组十五人太少，应该"开源扩军"。回头看看，他们的意见应该起了作用，一届至四届时，都称为"无党派民主人士"，五届例外。六届一次会议时，这个小组的名称确实由"无党派爱国人士组"改回为"无党派民主人士组"。一届时无党派民主人士有正式代表十人、候补代表两人，二届时亦是十人，三、四届时二十人，到六届时小组委员人数由五届的十五名增加到四十八名。他们在讨论《政府工作报告》时，对节能、环保等方面问题，较早地提出意见和建议，可谓础润知雨。他们老成谋国，悉心国是，具有很强的委员角色意识，即使会期较长，即便岁高年长，除抱病遵医嘱不得不休息外，自始至终坚持与会并认真履职尽责。

三、嬉笑怒骂皆成文章

宋人黄庭坚在《东坡先生真赞》中写道："东坡之酒，赤壁之笛，嬉笑怒骂，皆成文章。"无党派爱国人士组这群学养深厚、阅尽人生的老人，在小组发言和会下交谈中，有宏论、有诗作，有正说、有调侃，有天真、有淳澹，但没有怒骂。岁月积淀，厚积薄发。谈天说地，皆有深意；信手拈来，总有珠玑。

梁漱溟先生两次发言谈为何离开民盟。第二次小组讨论时，梁漱溟先生说："我在第一次小组讨论发言中讲了我为何离开民盟的事，但其中有不少的遗漏，需再作补充。"在两次发言中，他将自己的经历理出了这样一个历史脉络：由乡村建设起家，希望从乡村自治体开始，逐步建立英国式的宪政国家。乡村建设在广东、河南、山东的实验以未果而告终。后来，作为乡村建设派的代表人物，与青年党、民社党、农工民主党、中华职教社、救国会"三党三派"结成中国民主政团同盟（中国民主同盟的前身），是民盟的发起人之一和成立宣言起草者。抗战胜利后，奔走于国共两党之间，在国共和平无望后，特别是因政治上的分野，认为中国不能搞两党制、多党制只能一党制的思想，与许多人的想法产生了较大分歧，故而离开民盟，成了无党派的一人。从文史资料中了解到，梁漱溟先生1938年到延安考察期间，曾多次与毛泽东主席交谈。在就梁所著的《乡村建设理论》进行长谈时，毛主席不赞同梁的"改良主义道路"，梁也不同意毛主席的观点。两人各持己见，谁也没有说服谁。但最后梁也认可毛主席"今天的争论不必先作结论，姑且存留听下回分解"的意见。梁漱溟先生被称为"中国最后一个儒家"，他与毛泽东主席多次长谈、交流思想，是熟稔的老友。而到1953年9月，梁漱溟先生则让人难以理解地"面折庭争"，一而再、再而三地要考量毛主席的"雅量"，并将军："您若有这个雅量，我就更加敬重您；若您没有这个雅量，我将失掉对您的尊敬。"在记录梁漱溟先生的发言时，我对这样一位一生写满政治风云的人士在小组讨论时反复讲"为何离开民盟"一事颇为不解，随着在中央统战部工作的积累，逐渐明白了梁先生的深意，谈撷掌故，以清视听。梁漱溟先生是 1947 年风云变幻时因政治观点的不同而离开民盟，定义是"离开"而不是其他。

在第一次小组讨论时，王力先生对全国政协常务委员会的工作报告表示拥护和赞成，他谈了要认真学习贯彻党的十二大精神、认真讨论宪法修正案草案和政协章程修正案草案、积极参加政协协商和协助落实有关政策、努力开展人民外交等几点认识体会。随后说，昨晚写了一首七律，祝贺政协五届五次会议，诗曰：

照人肝胆仰高风，
国运兴衰荣辱同。
大计协商筹善策，
宏谋共议奠新功。
云鹏展翅声威振，
天马行空气势雄。
屈指廿年成伟业，
二番产值祝农工。

王力先生，广西博白人，语言学家。他编写的《古代汉语》四册，是大学历史专业学生的必读书籍。我的书柜里，至今还放着他这套书，并不时拿出来翻阅。吟诵赋诗后，他还幽默了一句：按以往经验，我的诗在简报上登出来时往往会错几个字，登诗的小组简报清样是否可让我先看一下。

曾世英先生是我国著名的地图学家、地名学家。八十三岁高龄的曾世英先生，一头黑发，身板挺直，精神矍铄。他在发言中说，地图工作当然有保密的问题，有的保密属政策性的，有的属技术性的，有的属知识性的。但保密不能无边无际，更不能对外不保密对内却保密，单位之间相互保密。否则，不是有利于工作而是妨碍工作。一番保密工作要利于工作的发言之后，话锋一转，他突然说道："我经常蒙受不白之冤。"在大家错愕之时，他悠悠道来，"乘坐公共汽车的时候，因为头发不白，不像八十多岁的老人，还时常给别人让座。""闻弦歌而知雅意"，"不白之冤"，似别有含义。

时光荏苒。重拾三十七年前的记忆，回想三十七年来的经历，我从最初作为小组秘书为委员服务到后来自己作为委员履职尽责，再到在政协机关既为委员服务又履行委员职责，在时空的变换中角色也不断变换，但不变的是与政协的情缘。有幸从不同的角度亲历和见证了人民政协事业在党和国家大局中，在时代发展的大潮中阔步前行的壮美历程。人民政协事业取得的辉煌成就，人民政协制度展现出的蓬勃生命力，足以告慰包括五届五次会议无党派爱国人士小组十五位委员在内的所有前辈和先贤。今年恰逢新中国和人民政协成立七十周年，让我们共同期待和祝愿人民政协把握新时代的新方位新使命，走向更加辉煌的明天。

文史旨趣，历久弥新；家国情怀，历久弥深。

（刊于2019年8月19日《人民政协报》，收入2019年中国文史出版社《人民政协成立70周年纪事》一书）

不老的三峡情谊　不尽的合作诚意

——各民主党派中央领导人考察三峡工程侧记

一次创举

　　入冬的华北大地上，铁路两旁的树干在白雪和枯叶的衬托下，傲然挺立，更显得枝如铁，干如铜。在一列向南疾驶的列车上，受命组织此次各民主党派中央、全国工商联领导人和无党派人士考察三峡工程活动的全国政协副主席、中央统战部部长王兆国，全程陪同的国务院三峡工程建设委员会副主任郭树言等，往来穿行于各节车厢，同参加考察活动的民主党派、工商联领导人和无党派人士交谈，就三峡考察活动，就三峡工程听取意见。尽管车窗外寒气逼人，车厢内却温暖如春。

　　1993年11月7日20时45分，随着北京火车站开车的铃声响起，历时八天的三峡工程考察活动拉开了序幕。

　　这是一次创举。这是一次不寻常的考察。

　　——考察团成员一百余人，是建国以来由中央统战部组织的人数最多的考察团。一百余人中，有六位全国人大常务委员会副委员长和全国政协副主席，有三十余位担任全国人大常委和全国政协常委、委员的正、副部级干部，还有几位学部委员和高级专家学者，等等。组团的规模之大、层次之高，前所未有。

——考察的地区。从重庆开始，顺长江而下，沿途考察四川的丰都、万县、巫山，湖北的宜昌、武汉等地。

——考察的内容。有移民区、淹没区、三峡工程枢纽模型、升船机模型、泥沙实体模型、三峡工程坝址、中华鲟研究所等。并沿途听取国务院三峡办，四川省及重庆市、丰都、万县、巫山，湖北省及武汉市、宜昌市，三峡工程开发总公司等各方面的情况介绍。边考察、边介绍、边座谈、边交流，活动多，日程紧，内容丰富。

——考察的意义。李鹏说，这次三峡工程考察活动，是民主党派、无党派人士参政议政的一次重要活动。李瑞环说，这是一个坚持和完善共产党领导的多党合作和政治协商制度，发挥民主党派、无党派人士参政议政、民主监督作用的完整范例，是在三峡工程已经决策并且进入实施阶段后，在新的水平上实行决策的民主化、科学化的体现。参加考察的全国人大常务委员会副委员长、民建中央主席孙起孟说，这是统一战线、民主党派为经济建设这个中心服务的具体体现，是对邓小平同志建设有中国特色的社会主义理论、基本路线和重大政策的深入学习；也是围绕三峡工程这一国家特大建设项目，中共同民主党派、无党派人士开展直接协商讨论、反映民意、促进共识、发扬社会主义民主的一次有效实践。

——考察的效果。李鹏说，民主党派、无党派人士在考察中提出了许多好的意见和建议，我们对这些意见十分重视，国务院有关部门将认真研究、采纳，以便集思广益，减少失误。三峡办的同志说，许多意见很好，很有见地，很受启发，对建设好三峡工程，对搞好库区移民等，大有裨益。参加考察的民主党派、工商联和无党派人士，有的说，疑虑解决了，信心更强了，放心了；有的说，由不理解到理解了；有的说，要在民主党派成员及所联系群众中，广为宣传三峡工程的意义，让更多的人了解三峡工程，支持三峡工程。参与接待和服务的有关部门及地方同志说，了解了多党合作的重要意义，了解了民主党派的作用，统一战线、多党合作可以在各个领域发挥其独特的作用。

"诚则灵"

11月15日，全体考察人员回到北京。11月22日，国务院总理李鹏主持座谈会，李瑞环、邹家华、陈俊生、王兆国、钱正英等参加，听取参加考察的各民主党派中央、全国工商联领导人和无党派人士的意见。

孙起孟在发言中讲了一件事，考察期间，我们要求民建重庆市委、涪陵市委就更好地建设三峡工程提出建议，写出报告。我们刚回到北京报告就来了。孙老接着幽默地说，民主党派就像一座庙，不烧香不灵，烧烧香还是灵的（意指只要明确任务，民主党派能够发挥作用）。李鹏笑着说：诚则灵。

李鹏画龙点睛，一语破的。

我国的八个民主党派，是接受中国共产党领导的，同中共通力合作、共同致力于社会主义事业的亲密友党，是参政党。肝胆相照、荣辱与共，是中国共产党同各民主党派之间新型政党关系的真实写照。

确实，中共中央、国务院和有关部门对这次组织各民主党派中央、全国工商联领导人和无党派人士考察三峡工程，心是诚的。对考察活动方案，李鹏、李瑞环、邹家华等领导同志审阅并作了重要批示，要求组织好，多做介绍。11月7日火车临行前三个多小时，在全国统战工作会议闭幕会上，江泽民、李鹏专门点将，反复叮嘱，指示郭树言全程陪同，协助统战部做好工作，认真听取意见，并表示亲自替中央委员王兆国、郭树言向即将召开的中共十四届三中全会请假。一路上，郭树言和三峡办的同志们，不辞辛劳，不厌其烦，有问必答，有疑必解，同参加考察的同志多次座谈，反复交换意见。他们一方面广泛宣传三峡工程的伟大意义和工程技术的保障，一方面坦诚相见，不回避工程中的困难和问题，即使对一些问题的忧虑，也毫不保留地讲出来，希望大家出主意，想办法，鼎力相助。沿途的省、市党政领导亦如此，将库区移民、环境保护中的困难和问题，实事求是地摆出来，真心实意地希望民主党派、无党派人士协力将三峡工程建设好。

确实，各民主党派、工商联和无党派人士也是"灵"的。这些年逾花甲、年过古稀、年至耄耋的老人，抱着为国家、为民族高度负责的赤诚之心，坐在简陋的椅子上，走在泥泞的小路上，登上巫山县码头的八十八级台阶，在深入实际，广泛听取各方面情况介绍的基础上，提出了许多有见地、有分量的意见和建议。他们同样为三峡工程的建设倾注着心血。他们关于"多渠道、多形式、多方法地安置移民，真正使移民搬得出、安得稳、富得起"的建议；"库区人民为工程作出了牺牲和奉献，同时三峡工程为库区人民脱贫和库区经济发展也带来了千载难逢的机遇和光明前景，应抓住机遇，建设更美好的新家园"的认识；"三峡工程不只是四川、湖北两省的事情，而是全国人民的工程，各级领导要关心，各有关部门要尽力支持，全国人民都有责任帮助工程和库区人民"的观点；"要像宣传亚运会、争办奥运会那样宣传三峡工程的重大意义"的要求，等等，无不浸透着他们的坦诚、睿智和深情。

巍峨耸立的神女峰做证，滔滔不尽的长江做证，三峡工程建设史上，必将铭刻着中共同民主党派、无党派人士共襄盛举、精诚合作的这一页。"诚则灵"，可以说是对这次三峡考察活动的高度概括，是中国多党合作史上一个明亮的光点。

逗号，句号

11月14日，在湖北省、武汉市党政领导向三峡考察团介绍情况后，全国人大常务委员会副委员长、民革中央主席李沛瑶代表考察团讲话。在讲话结束前李沛瑶深情地讲道：到今天，我们的考察活动就要结束了，但我们对三峡工程的关心还不能画句号，只能是逗号。等三峡大坝截流时，我们还要来；等三峡工程全部完工时，我们还要来。那时，我们中有的同志已经百岁了，百岁也要来。只有到了那时，我们对三峡工程的关心，对三峡工程所做的一切努力，才能画上一个圆满的句号。

民主党派、无党派人士情系三峡的文章，起始不在这里。"高峡出平湖"，这是从民主革命先驱孙中山以来几代中国人的宏愿。但文章的高潮在这里。列车到了重庆，他们行装甫卸，即听取介绍。对集雄、奇、秀于一体的三峡风光，对使多少文人墨客一抒胸臆的长江之水，他们无暇多看，他们看的、想的都是三峡工程。在返京的列车上，他们没有闲着，回到北京后，他们还没有闲着。参政党的职责，割不断的三峡情丝，使他们还在讨论、在思索、在振笔疾书。

在返京的列车上，李沛瑶、孙起孟、雷洁琼、吴阶平、蔡子民、叶笃义、方荣欣、陆榕树、叶宝珊，不顾连日考察的疲劳，召集本党派、工商联参加考察的人员研究、草拟向中共中央、国务院的考察报告。几位非党高级知识分子也主动组织起来讨论、商议，无党派代表人士程思远也在思索。他们共同的想法，是对三峡工程这一功在当代、利泽子孙的伟大工程，要尽心尽责，要将自己的所见、所闻、所感、所悟实事求是地讲出来。要宣传三峡工程的重大意义，让更多的民主党派成员，让更多的人了解它、关心它、支持它。

晃动的列车叩击着他们不平静的心。列车从武昌出发，过了河南，过了河北，在向北京前进。他们的思路清晰了，报告成型了。在李鹏总理主持召开的座谈会上，他们作了一个个有情况、有分析、有建议的发言。在座谈会后，他们又拿出了一份份沉甸甸的考察报告。他们对三峡工程的关心在延伸，他们的工作在延伸。有的同志建议，民主党派要为三峡工程再做实事，可成立民主党派对口支援协调组织，沟通情况，协调力量，发挥民主党派的整体优势，为三峡工程献计出力。

逗号，分号，他们在书写着民主党派、无党派人士不老的三峡情谊的美好篇章。"三斗坪前今日过，他年水坝起高墙。"他们盼望着那圆满"句号"的到来。

"不尽长江滚滚流"，他们同中国共产党亲密合作的战友情，他们对三峡工程的深厚感情，地老天荒，绵绵无尽期。

　　（刊于 1993 年 12 月 29 日《光明日报》，收入 1995 年中共中央党校出版社《风雨同舟肝胆情》一书）

齐鲁"情"未了

——各民主党派中央、全国工商联负责人赴山东考察侧记

"力尽不知热，但惜夏日长。"1994 年 7 月 10 日至 24 日，齐鲁人民用他们浓得化不开的热情，迎来了由中央统战部组织的各民主党派中央、全国工商联专职副主席、秘书长赴山东考察一行。十五天的时间里，考察人员行程两千三百多公里，到了青岛、威海、烟台、潍坊、泰安、济宁、济南七个地方，听取了各地的情况介绍，考察了开发区、大中型企业、三资企业、乡镇农村、旅游文化设施等三十多个项目。考察结束了，但那一个个令人难以忘怀的片段，仍不停地闪回。

"不虚之行"

读万卷书，行万里路，古代士子将此作为人生一大乐事。各民主党派中央、全国工商联负责人，书读了很多，但在这么短的时间里，到这么多地方，行这么多路，恐怕还是不多的。而收获又如何呢？

参加考察的同志说，赴山东考察，是 1994 年年初民主党派人

士《邓小平文选》读书班的继续和延伸，是又一次生动的、形象的学习。参加读书班，从理论上得到培训，参加考察，则从火热的实践中深化了对建设有中国特色社会主义理论的认识和理解，"犹如目睹了一群群拔地而起的新建筑，更加理解总设计师的思想"，"得到了许多书本上得不到的东西"。这两次活动，从理论到实践，认识互相催化，结果相辅相成。山东之行，成果丰硕，不虚此行。

中共中央政治局委员、山东省委书记姜春云同志说，各民主党派中央、全国工商联同志就增加山东科技教育投入、大力发展职业教育、培养专业技术人才、加速发展新型支柱产业、提高旅游业经济效益、加强各地区协调发展、加强法制建设等，提了许多好的意见和建议，很实在，很中肯，对山东的工作大有裨益。这些意见和建议，充分体现了我们是一家人、一条心，使的是一股劲，具有"肝胆相照、荣辱与共"的合作诚意，我们一定要认真研究采纳。

在青岛、威海、烟台，各民主党派中央、全国工商联负责人还就民主党派工作进行了研讨。在研讨中，大家发扬民主，畅所欲言，集思广益，群策群力。在进一步坚持和完善、发展中国共产党领导的多党合作和政治

协商制度方面，在加强参政党机制建设方面，在加强后备干部队伍建设方面，进行了广泛而深入的研究，达到了提高认识、统一思想、明确形势、落实任务的目的。

半个月的时间里，各民主党派中央、全国工商联负责人同中共山东省委、省政府及各有关市领导同志之间，同中央统战部及地方统战部同志之间，以及各民主党派中央、全国工商联负责人之间，结下了深厚的友谊。大家谈工作、谈家常，谈过去、谈未来，胸中涌动着亲如一家、和衷共济的和畅惠风。许多同志从不识到相识，从相识到相知，成了朋友。潇洒走了一回，朋友结了一路。

"百闻不如一见"

新事物、新气象，令人目不暇接。昔日寂静的海滩，已化作现代化的海港和游乐场；几年前的不毛之地，已耸立起无数的厂房，崭新的输油管道伸向蔚蓝色的海洋；成千上万的农家儿女，已成为 20 世纪 90 年代的新一代工人……改革开放如春风化雨，正以梦幻般的速度荡涤着往昔的贫穷。这一切的一切，令参加考察的同志惊叹不已，大开眼界。

在威海市的黄泥沟村，全村 1993 年社会总产值三千二百零四万元，农民人均收入 4.2 万元。村长自豪地介绍说：我去过美国，看到那儿的别墅都是有钱人住的，而我们这儿的小洋楼则是普通农民住的。农工党中央副主席章师明风趣地说：昔日的黄泥沟，今日的黄金沟，这个村该改名了。村民住的一栋栋小洋楼，鳞次栉比，内部宽敞明亮，设备也很现代化。随意走东家串西家的民

22

建中央常务副主席冯梯云，看到高级卡拉 OK 机旁摆着的数十本书，感慨地说：我每走进一户农民家庭，都看见摆着不少书籍，说明农民们不仅是物质上富了，而且真正走向了精神文明，这实在令人振奋。

在牟平西关村，民革中央副主席李赣骝和夫人舍不得走了，他们的幽默劲来了，向主人打听，你们有没有未出阁的女儿，让我儿子倒插门得了。

在黄岛开发区、高科技工业园、三星集团公司、潍坊柴油机厂……大家伫立在图表、模型、生产流水线面前。一串串数字、一个个规划、现实的成就和发展的远景，科技水平的提高、市场竞争能力的增强、畅游商品经济大潮的水平，使大家浮想联翩，流连忘返。

参加考察的同志说，山东在历史上是穷省，逃荒的多，当兵的多，闯关东的多。为什么同样的天，同样的地，同样的海，同样的人，却在短短十五年的时间里，发生了如此巨大的变化？海市蜃楼怎么变成了人间仙境？实地考察回答了这个问题：理论与人民群众的心灵相呼应，与人民群众的利益相结合，就会成为巨大的发展动力。山东之行，使我们的心灵受到震撼，山东各级领导和广大人民艰苦创业、奋力拼搏的精神，使我们感到振奋。山东的成就从一个侧面反映了我们国家的巨大变化，展示了我们国家的美好前景，真是百闻不如一见，多见认识更深。

"花儿为什么这样红"

济南市南郊宾馆，百花争妍，草木葱茏，环境宜人。在即将结束山东之行的头天晚上，全体考察人员同山东的同志联欢。中央统战部副部长刘延东充满深情地为大家献上一曲《花儿为什么这样红》。

歌声刚落，掌声未歇，民进中央副主席楚庄走到台前出了一道题：请问各位，花儿为什么这样红呢？楚庄锦心绣口，自问自答：因为这花是中国共产党同各民主党派、无党派人士几十年来亲密合作、风雨同舟，用心血培养出来的友谊之花，所以它才能开得这样红，才能开得这样艳。让我们大家像爱护自己的眼睛一样珍视这朵友谊之花、多党合作之花，让它明天绽开得更加娇艳。楚庄没出节目，以说代唱，赢得了碰头彩。

"花儿为什么这样红？"十五天的考察之所以圆满完成，十五天后之所以结下了深厚的友谊，这就是各民主党派中央、全国工商联的负责人不顾年高，顶着盛夏酷暑，以饱满的热情参加各项活动的结果。年过花甲、年逾古稀的老人们，在认真地听、仔细地记、细心地问，他们将参阅资料一一收集，反复思考，提出了有分量的意见和建议。这就是姜春云两次批示要求认真做好接待工作，以及山东省和各有关市的同志们不辞辛劳、精心安排的结果。这就是铁道部、公安部、卫生部大力支持、协调配合和中央统战部工作人员认真负责、热诚服务的结果。这就是全体参加考察的同志、参与接待和服务工作的同志，都有一颗愿中华富强腾飞的心。

"唱出你的热情，伸出你双手，让我拥抱着你的梦，让我拥有你真心的面孔。让我们的笑容充满着青春的骄傲，让我们期待明天会更好。"中央统战部、卫生部、公安部的工作人员合唱的《明天会更好》一歌，歌声在大厅中萦绕，全体同志击节相和。

这首歌，唱出了全体考察人员的心情和愿望：今天的花儿红，明天会更美好。

"只是开头，不是结尾"

在座谈会上，姜春云说，我们热切希望各民主党派中央、全国工商联负责同志常来常往，继续为振兴齐鲁，伸出友谊之手，提供智力支持。有的市的负责同志说，一回生，两回熟，希望大家常到地方走亲戚。九三学社中央常务副主席徐采栋说，各民主党派有责任为山东的经济建设和各项事业作贡献。这次到山东考察只是开头，不是结尾。

说到开头，这个头应该延伸到1988年。1988年6月，民盟中央费孝通、钱伟长、冯之浚、吴修平等和山东省政府倡议，在东营市召开了"黄河三角洲经济技术和社会发展战略研讨会"之后，费孝通、钱伟长等又多次到黄河三角洲进行考察、调研，并两次向江泽民总书记报送了关于加快黄河三角洲开发的建议。提出，如尽快将黄河三角洲振兴起来，使之与黄河上游多民族经济开发工作首尾呼应，并联系中游地区共同发展，与长江流域携手并进，就可以促使整个黄河流域直追沿海地区，这将对21世纪的中国产生深远的影响。民盟中央的建议得到了中共中央、国务院和有关部委的肯定、重视和采纳。民盟中央就黄河三角洲的开发进行考察、论证和咨询的结果，由费孝通、钱伟长主编成书——《区域发展战略研究·黄河三角洲——东营篇》。

开了头就要一篇一篇地续下去。徐采栋代表全体考察人员讲话时拟出了下一篇的题目：各民主党派、工商联拥有一批专家学者，我们愿再来，愿继续为黄河三角洲的开发和其他重大项目的建设，动员成员给予全力支持。

结尾在哪里？全国政协副主席、民建中央副主席万国权说，希望山东改革开放、经济建设之"花"开得更大一点，"果"结得更重一点。到那时能不能算结尾呢？

（刊于 1994 年 8 月《人民日报》，后收入 1995 年中共中央党校出版社《风雨同舟肝胆情》一书，略有修改）

在中共十四大主席台上

在激越、雄浑的《国际歌》的歌声中，在中国共产党第十四次全国代表大会开幕式的主席台贵宾席上，站立着一排排一头白发、一脸喜气的各民主党派中央、全国工商联领导人和无党派代表人士。阿沛·阿旺晋美、严济慈、荣毅仁、费孝通、孙起孟、雷洁琼、帕巴拉·格列朗杰、王光英、邓兆祥、钱伟长、程思远、卢嘉锡、苏步青、丁光训、董寅初、蔡子民等，作为贵宾，应邀与中共十四大全体代表一起，出席这一承前启后、继往开来的历史盛会的开幕式。他们代表各民主党派、工商联的成员和无党派人士，同肩负着五千一百万中共党员和十一亿人民嘱托的两千余位中共十四大代表一起聆听中共中央总书记江泽民《加快改革开放和现代化建设步伐，夺取有中国特色社会主义事业的更大胜利》的报告。他们的心，同两千余位代表的心一起跳动。他们的肩头，一样肩负起加快改革开放和现代化建设步伐的历史使命。他们的胸襟里，一样激荡着为建设有中国特色社会主义事业多作贡献的阵阵激情，一样耸立起中国人民的伟大事业一定会取得更大胜利的坚定信念。

在历史的长河中，任何会议的开幕式都是短暂的一瞬。十四大主席台贵宾席上的辉煌，并不能完全说明中国共产党同民主党派、无党派人士团结合作的一切。合作是长期的、实实在在的。对江泽民总书记的十四大报告，各民主党派中央、全国工商联领导人和无党派代表人士并不是旁听者，报告也凝聚着他们的一份心血。

8月间，中共中央委托中央统战部用几天时间，请各民主党派中央、全国工商联领导人和无党派代表人士，就十四大报告稿进行研读、座谈，听取意见和建议。中共中央政治局常委和政治局全体会议审议报告稿，决定提请十三届九中全会讨论前，江泽民、乔石等中央领导同志又请他们到中南海怀仁堂进行了三个多小时的座谈，直接听取意见和建议。主持会议的乔石说，十四大报告是一个重要文件，为把报告进一步修改好，我们在中国共产党范围内征求意见。同时根据重大方针政策、重大政治文件要事先同各民主党派、工商联及无党派代表人士充分协商的一贯精神，希望大家坦诚相见，提出宝贵意见。贾亦斌、费孝通、孙起孟、雷洁琼、卢嘉锡、董寅初、徐采栋、蔡子民、荣毅仁等侃侃而谈，从内容到结构，从文字到语言，提出了自己的修改意见和建议。江泽民、乔石等边听边记，不时作出解答和肯定的插话。在听取大家的发言后，江泽民代表中共中央对大家肝胆相照、畅所欲言，提出许多好的意见和建议，表示衷心的感谢。中国共产党的十四大报告中，在党内征求意见时属于内部绝密文件，尚未公开发表，而中共中央就征求民主党派、无党派人士意见，这本身就是共产党同民主党派真诚合作、荣辱与共的象征。

如果仅仅是听听意见，只能说明这一事情有了良好的开端。圆满的结果在后面，还在择其善者而从之。这就是这些民主党派、无党派人士在聆听江泽民总书记的十四大报告之后的一句话：我们的意见和建议都被采纳了。中国共产党是民主的，从善如流的。

十四大闭幕式，他们又再度登上了大会主席台贵宾席。荣毅仁已事先准备到外地去，董寅初、丁光训已安排了离京返家的时间，他们让小车等在门外，他们宁肯在赶火车、飞机的路上赶时间，也不愿意提前离开人民大会堂。开幕式时因病请假的民革百岁老人孙越崎，满面红光，迈着已不太硬朗的步子，带着跨越两个世纪的历史风雨来了。他们没有经历过盛会吗？不是！他们同中共领导人见面的机会少吗？也不是！他们对中国共产党有深深的依恋之情，他们珍惜这一份作为中国共产党的并肩战斗的亲密战友的荣誉，他们期待着同中共十四大两千余名代表们一起，在《国际歌》的歌声中，在如雷的掌声中，迎接新的时代的到来！

才离大会堂，又进中南海。1992 年 10 月 27 日，中国共产党第十四届一中全会刚刚结束不久，中共中央又召开党外人士座谈会。江泽民、李鹏、乔石、李瑞环、朱镕基、刘华清、胡锦涛七位新当选的中共中央政治局常委，同各民主党派中央、全国工商联领导人和无党派代表人士，沟通情况，促膝谈心。江泽民同志在座谈会上向各民主党派、工商联和无党派代表人士提出一个要求："诚恳地希望得到大家的合作、帮助和监督。"江泽民说，中国共产党同各民主党派、工商联和无党派人士之间在几十年革命和建设中建立起来的深厚情谊和互相信任、互相支持的良好关系，也在我们共同事业的前进中掀起了新的篇章。祖国繁荣昌盛、中华民族跻身世界民族之林的共同目标，要求我们同呼吸、共命运、心连心，更加紧密地团结起来，相信各民主党派、工商联和无党派代表人士，一定会更好地发挥自己的积极作用，为加快改革开放和社会主义现代化建设步伐，夺取有中国特色社会主义事业的更大胜利，作出新的重要的贡献。

对中共中央总书记江泽民出的这一题目，各民主党派、工商联和无党派代表人士，正在殚精竭虑，作出一篇篇好文章。

（收入 1995 年中共中央党校出版社《风雨同舟肝胆情》一书）

新的合作从这里开始

　　1989 年 6 月 28 日，中南海怀仁堂。对民主党派中央、全国工商联领导人和无党派代表人士来说，怀仁堂是个熟悉的地方。在这里，他们与中共中央领导人进行过多少次国是协商、座谈，已经记不清了。而今天，熟悉的环境中又增添了几分新鲜，平和的心情中又增添了几分激动。中共十三届四中全会刚刚闭幕，新当选的中央政治局常委江泽民、李鹏、乔石、姚依林、宋平、李瑞环将同大家见面，通报情况，听取意见。

　　中共第三代领导集体与民主党派、无党派人士新的合作，将从这里开始。

　　会议的空隙，中共中央政治局常委同各民主党派中央、全国工商联领导人和无党派代

表人士互相握手、问候、交谈。有的常委说，老朋友了，今天又见面了。有的常委说，虽未见面，但闻名已久。民主党派的领导人说，你们担子更重了，希望保重身体，注意节劳。会议室里，洋溢着笑声，流动着祥和亲切的气氛。

李鹏主持座谈会并通报了四中全会情况。江泽民就四中全会的重要意义和当前社会各界普遍关心的问题作了重要的长篇讲话。话锋一转，江泽民谈到了多党合作问题。对多党合作的过去，江泽民给予了充分的肯定。他说，事实证明我们党同各民主党派和无党派人士的合作关系，基础是牢固的，是经得起考验的。他引用了一句古话："路遥知马力，日久见人心。"对多党合作的现在，江泽民说，各民主党派成员和无党派人士，从总体上说，是顾全大局的。许多同志、朋友在困难的情况下做了大量工作，对稳定局势起了积极作用。他又引用了一句古话："疾风知劲草，患难见人心。"对多党合作的未来，江泽民作了美好的瞻望，认为前景是广阔的。他说，我们党将继续坚持和扩大爱国统一战线。四中全会公报明确，十一届三中全会以来的路线方针政策不变。这里所说的不变，包括我们有关统一战线的各项方针政策不变，"一国两制"的方针不变，对台湾、香港、澳门的方针不变，既定的民族政策、宗教政策、侨务政策也不变。江泽民着重讲道，大家知道，邓小平同志一直主张更好地发挥民主党派成员的参政和监督作用。这是我国政治体制改革的一项重要内容，要继续为各民主党派参政议政和实行民主监督提供条件。希望各民主党派继续协助我们党和政府纠正工作中的失误，消除腐败，调动各界人士建设社会主义的积极性，为加快改革开放，加快民主与法治建设，作出新贡献。

江泽民的一番话，讲得情真意切，充分表达了中共中央第三代领导集体对继承和发扬老一辈无产阶级革命家的光荣传统，坚持和完善共产党领导的多党合作和政治协商制度，进一步巩固和发展爱国统一战线的态度和决心。

　　窗外艳阳普照，一派葱绿。室内民主党派、工商联领导人和无党派人士心潮起伏，思绪万千。他们坐不住了，争相发言。年逾八十、时任民革中央主席的朱学范首先发言。他说，中共十三届四中全会刚刚闭幕，以江泽民同志为核心的中共中央领导同志就同我们见面，生动地体现了中国共产党同民主党派真诚合作、肝胆相照的关系，令人感动。我追随共产党已半个世纪，深深体会到民革同共产党风雨同舟，患难与共，结成了亲密友谊。没有共产党领导，就没有民革的今天，只有走社会主义道路，民革才有前途，这是历史得出的结论。费孝通、孙起孟、雷洁琼、卢嘉锡、董寅初、周培源、蔡子民、程思远、荣毅仁、阿沛·阿旺晋美等也纷纷发言，盛赞中共十三届四中全会的成果，竭诚拥护全会各项决定，并就进一步稳定局势、坚持改革开放、抓好经济建设等问题，坦陈己见，提出意见和建议，表示要和中国共产党肝胆相照、荣辱与共、齐心协力，为夺取我国社会主义现代化建设事业的更大胜利共同奋斗。

　　历史掀开了新的篇章，中共中央第三代领导集体同民主党派、无党派人士合作的新一页，在不断地书写。1989年底，中共中央在广泛征求民主党派、无党派人士意见的基础上，制定了《中共中央关于坚持和完善中国共产党领导的多党合作和政治协商制度的意见》，明确了民主党派是同中国共产党亲密合作，致力于社会主义事业的参政党；明确了中国共产党应就大政方针、重要人事安排、重要文件和重大情况，同民主党派、无党派人士协商、座谈、通报，听取意见。从而使多党合作这一基本的政治制度，在具体运行中进一步制度化、规范化，使多党合作的光荣传统不断发扬光大。从1989年6月起到1993年12月，由中共中央、国务院出面或委托有关部门出面召开的协商会、座谈会、通报会、谈心活动等，达七十余次。中国共产党同民主党派、无党派人士的合作，迈上了一个新的台阶，进入又一个黄金时代。

（收入1995年中共中央党校出版社《风雨同舟肝胆情》一书）

真诚的合作 热心的服务

——李瑞环走访民主党派中央机关纪实

1993 年岁末，北京城瑞雪早降，寒气袭人，由于相继迎来一位不寻常的来访者，在八个民主党派中央机关的院落和楼内，却洋溢着暖融融的春意。中共中央政治局常委、全国政协主席李瑞环在全国政协副主席、中共中央统战部部长王兆国等陪同下，分别走访民革、民盟、民建、民进、农工党、致公党、九三学社、台盟中央机关，与各民主党派中央领导人见面、座谈，并看望机关干部。

一

进门、握手、问候、落座。李瑞环开宗明义地说，中共中央分工我联系统一战线、全国政协的工作，我来的目的就是八个字：认门、求教、谈心、服务。李瑞环的开场白，引来了一串串会心的笑声。李瑞环分别同八个民主党派中央领导人进行了推心置腹的交谈。费孝通、孙起孟、雷洁琼、卢嘉锡、李沛瑶、蔡子民、杨纪珂、郝诒纯等发表了许多重要意见。大家你一言，我一语，互相插话，谈笑风生，一派执政党与参政党领导人亲密无间、和衷共济、老朋友般的融洽气氛。阵阵欢快的笑语和掌声不时从会议室传出。

在谈到社会主义民主政治建设时，李瑞环说，民主是社会进步的重要标志，是历史发展的必然趋势。建设富强、民主、文明的社会主义现代化的国家，是我们的奋斗目标。一个国家的民主形式、民主进程，必须根据国情来决定。实践证明，人民代表大会制度，共产党领导的多党合作和政治协商制度，是适合中国国情的社会主义民主制度。我们必须真心实意地、切实有效地、始终不渝地把民主政治建设推向前进。在谈到民主党派的作用时，李瑞环说，实现中共十四大和十四届三中全会提出的建立社会主义市场经济体制的宏伟目标，没有全国人民的共同奋斗是不可能的。八个民主党派人才荟萃，智力密集，联系广泛，在实现这一历史性的变革中具有不可替代的作用。各民主党派应该也能够动员广大成员和所联系群众，围绕做好建立社会主义市场经济体制这篇大文章，各展所长，献计出力。

二

李瑞环、王兆国等在民主党派中央领导人的陪同下，到机关办公室看望干部，了解情况，嘘寒问暖。在民革中央，李瑞环接过李沛瑶赠送的《孙中山先生画册》《中国国民党革命委员会四十年》，同民革中央领导人分别在孙中山先生画像前合影；机关干部则自动在办公楼下集合起来，向李瑞环主席致谢并相送。在民盟中央，李瑞环接过费孝通亲笔签名赠送的《区域发展战略研究·黄河三角洲——东营篇》一书，听费孝通讲中国古代知识分子"不执而议"的小故事，讲民主党派作为同中国共产党亲密合作的参政党，要积极发挥参政议政、民主监督作用的设想。在民建中央、致公党中央，李瑞环纵谈毛泽东同志倡导的中国共产党的三大作风，强调在中共党内既要开展自我批评，也需要接受民主党派的民主监督，强调在毛泽东留给我们的宝贵遗产中，统一战线思想理论有突出重要的地位。在民进中央，李瑞环一层楼一层楼地看望，一直走上四楼，连堆满图书、资料的图书室、《民主》杂志社，李瑞环也走了进去，徜徉其间。在农工党中央、九三学社中央，李瑞环同大家一起展望民主党派工作、多党合作的美好前景，并建议大家，根据自身的特点和优势，紧紧围绕经济建设这个中心，抓住一些重大课题进行调查研究，提出意见和建议，发挥更大的作用。在台盟中央，李瑞环同大家共同研究了台盟如何在对台工作、祖国统一中发挥自身优势等问题。

窗外正是隆冬季节，而民主党派中央机关干部的心却是热乎乎的。他们没有料到，李瑞环亲自到机关看望大家。他们没有想到，经常在电视上看到的中共中央领导人，竟和大家一起握手、问候，无拘无束。一些民主党派机关的工作人员同李瑞环合影留念的要求得到满足后，他们乐了，他们感到了亲切，他们进一步领略到统一战线、多党合作天朗气清、惠风和畅的真情。

三

在座谈和看望中，一些民主党派中央领导人谈了对组织发展、领导班子新老交替、机关建设等问题的看法，也坦诚地反映了工作条件方面存在的实际困难。李瑞环没有回避，同样坦诚地说，讲长期共存、互相监督，讲多党合作、政治协商，必须以对方的存在和发展为前提。共产党作为在多党合作中居于领导地位的党，有责任帮助民主党派做好自身建设方面的工作。尊重和照顾各民主党派的利益，尽心竭力为大家办实事、办好事，是中国共产党全心全意为人民服务宗旨在统一战线工作中的具体体现，也是新形势下统一战线增强凝聚力和感召力的重要方法。中共各级党委要把各民主党派改善工作条件，解决实际问题，作为自己义不容辞的责任。中共各级领导干部都应以共产党人的博大胸怀和高度责任感，多为民主党派办好事、办实事。

李瑞环不仅这么讲，而且这么做，率先垂范。对民主党派中央机关的经费问题，李瑞环说，1993 年为各民主党派增加了一部分经费，解了燃眉之急，1994 年我们又在想办法为各民主党派再增加一些经费。当听到民革中央一位副主席反映，有的地方没有及时解决民主党派的经费问题时，李瑞环当即表态，我回去后就给当地领导打电话，督促解决。当了解到农工党、致公党、九三学社三个民主党派办公大楼的工程扫尾尚待落实，进驻新楼还有困难时，李瑞环明确表示，我出面，邀请有关单位参加，开现场办公会，限期解决。

几天之后，1993 年 12 月 27 日，李瑞环、王兆国等视察了民主党派办公大楼，并邀国务院、北京市有关部门、全国政协办公厅的房维中、张百发、张洽等召开现场办公会。会上，李瑞环同大家一起对工程扫尾中存在的问题一个一个地进行研究，查找原因，明确职责，落实措施。北京市建委、市政管委和电信、交通等部门的同志纷纷就属于自己的任务提出具体办法和完成期限。

他们表示，一定抓紧落实这次座谈会上确定的各项措施，保证三个民主党派中央近期启用新楼。

中共中央领导同志和有关部门为民主党派办实事、做好事的诚意，使三个民主党派中央的同志深受感动，他们邀请李瑞环及有关部门的同志，春节前在新楼相聚，共迎新春佳节。

岁末登门求教，推心置腹交谈。走访是短暂的，而走访后留下的反响却是强烈的。各民主党派中央的同志说，李瑞环到各民主党派中央机关来，不是礼节性的走访看望，意义非同一般，充分体现了中共中央对民主党派的重视、关心和支持，体现了要将多党合作抓好、抓实的诚意和决心，令人鼓舞，令人振奋。表示要更加紧密地团结在以江泽民同志为核心的中共中央周围，在邓小平建设有中国特色社会主义理论的指引下，同心同德，努力奋斗，为振兴中华、统一祖国，作出新的更大的贡献。

（收入 1995 年中共中央党校出版社《风雨同舟肝胆情》一书）

建设社会主义民主政治的历史丰碑

——以江泽民同志为核心的中共中央与民主党派人士协商、座谈会侧记

数字是枯燥的，但数字后面的内容是丰富多彩的。

一百次，这是从 1989 年 6 月中共十三届四中全会到 1996 年底，以江泽民同志为核心的中共中央第三代领导集体坚持中国共产党领导的多党合作和政治协商制度，就国家大政方针和国家领导人选，就重要决策和法律、法规同各民主党派中央、全国工商联领导人和无党派人士举行协商会、座谈会、通报会、谈心会的真实记录。这是中共中央第三代领导集体继承和发扬毛泽东、周恩来、邓小平等老一代领导人重视统一战线、多党合作的传统，真诚地与民主党派、无党派人士共商国是、共襄盛举的生动写照；这是中国共产党同民主党派、无党派人士精诚团结、亲密合作的真实体现；这是我国社会主义民主政治建设的历史丰碑。

一

这一百次会议的一个个卷宗、一份份记录，深刻地反映了中国共产党与民主党派、无党派人士的政治协商，作为中国共产党

领导的多党合作制度的一项重要内容，进一步确立起来，并作为我国决策的民主化、科学化的重要环节，正在发挥着重要的作用。这一百次会议的内容是那样的广泛、丰富：

——中国共产党十三届五中全会、六中全会、七中全会、八中全会，十四大，十四届二中全会、三中全会、四中全会、五中全会、六中全会等审议通过的《中共中央关于进一步治理整顿和深化改革的决定》《中共中央关于制定国民经济和社会发展十年规划和"八五"计划的建议》、江泽民同志关于《加快改革开放和现代化建设步伐，夺取有中国特色社会主义事业的更大胜利》的报告、《中共中央关于建立社会主义市场经济体制若干问题的决定》《中共中央关于加强党的建设几个重大问题的决定》《中共中央关于制定国民经济和社会发展"九五"计划和 2010 年远景目标的建议》《中共中央关于加强社会主义精神文明建设若干重要问题的决议》等决定、讲话、文件，在会议讨论之前无一例外地与各民主党派中央、全国工商联领导人和无党派代表人士进行协商，听取意见和建议。

——1990 年 3 月就全国政协七届三次会议增补全国政协副主席、常务委员会委员名单，1991 年 3 月就全国人大、国务院、全国政协人事安排初步方案，1993 年 3 月就第八届全国人大、全国政协领导人选建议名单和第八届全国人大一次会议审议的国家领导机构领导人选建议名单，1994 年 2 月就增选全国政协副主席、常务委员会委员、秘书长名单，1995 年 2 月就第八届全国人大三次会议补选全国人大常务委员会委员、国务院副总理、全国政协常务委员会委员人选名单，1996 年 1 月就增补全国政协副主席人选名单等，进行了协商。

——国务院有关全体会议、常务会议和三峡工程论证会等专业会议，邀请各民主党派中央、全国工商联领导人和无党派代表人士列席；每年一度国务院总理提交全国人大会议审议的《政府工作报告》，以及《中华人民共和国缔结条约程序法（草案）》《中共中央、国务院关于加速科学技术进步的决定》等，都事先听取各民主党派中央、全国工商联领导人和无党派代表人士的意见。

——中国共产党全国代表大会和中央全会精神，国际国内发生的重大事件，国民经济和社会发展态势，反腐败斗争情况和我国的外交工作，及时向各民主党派中央、全国工商联领导人和无党派代表人士通报。

——每年春节前夕和根据需要，江泽民等中央领导同志邀请各民主党派中央、全国工商联主要领导人和无党派代表人士聚会，就统一战线、多党合作和社会上的一些热点难点问题举行高层次、小范围的谈心会，畅所欲言，深入交流思想。李瑞环同志还专门走访各民主党派中央、全国工商联机关，登门听取意见。

二

以江泽民同志为核心的中共中央对坚持和完善多党合作和政治协商制度十分重视。根据邓小平同志的指示，于1989年底制定了《中共中央关于坚持和完善中国共产党领导的多党合作和政治协商制度的意见》；中共十四大报告明确指出，完善共产党领导的多党合作与政治协商制度，是我国政治体制改革的内容之一，是建设有中国特色社会主义的组成部分之一；之后，中共中央多次部署推进政治协商、参政议政、民主监督的规范化、制度化建设。在这一方面，以江泽民同志为核心的中共中央率先垂范，为全党作出了榜样。

目前，政治协商基本做到：

——有计划。每年初都由有关部门根据中共中央、国务院的工作部署和各民主党派的想法，提出全年的协商会、座谈会、通报会、谈心会计划。在具体落实过程中，还根据实际情况对计划进行调整增加。通过做计划，使民主党派、无党派人士对协商、座谈心中有数，准备在先，从而提高了协商的质量。

——有制度。《中共中央关于坚持和完善中国共产党领导的多党合作和政治协商制度的意见》明确要求，中国共产党全国代表大会文件、中共中央全会文件、政府工作报告、重大方针政策、重要人事安排方案、重要法律法规，在提交有关会议讨论、审议和决策之前，都征求各民主党派中央、全国工商联领导人和无党派代表人士的意见。这已作为一项制度确定下来。

——经常化。从1989年6月中共十三届四中全会到1996年底的七年半时间所举行的协商会、座谈会、通报会、谈心会的次数，超过了以前的各个时期；每年举行协商、座谈的次数，也比过去有所增加。中国共产党同民主党派、无党派人士的政治协商，已成为我国政治生活中的一项经常性活动。

——规范化。每次协商会、座谈会、通报会、谈心会的参加人员，民主党派、工商联和无党派人士会前阅读、讨论文件和准备意见的时间安排，民主党派人士意见和建议的收集、转送办法，等等，基本形成了一定的程序和规范要求。

三

在协商会、座谈会和谈心会上，以江泽民同志为核心的中共中央第三代领导集体，虚怀若谷，广纳群言，广求善策。各民主党派中央、全国工商联领导人和无党派代表人士，本着"肝胆相照、荣辱与共"的精神，坦诚地提出自己的意见和建议。在共同努力下，协商会、座谈会和谈心会开得生动而富有成效，民主党派人士的许多意见和建议受到了重视和采纳。如：

——《中共中央关于坚持和完善中国共产党领导的多党合作和政治协商制度的意见》，不仅民主党派中央领导人参与了文件的起草工作，有的条款就是根据民主党派的意见起草或修改的。全国人大八届一次会议把"中国共产党领导的多党合作和政治协商制度将长期存在和发展"载入宪法，就是中共中央采纳了民主党派的意见后提出建议形成的。

——《中共中央关于制定国民经济和社会发展十年规划和"八五"计划的建议》，在中共党内小范围酝酿时就听取民主党派人士的意见。从基本思想、基本思路到建议形成，先后四次与各民主党派中央、全国工商联领导人和无党派人士座谈。民主党派人士反映，经过广泛听取意见，同时采纳了民主党派的一些意见和建议，文件修改得一次比一次好。

——江泽民同志就在中共十四大上所作的《加快改革开放和现代化建设步伐，夺取有中国特色社会主义事业的更大胜利》的报告，两次与各民主党派中央、全国工商联领导人和无党派代表人士座谈。报告吸收了民主党派人士的意见，从结构、内容到文字、标点都作了修改。

——在中共十四届五中全会讨论《中共中央关于制定国民经济和社会发展"九五"计划和2010年远景目标的建议》前，在全国人大、全国政协八届四次会议审议、讨论《关于国民经济和社会发展"九五"计划和 2010 年远景目标纲要的报告》前，江泽民、李鹏同志分别主持座谈会，听取各民主党派中央、全国工商联领导人和无党派代表人士的意见。民主党派人士对进一步搞活国有大中型企业、加强农业的基础地位和健全基本农田保护制度、实施科教兴国的战略方针、协调发展区域经济、维护中央权威和发挥中央与地方两个积极性、加强民主与法制建设、深入持久地开展反腐败斗争、加强精神文明建设和社会治安工作、提高教育质量和办学效益，等等，提出了许多很好的修改补充意见，甚至对遣词用句，也仔细地作了斟酌修改。这些意见和建议受到了中共中央、国务院的重视和采纳，有些已在修改后的文稿中体现出来。

——中共十四届六中全会讨论通过的《中共中央关于加强社会主义精神文明建设若干重要问题的决议》中，就采纳了民主党派人士的意见，增加了精神文明建设既要靠教育也要靠立法来规范和约束人们行为的意见。

回顾过去，民主党派、无党派的同志一致反映，以江泽民同志为核心的中共中央十分重视统一战线和多党合作，总是真心实意地听取民主党派的意见和建议，从善如流。有的同志说，在邓小平建设有中国特色社会主义理论指导下，在中共中央的领导下，统一战线和多党合作迈上了一个新的台阶，进入了又一个黄金时期。展望未来，可以预计，中国共产党领导的多党合作和政治协商制度，一定会更充分地显示出它的生机与活力，中国共产党同各民主党派、无党派人士的团结合作，一定会谱写出新的篇章。

（刊于 1997 年第 4 期《中国统一战线》）

风雨兼程　十年辉煌

—— 写在《中共中央关于坚持和完善中国共产党领导的
多党合作和政治协商制度的意见》制定十周年之际

1989 年 12 月 30 日，在江泽民同志主持的座谈会上，经中共中央政治局常委与各民主党派中央领导人和无党派代表人士协商，确定了根据邓小平同志指示精神起草的《中共中央关于坚持和完善中国共产党领导的多党合作和政治协商制度的意见》（以下简称《意见》）。《意见》系统地总结了新中国建立以来中国共产党领导的多党合作的成功经验和优良传统，进一步确定了各民主党派在国家政权中的参政党地位，明确了中共与民主党派的共同任务和团结合作的基本方针，提出了中共与民主党派协商共事的形式、做法和基本要求，形成了共同遵守的行为准则。

十年，在人类历史的长河中只是短暂的一瞬。十年，对在《意见》指导下，推进多党合作制度建设和充分发挥民主党派的参政党作用的过程来说，则是一个闪耀着中共第三代领导人睿智，凝聚着民主党派同共产党精诚合作心血的一个珍贵历史片段。十年中，世界各国政坛风云变幻莫测，政党政治跌宕起伏，波谲云诡，唯有中国共产党和八个民主党派在多党合作的格局中，以一党领导、多党合作，一党执政、多党参政的形式，独树一帜，和衷共济，相得益彰，日益显现出旺盛的生命力和政治理念风采。

十年，一步一个脚印地走了过来。十年，多党合作制度趋于完善，再创新的辉煌。

一

中国共产党领导的多党合作和政治协商制度，在世界政党制度史上是新生事物，还需要在理论上和政策上不断发展和完善。十年来，以江泽民同志为核心的中共中央第三代领导集体在《意见》的基础上又有新的发展和建树。

第一，将坚持和完善中国共产党领导的多党合作和政治协商制度，作为建设有中国特色社会主义理论的主要内容之一，并上升到社会主义发展动力的高度来认识。明确这一制度是我国的一项基本政治制度，是政治体制改革的目标之一。

第二，将中国共产党领导的多党合作和政治协商制度与人民代表大会制度、民族区域自治制度一起，作为我国发展社会主义民主政治的三大制度，列入中国共产党在社会主义初级阶段的基本纲领之中，是发展社会主义民主政治的重要内容。

第三，将"中国共产党领导的多党合作和政治协商制度将长期存在和发展"写入宪法，使之成为国家的意志。宪法是治国安邦的大法。中国共产党和各民主党派都必须以宪法为根本活动准则，负有维护宪法尊严、保证宪法实施的职责。将这一制度完整提法写入宪法，使之在我国的政治制度中有了更为充分的法律依据。

第四，进一步明确和形成了中国共产党与各民主党派在新的历史阶段团结合作的政治基础和在基本原则、重大方针上的共识。一是坚持以邓小平理论为指导。不论执政的中国共产党还是参政的民主党派，都必须坚持用邓小平理论指导自己的工作和行动。二是坚持社会主义初级阶段的基本路线和基本纲领。基本路线和基本纲领是中国共产党同各民主党派在社会主义初级阶段亲密合作的政治基础，都要坚持、维护和发展这个政治基础。三是坚持中国共产党领导的多党合作和政治协商制度。这一制度是马克思主义政党理论和统战学说与我国实际相结合的产物，它从根本上克服了多党制互相攻讦、互相倾轧的弊端，能够保证集中领导与广泛民主、充满活力与富有效率的有机统一。四是坚持"长期共存、互相监督、肝胆相照、荣辱与共"的方针。坚持这个方针，是发扬社会主义民主的生动体现。中国共产党和各民主党派都应遵循这个方针，不断巩固和发展彼此信任、真诚合作的关系。中国共产党要支持民主党派在多党合作的总格局中，正确履行参政党职能，发挥参政议政、民主监督作用。

二

中国共产党就国家大政方针和国家领导人选同民主党派进行协商、座谈，听取意见和建议，是中国共产党领导的多党合作和政治协商制度的一项重要内容。十年来，政治协商、共商国是进一步规范化、制度化、经常化，作为我国决策的民主化、科学化中的一个重要环节，发挥了不可替代的作用。

根据《意见》的有关要求，实践中逐渐明确：中国共产党全国代表大会的政治报告、中共中央全会的报告、政府工作报告、重大方针政策、国家领导人选及重要人事安排方案、重要法律法规，等等，在提交有关会议讨论、审议和决策之前，都征求各民主党派中央领导人和无党派代表人士的意见。有的还在中共党内较小范围酝酿讨论时就征求民主党派人士的意见，有的不仅一次，而是反复多次地听取意见，进行修改。

中国共产党同民主党派之间的协商会、座谈会、谈心会、情况通报会，已成为我国决策过程中和政治生活中一件经常性的活动。以江泽民同志为核心的中共中央率先垂范，为全党树立了榜样。从1989年12月30日《意见》确定起到1999年12月31日止十年的时间内，中共中央领导人主持或委托有关部门召开的协商会、座谈会、谈心会、情况通报会等，共一百二十九次，平均每年近十三次，大大超过了以前各个时期的次数。

协商制度不仅进一步地规范化、经常化，而且在集思广益、广纳群言、广求善策，实现决策的民主化、科学化等方面，作用更为显著。中共中央每次协商会、座谈会、谈心会、情况通报会的参加人员，各民主党派中央领导人会前阅读、讨论文件和准备意见的时间安排，民主党派人士意见和建议的收集、转送办法等，基本形成了一定的程序和规范，为提高协商会、座谈会、谈心会的质量和水平提供了保证。各民主党派中央领导人的意见和建议，对文件的修改和科学的决策发挥了重要作用，有的文件内容就是根据民主党派的意见起草或修改的。比如，《意见》的起草，各民主党派中央领导人就参加了全过程。再如，全国人大八届一次会议把"中国共产党领导的多党合作和政治协商制度将长期存在和发展"载入宪法，就是中共中央采纳了民主党派的意见后提出建议形成的。

政治协商，共商国是，这一从 1948 年中共中央与民主党派共商召开新政协会议，成立中华人民共和国而正式出现在我国政治生活中的一种民主形式，经过这十年的发展，更加富有生机和活力。

三

建设有中国特色的社会主义，是中国共产党同各民主党派团结合作的政治基础和共同承担的历史使命。勠力同心，共襄盛举，为建设有中国特色的社会主义而努力奋斗，是这一时期多党合作的主题。

各民主党派在中国共产党领导下，为描绘跨世纪的宏伟蓝图作出了自己的贡献。中共十四届五中全会讨论通过的《中共中央关于制定国民经济和社会发展"九五"计划和 2010 年远景目标的建议》，江泽民同志在中共十五大上作的《高举邓小平理论伟大旗帜，把建设有中国特色社会主义事业全面推向二十一世纪》的政治报告，也凝聚着各民主党派中央领导人和无党派代表人士的心血。各民主党派关于进一步搞活国有大中型企业、切实贯彻实施科教兴国战略、进一步提高全社会对邓小平理论历史地位和指导作用的认识、中国共产党如何在改革开放形势下更好地发挥总揽全局和协调各方的领导核心作用、将政府机构改革和职能转换明确摆在改革的突出位置等建议和意见，都受到了中共中央的重视和采纳，吸收到文件中。各民主党派中央在给中共十五大的贺信中明确表示，在长达半个世纪的革命和建设的进程中，各民主党派同中国共产党风雨同舟，并肩战斗。历史和现实让人深刻认识到，中国共产党是伟大、光荣、正确的党。没有中国共产党的领导，就没有中国的今天。各民主党派将始终不渝地坚持和接受共产党的领导，坚定不移地沿着邓小平同志指引的建设有中国特色社会主义道路前进，为不断取得新的成就，创造中华民族更加辉煌的未来作出新贡献。

1998年2月26日，中共中央召开民主协商会，与各民主党派中央、全国工商联领导人和无党派代表人士协商国务院机构改革方案、推荐国家机构领导人员人选名单和全国政协领导人选名单。在民主协商的基础上，全国人大九届一次会议代表两千九百七十九人中，有民主党派成员三百八十三人，占12.86%；十九名副委员长中，有民主党派中央主席六人，占31.58%；一百三十四名常委中，有民主党派成员二十九人，占21.64%。全国政协九届一次会议委员两千一百九十六人中，有民主党派成员六百六十七人，占30.37%；三十一名副主席中，有民主党派中央领导人八人，占25.8%；三百二十三名常委中，有民主党派成员一百三十四人，占41.4%。担任各级人大代表和政协委员的各民主党派、无党派代表人士分别有十二万多人、二十四万多人。到1999年10月，全国三十一个省、自治区、直辖市和十五个副省级城市的政府领导班子中，都有民主党派、无党派人士担任领导职务；在全国省直厅（局）中有一百六十四名，地（市、州、盟）政府中有二百一十七名，县级政府中有一千八百七十四名民主党派、无党派人士担任领导职务；有五千多名民主党派、无党派人士被聘担任特约监察员、检察员、审计员、教育督导员等。民主党派和无党派人士在人大、政府及政协中任职，参与国家和地方事务的管理，发展同中国共产党在国家政权中的合作共事，按照有关法律和文件规定，履行自己的职责，肩负起历史的使命。

各民主党派有五十余万名成员，分布在教育、科研、医卫、文化及企业事业单位，荟萃了各方面的专家学者，拥有丰富的人才资源和智力资源。紧紧围绕经济建设这个中心，开展智力支边、扶贫活动，是民主党派在实践中创造的为经济建设服务的一项重要活动。据不完全统计，1989年到1998年，各民主党派中央就国家和地区的社会进步及经济发展等问题提出重要书面意见和建议达一百四十多项。在为老少边穷地区培训人才、提供咨询服务项目、协助引进资金和人才方面，做了大量的工作，取得了突出的成绩：民革、民盟、民建、民进、农工党共创办学校七百九十九所，培养学生三百零九万余人；民革、民盟、民建、民进四个民主党派，为支援老少边穷地区的经济和社会发展，共派出专家学者近十万人次，开展了一万一千多个咨询服务和开发项目，产生了可观的经济效益和社会效益，得到了社会的肯定和赞誉。

四

多党合作和民主党派发挥参政议政、民主监督的形式和渠道，在十年的实践中不断探索和发展，并被赋予了新的内容。

1992 年 4 月，中共中央决定邀请民主党派中央负责人参加重要国事和外事活动，即中共中央和国家主要领导人迎接国宾、举行国宴或会见外国一些政党领导人时，邀请有关民主党派领导人作陪；中共中央和国家领导人出国访问时，邀请有关民主党派负责人参加；中共中央政治局常委、人大常委会委员长、政协主席视察工作时，根据情况邀请有关民主党派负责人同行；国务院召开的或国务院主要领导出席讲话的有关专业会议，邀请有关民主党派负责人出席。到目前为止，各民主党派中央领导人共二百零四人次参加了接待国宾的活动。全国科学技术大会、技术创新大会、教育工作会议、扶贫工作会议等，都邀请各民主党派中央领导人出席。出席香港、澳门政权交接仪式的中央代表团，都邀请各民主党派中央主要领导人参加。邀请民主党派负责人参加重要国事和外事活动，为多党合作增添了新的内容，扩大了多党合作制度和民主党派的影响，也为民主党派在国事和外事活动中发挥作用创造了条件。

各民主党派中央共同围绕事关国计民生的重大建设项目、地区发展和重要方针政策的贯彻落实情况，进行集中深入的考察调研，提出意见和建议，成为在参政议政中发挥民主党派整体优势的一种新形式。三峡枢纽工程考察，苏南、浦东改革开放、经济建设情况考察，京九铁路沿线经济社会发展情况考察，赴东南沿海就贯彻"一国两制"方针、推动两岸政治谈判、经济合作和"三通"进行考察等，成为民主党派发挥参政议政、民主监督作用的成功范例，是决策在实施过程中，在新的水平上进一步推进决策的民主化、科学化的生动体现，成为民主党派在实现祖国完全统一问题上，进一步表明自己的政治态度，尽心竭力多做实事的具体行动。

民主党派发挥民主监督作用的内容进一步充实，渠道进一步通畅，形式更加多样。聘请特约人员的工作进一步发展，由"四员"增加到"七员"。为支持民主党派在反腐败斗争中发挥作用，1993年有关部门专门下发了《关于发挥民主党派工商联在反腐败斗争中的作用的意见》。各民主党派和无党派人士二十人参加了中央检查组，赴中央有关部委和二十个省、自治区、直辖市对反腐败斗争进行督促检查，并有十人担任检查组组长。1996年各民主党派中央联合就耕地保护问题进行执法检查，针对存在的问题，提出了要严格土地批租、转让制度，对破坏耕地应从法律上进行治罪，修改补充有关法律等意见，并对有的地方乱占用土地的现象提出了批评。民主党派的这次检查，对有关部门出台土地保护政策、刑法修改中增加破坏耕地罪等，起到了重要的作用。去年对保护和合理利用国土资源进行了考察监督。

时代在前进，形势在发展，事物在完善。中国共产党领导的多党合作和政治协商制度已走过了半个世纪的历程，经过了最近这十年的发展，再度辉煌。邓小平同志曾经说过，到中国共产党建党一百周年的时候，我们将形成一套更加成熟更加定型的制度。这一套制度中当然也应包含多党合作制度。人类即将进入21世纪。我们完全有理由相信，在中国共产党和各民主党派、无党派人士的共同努力下，多党合作制度一定会在新的千年内，更加枝繁叶茂，蔚然参天。

（刊于 2000 年第 2 期《中国统一战线》）

让历史告诉未来

——回望"五一口号"发布五十年各民主党派中央
新老领导人赴西柏坡参观学习情景

这是 1998 年 9 月，秋雨红叶，丹桂飘香。

巍巍太行山下，岗南水库碧波荡漾。水库西边，有一个叫西柏坡的小山村。和北方其他乡村一样，秋日下的西柏坡平静而安宁。

当时光倒转五十年，回到 1948 年这个季节的时候，西柏坡这个太行山麓的小山村，作为中共中央进入北平、解放全中国的最后一个农村指挥所，成为祖国的心脏。4 月 30 日，中共中央在此发布"五一口号"，得到了各民主党派、无党派民主人士的热烈响应；9 月，随着第一批民主人士安全到达解放区，新政协会议的召开在此被提上议事日程；1948 年 9 月至 1949 年 1 月，毛泽东、朱德在此指挥了著名的辽沈、淮海、平津三大战役；1949 年 3 月，中共七届二中全会在此召开，明确提出党的工作重心要由农村转移到城市……

西柏坡，以她独有的贡献，彪炳于中国革命史册，树起了永垂不朽的丰碑，书写出浓墨重彩的篇章，奏响了撼天震地的交响乐。

1998 年的金秋时节，西柏坡以火红的热情迎来了一批特殊的尊贵客人：费孝通、雷洁琼、王兆国、刘延东、何鲁丽、丁石孙、成思危、许嘉璐、蒋正华、万国权、罗豪才、张克辉、周铁农、王文元……

　　1997 年，各民主党派中央相继召开全国代表大会，进行换届。这次换届，各民主党派中央领导班子成员在一定程度上具有换代性质，费孝通、雷洁琼等长期与中国共产党风雨同舟、荣辱与共的老一代领导人退了下来，一批民主党派新一代领导人走上领导岗位。在酝酿换届的过程中，老一代民主党派领导人深刻认识到，在民主党派领导班子成员人事更替的过程中，将老一代在长期与中国共产党风雨同舟、肝胆相照历史中形成的优良传统、高尚风范传承下去，使民主党派与中国共产党亲密合作的优良传统代代相传，很有必要。于是，在费老、雷老等民主党派老一代领导人的倡议下，以纪念"五一口号"发布五十周年为契机，各民主党派中央新老领导人齐聚西柏坡，重温"五一口号"发布前后的光辉历史。

　　这是一次回顾多党合作光辉历程，再续多党合作历史新篇的聚会；这是一次世纪之交畅叙友情，共谋民族发展大计的聚会；这是一次承前启后，继往开来的聚会。

　　逝者如斯，不舍昼夜。穿越五十年的历史风云，回到精神家园，再次站在西柏坡这片熟悉的土地上，费孝通、雷洁琼等民主党派老一代领导人不胜感慨，五十年前与中国共产党并肩战斗的峥嵘岁月，又清晰地浮现在眼前。

　　五十年前，费孝通到西柏坡之时，还是风华正茂的青年；五十年后，费老深情回忆起初到西柏坡途中的情景："迎面而来的，是一眼望不到头的老乡们赶着大车的送粮队，还有远远近近、一行行、一队队向前挺进的解放军队伍。天黑了，人们点上灯笼继续前进，宛如一条长龙。这个情景深深打动了我。我想，这是千千万万的老百姓，在共产党的领导下汇成的一股无比巨大的力量!"五十年过去了，祖国大地已经发生了翻天覆地的变化，当年走在西柏坡道路上的青年，如今已成为民盟中央名誉主席，站在西柏坡纪念馆前，费老感慨万千:"抚今追昔，我认为各民主党派热烈响应中国共产党关于召开新政协、成立民主联合政府的号召，聚集在中国共产党周围，拥护中国共产党的领导，这是一个正确的历史选择，是民主党派的优良传统，是中国共产党的统一战线工作的积极成果，为后来在社会主义建设中发扬光大这个优良传统留下了值得珍惜的历史经验。经历了五十年的风风雨雨，应该说，中国共产党与各民主党派的合作，是相互信任的、坦诚的、愉快的，是经历了一系列重大历史事件的严峻考验的。"回顾往昔，费老挥毫泼墨，写下了"风雨五十载，选择永不变"的条幅。

满头银发的雷洁琼来到毛泽东旧居，抚摸着屋内那张熟悉的书桌，与毛泽东的交往历历在目:"我们到达的当天傍晚，毛泽东等中共中央领导同志邀我们共进晚餐。毛泽东同志谈笑风生，气氛十分活跃、愉快，我们初次见到中共领导同志的拘谨心情一下子就消失了。晚餐后，我们随毛泽东同志走进了他的办公室，围坐在他的书桌旁，亲切地交谈至凌晨二时。毛泽东同志讲到如何把革命进行到底的问题、知识分子问题、对民主党派的要求以及新中国建设的宏伟蓝图。他说，革命胜利了，就要召开新政协会议，成立中华人民共和国，希望民主党派站在人民大众的立场和中国共产党采取一致步调，真诚合作，不要半途拆伙，更不要建立'反对派'和'走中间路线'。"五十年后的此时此刻，雷老不禁感慨："往事如烟，记忆的闸门一打开，过去的一幕又一幕就出现在眼前，使我心潮澎湃，浮想联翩。从受共产党反对内战、建设新中国的感召而成立中国民主促进会到'下关事件'后周恩来同志到我病榻前问候，邓颖超大姐为我换下血衣；从1949年初在西柏坡得到毛泽东、刘少奇、周恩来等中共领导人的会见，到新政协、新中国的成立……从历史的发展进程看，从我的亲身经历看，我深深感到，中国共产党领导的多党合作和政治协商制度，作为我国的一项基本政治制度，是马克思列宁主义政党理论同我国革命和建设实践相结合的结晶，是中国共产党同民主党派的共同抉择。"

或许，费老重返西柏坡时的感慨，能够代表民主党派老一代领导人的心声："当年赴西柏坡时，我年纪不满三十八岁，可以说是风华正茂。弹指间，我已年届八十八，垂垂老矣。当年到西柏坡共商国是，今天还能参加座谈会的人，屈指数来，已经不多了。新陈代谢、社会继替，这是人类社会的必然规律。人作为一个生物机体，有生有死，可是社会却不会因个人的死亡而消失，我们的各项事业，包括中国共产党领导的多党合作事业，需要一代一代的人来继承和发展。"

西柏坡，对于民主党派新一代领导人而言，既陌生又熟悉。说陌生，是因为第一次踏上这片热情的土地；说熟悉，是因为本党派的先辈们曾在这里留下过光辉的足迹，这里是他们的精神家园。

民革是最早响应中共"五一口号"的民主党派之一。民革中央主席何鲁丽在回顾这段历史后说：这是民革的重大进步，也是民革继续前进的重要政治基础。

民盟中央主席丁石孙对民盟响应中共"五一口号"的历史作了客观评价。他说：民主党派加强与中国共产党的合作，将中国的革命推向了一个新的里程，也为将中国共产党领导的多党合作和政治协商制度作为一项制度奠定了坚实的基础。

民建中央主席成思危的讲话热情洋溢。他说：追忆历史，老一辈留下的精神财富弥足珍贵；展望未来，新一代肩负的历史责任愈加重大。

民进中央主席许嘉璐说：各民主党派响应中共中央"五一口号"，这标志着中国共产党领导的多党合作和政治协商制度已经初步形成，也标志着民进作为自觉接受中国共产党领导的一个民主党派，它的革命的战斗的历史已经被社会公认。从此，民进成为中国共产党领导的统一战线的一个组成部分。

农工党中央主席蒋正华说：各民主党派一致公开响应中共中央"五一口号"，接受中国共产党的领导，历经艰难奔赴解放区，积极参加新政治协商会议，是各民主党派的一个新起点。

致公党中央主席罗豪才说：各民主党派一致公开响应中共中央"五一口号"，并历经艰险奔赴解放区，参加新政协，是各民主党派自觉的选择、历史的选择，是民主党派历史的一条主线，迈出了由爱国主义走向新民主主义进而走向社会主义的坚定步伐。

九三学社中央主席吴阶平说：要遵循各民主党派老一辈领导人正确的抉择，发扬他们热爱中国共产党、热爱祖国、热爱人民、热爱社会主义的崇高精神，继承他们坚决接受中国共产党的领导、坚持正确的政治方向和坚定不移的政治立场的优良传统，把中国共产党领导的多党合作事业继续推向前进。

台盟中央主席张克辉说：台盟对中共中央"五一口号"的拥护，以及与中国共产党共商建国大计的实际行动，是台盟公开正式宣布接受中国共产党领导、与中国共产党竭诚合作的开始，是台盟从爱国主义走向新民主主义、社会主义的重要标志。

在西柏坡参观学习期间，民主党派中央新老领导人，豪情满怀，逸兴横飞，留下了"五十年前聚柏坡，半个世纪共甘苦""多党合作展宏图，同舟共济谱新篇""五十年前群贤共商国是，五十年后新人再谈未来""迢迢来瞻西柏坡，老树犹壮新枝多；晴空或有风云骤，叶干向阳舞婀娜""继承光荣传统，风雨同舟共成大业；发扬开拓精神，肝胆相照再创辉煌""同舟共济峥嵘岁月五十年，科教兴国再创辉煌跨世纪"等题词、诗句。题词、诗句，虽说简短平实，却句句情真意切，凝聚着民主党派新老领导人对这段历史的温情和敬意，包含着他们对民主党派与中国共产党风雨同舟、肝胆相照历程的深刻认知，更昭示了他们坚持在中国共产党领导下，致力于中国特色社会主义伟大事业的决心和信念！

今天的西柏坡，绿树掩映，松柏苍劲，每逢重大纪念日，游人如织。人民不会忘记，共和国也不会忘记，在那段峥嵘岁月里，中国共产党和各民主党派，并肩战斗，风雨同舟，共同迎来了新中国的黎明！

在西柏坡纪念馆内，有一块铜质纪念匾，是1998年民主党派中央新老领导人重返西柏坡时留下的。匾长一百公分，高五十公分，上款为"纪念各民主党派响应中共中央五一口号五十周年"；

中间为时任九三学社中央顾问的著名书法家启功先生手书的"风雨同舟，继往开来"八个大字；落款为"中国国民党革命委员会、中国民主同盟、中国民主建国会、中国民主促进会、中国农工民主党、中国致公党、九三学社、台湾民主自治同盟"；时间为"一九九八年九月"。

"风雨同舟"是一个真实历史写照。共同的奋斗历史、共同的事业、共同的使命和责任把共产党和民主党派的命运联系在一起。各民主党派自成立以来，以国家兴亡为己任，和共产党一起为实现国家的独立、民主、富强而不懈奋斗，建立了彼此尊重、彼此信任的关系。即使经受了种种艰难，但跟共产党走的信念不改，爱国情怀如初。中共十一届三中全会以后，各民主党派坚决拥护中共的路线、方针、政策，积极投身于改革开放和社会主义现代化建设。这一切都说明：共产党和民主党派之间的关系，是建立在根本利益一致基础上的互相信任、亲密合作的亲密友党关系，中国共产党和各民主党派都以国家之兴为荣，以国家之衰为辱，风雨同舟、荣辱与共、肝胆相照、生死相依。

"继往开来"是一项重要的政治任务。新的世纪，我国面临着前所未有的发展机遇，也面临着前所未有的困难和挑战。在改革进入攻坚阶段、发展处于关键时期的重大历史关头，时代赋予各民主党派新一代领导人继承和发扬老一代的优良传统，带领广大成员沿着中国共产党领导的多党合作的政治方向继续前进，与中国共产党一起致力于社会主义现代化建设的神圣使命。光阴荏苒，国家和世界都在发生着日新月异的变化，但多党合作的光荣传统需要一代又一代人来传承，多党合作事业需要一代又一代人来发展，社会主义现代化建设需要一代又一代人的艰苦努力、开拓创新。在接过老一代民主党派领导人肩上的担子和责任之时，民主党派新一代领导人注定将以他们的努力和心血，在中国共产党的领导下，书写新的历史。

转瞬之间，又是一个十年。

2008 年，被世界称作"中国年"。当我们站在这个特殊的年份，以前所未有的从容和自信，回望这十年来我们走过的路程，那一个个清晰而坚定的脚印值得我们为之骄傲。风雨兼程，我们国家走过了不平凡的十年，多党合作事业迈上了一个新的台阶！

十年来，面对复杂多变的国际环境和艰巨繁重的改革发展任务，中国共产党带领全国各族人民，战胜各种困难和风险，开创了中国特色社会主义事业新局面。十年来，社会主义市场经济健康发展，我国已跃居世界第四大经济体，人民生活水平进一步提高；十年来，社会主义民主政治有序推进，依法治国、建设社会主义法治国家成为共识；十年来，社会主义文化和精神文明建设取得新进展，千年文明古国焕发出迷人的光彩；十年来，中国共产党和中国政府更加关注民生，人民更多地分享到改革发展成果……奥林匹克的圣火和改革开放三十年的春风，使一个日趋富强、民主、文明、和谐的社会主义中国，以更加自信、成熟、稳健的姿态，展现在世界面前……

十年间，随着社会主义民主政治建设的有序推进，中国共产党领导的多党合作和政治协商制度得到了进一步发展和完善，多党合作事业繁花似锦：

2000 年，江泽民同志提出，中国的政局要稳定，首先要稳定多党合作这个格局。共产党领导，多党派合作，共产党执政，多党派参政，是我们政党制度的显著特点；

2002 年末，胡锦涛同志担任中共中央总书记伊始，就踏雪分别走访八个民主党派中央，共商兴国大计；

2005 年，中共中央颁发了《关于进一步加强中国共产党领导的多党合作和政治协商制度建设的意见》；

2006 年，中共中央先后颁发《关于加强人民政协工作的意见》《关于巩固和壮大新世纪新阶段统一战线的意见》，加强了多党合作和政治协商的制度化、规范化和程序化建设；

2007 年，时任致公党中央副主席的万钢和无党派人士陈竺分别担任科技部、卫生部部长，备受国内外瞩目；

2007 年 10 月，中国共产党第十七次全国代表大会在北京胜利召开，会议高举中国特色社会主义伟大旗帜，以邓小平理论和"三个代表"重要思想为指导，深入贯彻落实科学发展观，继续解放思想，坚持改革开放，推动科学发展，促进社会和谐，为我们勾勒了中华民族伟大复兴的宏伟蓝图；

2007 年 11 月，《中国的政党制度》发布，第一次以白皮书的形式向世界宣示我国的政党制度；

2007 年末，八个民主党派先后召开全国代表大会，多党合作事业的接力棒传到新一任领导者手中。

六十个春秋，弹指一挥间。

六十年前，中国共产党与各民主党派风雨同舟、协商建国，谱写了一曲激动人心的交响乐，在历史的天空跌宕起伏，雄壮而浑厚。

六十年间，任凭时代风云如何变幻，这首合作之歌伴随着年轻的共和国，经历风雨坎坷，迎来一个又一个胜利。

六十年后，中国共产党将与各民主党派一道，谱写中华民族伟大复兴更为华美的乐章！

（刊于 2008 年第 4 期《中国统一战线》，为"薪火相传，共创未来——纪念中共发布'五一口号'60 周年征文"）

风雨兼程　再接再厉

电影《甲方乙方》中有这样一句台词：1997 年过去了，我很怀念它。作为政协人，满怀深情地回望过去的一年，情不自禁地想说，2018 年过去了，我们很怀念它。

为什么怀念？不仅是因为我们所处的伟大时代值得怀念，更是因为我们共同所经历的奋斗和一系列丰硕的工作成果值得怀念。

全国政协十三届一次会议以来，政协各项工作在继承中创新，在创新中发展。一系列新部署新举措新要求从提出到落实，很多工作都是人民政协历史上的第一次，力度广度深度前所未有。深入学习贯彻习近平总书记关于加强和改进人民政协工作的重要思想，以理论大学习思想大武装推动工作质量大提升；召开全国政协系统党的建设工作座谈会，切实加强政协系统党的建设；召开一次全体会议，四次常委会会议，两次专题协商会，十七次双周协商座谈会，两次网络议政、远程协商，开展近百项深入基层的视察、考察、调研活动，完成四千五百多件提案办理工作，春华秋实，不胜枚举。

闪光的数据，源自辛勤付出；亮丽的成绩单，源自团结奋斗。

因此，习近平总书记在全国政协新年茶话会上给出的评语是："2018 年，人民政协坚持中国共产党对人民政协工作的全面领导，围绕团结和民主两大主题，聚焦党和国家中心任务，发挥专门协商机构作用，在建言资政和凝聚共识上双向发力，为党和国家事业发展作出了新贡献。"成绩令人鼓舞，但只说明过去；未来任重道远，同志仍须努力。

2019 年对我们意味着什么？2019 年是新中国和人民政协成立七十周年，是决战决胜全面建成小康社会的关键之年。习近平总书记在全国政协新年茶话会上的重要讲话中明确："我们不能为取得的成绩而沾沾自喜，更不能在实现人民对美好生活的向往上有丝毫懈怠，必须风雨兼程、再接再厉。这是时代的要求、人民的期待。"由此生发开去，可以理解，2019 年的主题词、关键语是：风雨兼程、再接再厉。

风雨兼程、再接再厉，就要求我们努力推动人民政协这一具有中国特色的制度安排在社会主义民主政治建设中更加成熟、更加定型，在迎接新中国和人民政协七十周年华诞的过程中，在实现中华民族伟大复兴中国梦的过程中，再作新贡献，再创新辉煌！

风雨兼程、再接再厉，就要求我们努力担负起把中共中央对人民政协工作的要求落实下去、把海内外中华儿女实现中华民族伟大复兴中国梦的智慧和力量凝聚起来的政治责任。真正"落实下去",就要落地生根,开枝散叶;真正"凝聚起来",就要千秋此心,布叶流根,真正使建言资政和凝聚共识,花开两朵,交相辉映,相得益彰。

风雨兼程、再接再厉,就要求我们站在新的历史起点上,"极心无二虑,尽公不顾私",把握新时代、认准新方位、肩负新使命,总纲一振而群纲举,主轴一立而诸事顺。锚定党和政府中心工作,锚定中心环节和职责任务,提高工作成效,努力把人民政协凝心聚力第一线、决策咨询第一线、协商民主第一线、国家治理第一线的作用发挥好。

"昨夜斗回北,今朝岁起东。""道虽迩,不行不至;事虽难,做则必成。"我不误时,时亦不误我。筚路蓝缕,砥砺前行。作为新时代的奋斗者和追梦人,我们走在最美中国道路上,我们的努力一如既往。

(2019 年第 1 期《中国政协》杂志卷首语)

榜样的力量

"见贤思齐。"榜样的力量是无穷的。在中央统战部工作期间，在接触到的一些领导同志身上，我深切地感受到他们的为人处事、一言一行，甚至一些具体的小事，都闪射着耀眼的光辉，至今不能忘怀。高山仰止，景行行止，虽不能至，心向往之。

一、杨静仁同志：体现"共产党员最讲认真"的精神

杨静仁同志，1918 年生于甘肃兰州，2001 年去世。1937 年入党，1941 年到延安，1949 年 9 月新政协第一届一次会议时，是少数民族界的十位代表之一。历任国务院副总理，全国政协第五、六、七、八届副主席，中央统战部部长，国家民委主任等职，被称为"无产阶级革命家，民族战线和统一战线杰出的领导人"。

"文革"期间，杨静仁同志受到错误批判和关押，失去了十年宝贵的人生自由。1982 年，他担任中央统战部部长兼国家民委主任后，为平反冤假错案做了大量工作，不仅挺身而出、仗义执言，而且事无巨细、亲力亲为。他为李维汉同志平反而鼓与呼，

多次表示："李维汉同志有什么错误？他没有反党反社会主义！如果不给他平反，这是我们党的重大损失！"

我第一次见到杨静仁同志时，很自然地称呼他为"杨部长"，他没有回应，停顿片刻，然后对我说了三个字："叫同志。"从此之后，我们在各种场合一直称呼他"静仁同志"，直到他离休后才改称"杨老"。这件看起来只是怎么称呼的小事，背后却饱含着深意。杨静仁同志身为部长，要求大家不以职务相称而称"同志"，不仅凸显了领导干部平易近人、民主求实的作风，更凸现了党内成员之间的"志同道合"，凸现了共产党员肩负着共同的使命和追求。党内政治生活的表现方式有很多种，彼此称呼"同志"就是重要体现之一。从这个角度来说，杨静仁同志是用一种独特的方式给我上了一课。他在称呼这种具体问题上的认真和严谨，让我不禁想起古人的话："严于律己，出而见之事功；心乎爱民，动必关夫治道。"

1982年10月，我作为工作人员随同杨静仁等同志出差，检查统战政策落实情况。每到一地，在听地方党政领导同志汇报工作情况时，杨静仁同志总是要深入、仔细地询问一些具体问题。在听到一座教堂曾长期被占作他用，终于因落实政策回到爱国宗教组织、爱国宗教人员和信教群众手中时，他提出要到实地考察。到现场后，杨静仁同志兴致勃勃地查看，不时对当地统战部、宗教局的同志给予肯定。一座教堂，四面围墙，环境整洁，干净敞亮，确实让人看到了落实政策的成果。但杨静仁同志心细如发，在检查临近结束时突然提出，"对不起，我去趟洗手间，方便一下"。话音落后，竟无人应答，陪同考察的宗教界人士低头不语，统战部、宗教局的同志面面相觑，气氛很是尴尬。沉默

70

稍许，还是宗教界人士道出了实情：教堂的附属设施仍被统战系统占用着，没有随教堂一起落实政策。听到这一情况，杨静仁同志很生气地说道："这怎么行呢？那么多信教群众来做礼拜，没有洗手间怎么办？落实政策灯下黑，不彻底。"在随后召开的内部工作座谈会上，杨静仁同志更加严厉地批评了这件事。他说，统战部负责牵头落实统战政策，需要方方面面的理解和支持，统战部自身必须带头落实。如果自身占用统战对象、宗教组织的房产不能及时归还、完整归还，如何能要求其他方面的理解呢？如何能争取统战对象的支持呢？他要求当地统战部门在一个月之内将占用的教堂附属设施彻底退还，并表示届时要派人查验。其实那天考察到最后，杨静仁同志也没有去洗手间。他只是要通过"去洗手间"这种方式一探究竟，为什么偌大的教堂竟然没有附属设施？我当时刚参加工作半年多，杨静仁同志这种极认真、极严谨的工作态度和精神，深深教育和震撼了我。虽然这件事已经过去三十余年，但始终不能忘怀，仍然历历在目。

天下大事，必作于细。严格、深入、细致，寓大于小、小中见大，从具体抓起、抓具体，是共产党员应有的思想作风和工作作风。杨静仁同志"最讲认真"的精神给我们以深刻的启示。

第一，应该人人讲认真。毛泽东同志曾说过，"世界上怕就怕'认真'二字，共产党就最讲认真"。只有认真，我们的工作才能不断深入、不断完善。毛泽东同志还说过，"只有人人起来负责，才不会人亡政息"。只有每一名党员都认真负责，党的执政基础才会更加巩固，党的执政地位才会更加稳固。

第二，应该事事讲认真。像杨静仁同志这样身居高位、日理万机的领导同志，对事关人民群众切身利益的小事、大事，都一样放在心里，都一样重视，一样认真对待。古人说，"衙斋卧听萧萧竹，疑是民间疾苦声"，作为共产党员，对党和人民的事情，应该不分大小，一律认真对待，一律认真办理。

第三，应该时时讲认真。人们常说，做工作要从大处着眼，从小处着手。"从小处着手"，就是抓落实、抓具体，一具体就深入，一深入就见效。"一分部署、九分落实"，就是要时时讲认真，让"讲认真"成为时时能体现的自觉的习惯和品格。这不仅是一种重要的工作方法，更是一种重要的思想方法。

二、童小鹏同志：化作春泥更护花

童小鹏同志，1914 年出生，2007 年逝世。福建长汀人，1930 年入党，同年参加红军，1934 年参加长征。先后任毛泽东同志秘书，中央南方局秘书长，中央城市工作部秘书处处长。新中国成立后，历任中央统战部副秘书长、秘书长，总理办公室主任，国务院副秘书长，中央办公厅副主任，中央统战部副部长，中央党史资料征集委员会副主任等职，是第五、六届全国政协常委。

许多人印象中的童小鹏同志，是"红小鬼"、老红军、周总理办公室主任。还有的人称他是"摄影家"，他用手中的照相机，为中国革命的历史留下了许多珍贵的记录。童小鹏同志离休前担任中央统战部副部长，就住中央统战部的院子里。当时，我们一批机关干部也住在院子里。因此，除了工作中的交流，我们在业余时间经常见面，偶尔也去他家中小坐。印象中童小鹏同志的形象，是亲切的、鲜活的、丰富的。

一是童小鹏同志身居高位、身居要津，但他平易近人，毫无架子。除了工作中的认真负责，工作之余的童小鹏同志，说着一口带有浓厚福建口音的普通话，面容和蔼、语气平缓、幽默健谈，犹如邻家老伯，犹如师长兄长。当时，在下班之后或者周末的时间，在统战部的院子里，身边经常围着一些人唠家常的，或者围着一些孩子而且笑声不断的，一定是童小鹏同志。他的平易近人，不是放下架子去接近他人，而是本来就没有架子的深度融入。那种发自内心、毫无做作的平易近人，那种没有一丁点儿居高临下的平易近人，那种骨子里面散发出来的平易近人，没有长久的修养沉淀，没有高尚的品行境界，做不到，尤其做不到始终如一。大道至简，返璞归真。每当回忆童小鹏同志与大家在院子里畅谈的情景，我就会想：什么叫共产党员的本色、底色？什么叫人品、境界的炉火纯青？童小鹏同志为我们作出了最好的示范。什么叫"水唯善下能成海，山不争高自极天"？童小鹏同志为我们作出了深刻的诠释。什么叫一个高尚的人，一个纯粹的人，一个脱离了低级趣味的人？童小鹏同志为我们作出了响亮的回答。

二是童小鹏同志离休之后，毅然返乡，过平民生活。古人云：富贵不归故乡，如锦衣夜行。而童小鹏同志离休以后，携夫人告别首都北京的绚烂繁华，返回福建漳州家乡居住，粗茶淡饭，布衣布履，过平民生活，又是何等境界？漳州盛产水仙，水仙是花中仙子，其叶翠绿，其花洁白，其香如兰。童小鹏同志的告老还乡，绝非一时之冲动，而是一种渴望回归桑梓的本能。这种故土难离、落叶归根的举动，让我不由得想起清朝晚期诗人、思想家龚自珍的诗句：落红不是无情物，化作春泥更护花。虽然离休了，但他仍用自己的行动，诠释着共产党人来自人民，一切为了人民的宗旨，真是大音希声、大象无形。这种人格力量直击心底，教化人于无声，感召人于无形。

童小鹏同志曾长期在周恩来同志领导下工作，深受周恩来同志伟大人格魅力的感染，对周恩来同志有一种特殊的感情。他在晚年撰写了《在周恩来身边四十年》一书，时间跨度从西安事变到1976年周恩来同志逝世。这本书以大量鲜为人知的史实和三百幅珍贵历史照片，真实生动地展现了一代伟人周恩来同志的精神风范、优良作风和优秀品德，被称为"真实性、丰富性、细致性、稀见性"四美皆具。他多次表示："要像恩来同志那样活到老，学到老，做到老，为共产主义事业奋斗到底。"童小鹏同志逝世后，根据他生前的遗愿，骨灰一半埋入重庆红岩公墓，一半撒入嘉陵江。童小鹏同志一生的言行，都在践行自己对党的承诺。而将骨灰埋入公墓、撒入江河，则更生动地说明了他对理想信念的无比坚定，对江河大地的无限热爱。

诗人臧克家在《有的人》这首诗中曾写下这样的话："有的人活着，他已经死了；有的人死了，他还活着。"古人云，"桃李不言，下自成蹊"，"其身正，不令而行"。童小鹏同志的一言一行，如幽兰水仙，清香远播、沁人心脾。我们深深怀念童小鹏同志，不仅怀念他作为前辈的谆谆教诲，更怀念他作为党的高级领导干部的平易近人，怀念他高风亮节的公仆风范，怀念他作为一名优秀共产党员对党的无限忠诚。

三、孙起孟同志：于细微处见精神

孙起孟同志，1911年3月出生于安徽省休宁县，2010年3月逝世。1936年应黄炎培先生之邀，到上海中华职业教育学校任教。抗战胜利后投身争取和平民主的斗争，参与筹建民主建国会（后更名为"中国民主建国会"）。1948年5月，代表民建赴东北解放区，与党共商建国大计，并担任中国人民政治协商会议筹备委员会副秘书长，参加了新政协的筹备和《共同纲领》的起草工作。新中国成立后，历任中央人民政府政务院副秘书长兼人事局局长，中央人民政府人事部副部长，国务院第八办公室副主任，全国人大常委会副秘书长，全国政协副秘书长和学习委员会副主任，民建中央副主席、主席，中华职业教育社理事长。孙起孟同志是第七、八届全国人大常委会副委员长，政协第一届全体会议代表，第二、三、四、五、六届常委。

我到中央统战部工作后，有幸同孙起孟同志有许多工作上的交往，直到他去世。二十多年的耳闻目染，使我对孙起孟同志这样入党几十年、在民主党派工作的老前辈，留下了许多至今仍清晰、亲切、滚烫的记忆。

早在1930年夏，不满二十岁的孙起孟同志就向周恩来同志提出加入中国共产党的请求，周恩来同志鼓励他服从革命的需要，并以党外布尔什维克相勉。在新中国成立后不久的1950年1月，孙起孟同志光荣地加入中国共产党，实现了多年的夙愿。到2010年逝世的时候，孙起孟同志党龄六十年。算上因工作需要在党外的二十年，他先后为党和国家服务了八十年。岁月更迭、时代变换，无论在位之时，还是离休之后，孙起孟同志作为共产党人的崇高追求从未改变。

孙起孟同志不论身居何职、身处何时，始终洋溢着艰苦朴素的工作作风。他不论是参加公务餐会，还是居家过日子，餐盘里从来不剩一粒米、一点菜、一口汤。他处理公务时用的信封，往往要用三次。第一次是新的，正面写字；第二次将正面的文字划去，将收信人及地址等写在背面；第三次则拆开，将信封翻过来糊好再用。他用的便函便笺，基本上都写在用过的纸的背面，将纸重复使用。出差期间，按照警卫工作的规定，孙起孟同志所住房间的楼层晚上不能完全熄灯，但孙起孟同志从来都要求把灯关掉，要节约每度电。为了确认灯是否关掉，他会不时起床进行检查。服务员、警卫员不关，他亲自关。有人在他回房间后又打开了，他起床再关掉，直到不再打开为止。这一习惯，在他年逾古稀、耄耋之年的时候，依然保持如初。这种艰苦朴素、勤俭节约的作风，已成为他持之以恒的习惯。毛泽东同志说过，一个人做点好事并不难，难的是一辈子做好事，不做坏事。从孙起孟同志身上，我们可以看到，一个人小事不亏、不欺暗室并不难，难的是一辈子小事不亏、不欺暗室。

孙起孟同志不论身居何职、身处何时，始终严格要求自己，毫不放松。他晚年到去世之前，一直住在国管局分配的南沙沟的宿舍里。到外地出差期间，对于任何公、私相赠的礼物、土特产，任凭劝说，他一概拒收、毫不含糊，可以说是"金身不破"。只要是他能做主的用餐，从不上酒水，视线所及，凡有酒水，必须撤走，绝无二话。孙起孟同志就是用这种近乎不近人情、不食人间烟火的做法，树立了责在人先、利在人后、清正廉洁、克己奉公、"永不沾"的形象，树立了"给他送东西是不可能的""请他吃饭是困难的"的形象。这种形象正是党章里所规定和描述的共产党员的形象，何其令人感佩，何其高大而光辉。

孙起孟同志不论身居何职、身处何时，始终心系国家、耽于大事。他是著名的教育家和社会活动家，中国民主建国会和中华职教社的卓越领导人，在统一战线理论和实践方面贡献卓著。孙起孟同志担任第七、八届全国人大常委会副委员长时，是在他七十七岁至八十七岁高龄。如此耄耋高龄，他仍在为我国的民主法制建设，为中国共产党领导的多党合作和统一战线事业呕心沥血，作出了重要贡献。孙起孟同志曾对人讲过："鉴于中国共产党领导的多党合作和政治协商制度已经成为我国政治体制中的基本制度，并在我国人民政治生活中发挥重要作用，民建中央领导层考虑向中共中央建议，把上述的基本政治制度载入我国宪法……此事由我与在人大分管立法工作的副委员长王汉斌同志联系，请他转述民建中央的上述意见……"此后，孙起孟同志又在多种场合呼吁此事。终于，在1993年3月八届全国人大一次会议审议通过的宪法修正案中，将"中国共产党领导的多党合作和政治协商制度将长期存在和发展"这一内容载入了宪法。孙起孟同志说，这段话虽然着墨不多，但对我国有中国特色社会主义民主政治建设，具有重大而深远的指导和推进意义。"长期存在和发展"，明确规定了这一基本政治制度绝非权宜之计，将作为我国社会主义现代化建设事业的一大特色坚持执行，它与"发展是硬道理"一样，对于我国社会主义民主建设同样可称为"不磨灭之论"。

孙起孟同志心系国家、耽于大事的事例，还有很多。1999年宪法修改时，孙起孟同志已转任民建中央名誉主席，但他仍十分关心民建的工作。他与民建中央其他领导同志向中共中央建议，将邓小平理论作为全党全国的指导思想写入宪法。中共中央认为民建中央的建议具有重要参考价值，将其转全国人大党组，并请全国人大在修宪时参考采择。后来，这一建议得到采纳。孙起孟同志晚年住院治疗时，与去看望他的统战部同志所交流的仍然多是工作，几乎没有私事。他曾提醒看望他的领导同志考虑，马列主义、毛泽东思想、邓小平理论和"三个代表"重要思想是全党、全国人民的指导思想，希望领导同志的讲话、报告以及会议的文件、材料中，能够把马列主义、毛泽东思想、邓小平理论和"三个代表"重要思想放在一起，作为一个整体讲，不要只提邓小平理论和"三个代表"重要思想。因为没有马列主义、毛泽东思想，就没有邓小平理论和"三个代表"重要思想，后者是前者的继承和发展。他还幽默地说道："没有爷爷，哪来的儿子、孙子呢?"

古人云：君子有三立，立德、立言、立功。孙起孟同志以他几十年在党为党、在党爱党的一言一行，诠释了什么是"鞠躬尽瘁，死而后已"，为我们树立了合格的共产党员的德、言、功，为我们树立了共产党人鲜活的形象。

四、陈邃衡同志：一名党外布尔什维克

陈邃衡同志是安徽怀宁县人，1915 年生于天津，2008 年去世。陈邃衡同志曾任全国人大代表、常委，全国政协委员、常委，民建中央副主席。他始学医，后投入到实业救国中。1949 年初南京解放前，在一些实业家和高级管理人员纷纷撤离或观望徘徊时，他毅然选择了光明，留在了南京，并把一个完整的面粉厂留给了新生的人民政权。1951 年他加入民建，1957 年公私合营后担任南京有恒面粉厂首任厂长、南京市副市长。1981 年，他以六

十六岁的高龄再度出任南京市副市长。中央有关领导同志称他为"真正的党外布尔什维克"。

循名责实，陈邃衡同志作为"真正的党外布尔什维克"，可谓名副其实、实至名归。他不论身处顺境逆境，始终坚信共产党的领导，自觉接受共产党的领导。他敢于坦诚直言，做党的诤友、挚友的事迹在江苏乃至全国统一战线系统都广为传颂。

陈邃衡同志勤政务实，被称为"马路市长"。他第二次担任副市长时，开始分管体育、卫生，后来又增加了环卫、环保、城管等工作。他每天总是从早到晚地忙碌，从来没有星期天。人们经常看见他骑着自行车，带着几个人走街串巷。他大部分时间都在区里、街道和环卫所，了解社情民意，解决实际问题。比如，他收到来信反映，几十户人家居住的一个院子，污水积满院落已有两年，一下大雨积水更深，怎么呼吁都不管用。接到信的当天，陈邃衡同志利用午休时间，步行两三里路到院子里实地了解情况。看到院子里常年积水、臭气熏天，到处搭着跳板、石头，院内居民就在跳板上行走的情况，他十分难过。回单位以后，他督促有关部门加班加点，用两天两夜解决了问题。有人说他不抓大事抓小事、琐事，他淡然一笑："我一个月解决一件小事，一年就解决十二件小事，总比坐在那里说空话强多了。"

陈邃衡同志倾心民生，对困难群众怀有深切情意。他积极带领民建、工商联的同志开展咨询服务、智力支边扶贫工作，曾率调研组六下连云港、七下盱眙，为发展地方经济、改善民生献计出力。他组织咨询服务组四赴新疆、十赴广西，帮助老少边穷地区培训专业技术人才和经营管理人才。陈邃衡同志热心公益事业，在扶贫、救灾、助学等方面做了许多好事和实事。在八十多岁高龄时，仍带头募集善款建希望小学，不顾年高体弱，先后到苏北地区，以及贵州、甘肃、青海等贫困地区考察，经他推动和呼吁，在当地援建了多所希望小学，并资助贫困生上学。在被问及为什么要千里迢迢去做这些事时，他用一句极简单的话来回答：表达一个老人对山区孩子的深切情意。

陈邃衡同志是一位民主党派成员，在组织上没有加入中国共产党，但他用行动书写着忠于祖国、勤奋为民的家国情怀，书写着什么叫真正的人、大写的人，书写着什么叫"为党献身常汲汲，与民谋利更孜孜"。他宛如一扇窗口，让我们看到，在中国共产党的组织之外，还有很多在思想上、行动上、目标上同中国共产党有着共同追求的人。面对这些没有面对党旗宣过誓的榜样，面对这些在我们党的组织之外的模范，扪心自问、反躬自省，作为共产党员，我们应作何感想？应何以自处？答案显而易见、不言自明，我们应该只争朝夕、起而行之、朝乾夕惕、时时自省。

在回顾四位老前辈的故事和点点滴滴时，想起一句话，既充满了诗意，也充满了哲理：不要因为走得太远，而忘了当初为什么出发。他们用行动生动而深刻地诠释了"我是谁，为了谁"，我来自哪里，我的本色是什么，我所拥有的一切是谁赋予的，我手中的权力来自何处。

反求诸己，而益自修。"三人行，必有吾师"，"他山之石，可以攻玉"，"百步之内，必有芳草"。的确如此，老一辈的崇高风范、嘉言懿行，如清风明月，无处不在。只要我们用心观察体悟，存乎一心，有"见贤"的认识并付出"思齐"的行动，就可以在改造主观世界的"苟日新、日日新、又日新"的人生道路上不断向前迈进。《旧唐书·魏徵传》言："夫以铜为镜，可以正衣冠；以古为镜，可以知兴替；以人为镜，可以明得失。"榜样的力量是无穷的，是行胜于言的执行力，是润物无声的感召力。人们说"欲知平直，则必准绳；欲知方圆，则必规矩"，见贤思齐，从具体入手，铢积寸累、受之以虚、得之以勤、久久为功，就能向模范无限靠拢和接近。形而上者谓之道，形而下者谓之器。在老一辈领导同志身上体现出的"道"就是理想信念，"器"就是一言一行。向他们学习，内外兼修、技道并进，以榜样和模范的言行滋养我们的人生，丰富我们的底蕴。

人们常说细节折射本质、体现个性，细节决定成败，不敬细无以致远大。古人还告诉我们，"不虑于微，始成大患；不防于小，终亏大德"。敬细的具体表现方式有若干种，但归根到底在于两个方面，一是为人，二是做事。古人韩愈曾言，为人之道，"其责己也重以周。重以周，故不怠"。意思是说，做人，要求自己要严格和周密，为了严格而周密，所以要不懈怠地进行道德修养。要慎独，不慎独，白袍点墨，终不可湔。暗中不欺隐，明处有受用。要慎微，不以恶小而为之，不以善小而不为。要像老一辈那样，惕厉自省，严格要求自己，心存敬畏、手握戒尺，以细行律身，用理想信念、清正廉洁书写人生。有一位诗人写过这样的话：你所立之处，便是你所在的中国，你的一言一行、一举一动，都决定了你影响范围下中国的形貌。对于中国共产党党员来说：你所立之处，不仅是你所在的中国，也是你所在的政党，你的一言一行、一举一动，不仅决定了你影响范围下中国的形貌，也决定了你影响下的政党在中国人民心中的形貌。我们党由八千多万名党员组成，走过了九十五年不平凡的历程，党的性质要求我们具有什么样的党性，我们就该朝着什么方向去努力。我们怎么样，党就怎么样。

（本文为在全国政协办公厅秘书局党支部"两学一做"座谈会上的发言）

温故　知新　再出发

　　1948 年 4 月 30 日，中共中央发布纪念五一劳动节口号，其中号召"各民主党派、各人民团体、各社会贤达迅速召开政治协商会议，讨论并实现召集人民代表大会，成立民主联合政府"。号召得到各民主党派、无党派民主人士的热烈响应。这一历史事件，掀开了各民主党派、无党派人士公开自觉接受中国共产党领导的新篇章，揭开了中国共产党同各党派、各团体、各族各界人士协商建国的序幕，奠定了中国共产党领导的多党合作和政治协商制度的基础。七十年过去了，回头看是为了更好地向前看。温故，就是要回看"五一口号"的历史意义，鉴古知今，以史资政；知新，就是要将习近平总书记关于加强和改进人民政协工作的重要思想学懂、弄通、做实，武装头脑、指导实践、推动工作；再出发，就是要在继承中创新，在创新中发展，把新时代人民政协工作做得更好。

　　一、重温"五一口号"，学习贯彻习近平总书记关于加强和改进人民政协工作的重要思想，要求我们善于从巩固

和发展爱国统一战线的角度认识和思考人民政协工作

"五一口号"拉开了筹备新政协、建立新中国的历史帷幕。1949 年 9 月 21 日，中国人民政治协商会议第一次全体会议的召开，标志着爱国统一战线在组织上完全形成，标志着中国共产党领导的多党合作和政治协商制度正式确立。这说明，人民政协是我们党的统战理论和统战工作发展到一定历史阶段的制度性产物，人民政协在成立之初就具有统一战线性质，其统战属性是与生俱来的。

习近平总书记强调，"人民政协是最广泛的爱国统一战线组织"，"做好人民政协工作，必须坚持大团结大联合。大团结大联合是统一战线的本质要求，是人民政协组织的重要特征。人民政协要坚持在热爱中华人民共和国、拥护中国共产党的领导、拥护社会主义事业、共同致力于实现中华民族伟大复兴的政治基础上，最大限度调动一切积极因素，团结一切可以团结的人，汇聚起共襄伟业的强大力量"。由此可见，人民政协传承和流淌着统一战线的血液和基因，统一战线属性是人民政协最基本的属性，统一战线职能是人民政协最基本的职能，统一战线工作是人民政协必须做好的重要工作。

从巩固和发展爱国统一战线的角度认识和思考人民政协工作，一是要求我们深刻认识宪法中关于人民政协"是有广泛代表性的统一战线组织"的重要表述，以及新修订宪法将"致力于中华民族伟大复兴的爱国者"纳入爱国统一战线的重要意义。

二是要求我们深刻认识做好新形势下统战工作的重大意义，认真落实中央统战工作会议精神，在坚持党的领导、掌握工作规律、坚持政治原则、讲究方式方法、善于联谊交友以及正确处理一致性与多样性的关系等方面多下功夫。

三是要求我们认真学习贯彻新修订的政协章程。对新修订的章程中增写的致力于中华民族伟大复兴的爱国者；各民主党派是中国特色社会主义参政党，非公有制经济人士、新的社会阶层人士等是中国特色社会主义事业的建设者；坚持一致性和多样性统一；铸牢中华民族共同体意识，加强各民族交往交流交融；坚持我国宗教的中国化方向；全面准确贯彻"一国两制""港人治港""澳人治澳"、高度自治的方针，严格依照宪法和基本法办事；坚决反对一切分裂国家的活动等重要内容，从做好政协统战工作的角度，有深刻的认识和体会。

四是要求我们认真学习领会汪洋主席"把中共中央对政协工作的各项要求落实下去，把海内外中华儿女实现中华民族伟大复兴中国梦的智慧和力量凝聚起来"的重要思想，将统战工作融入人民政协工作的各方面和全过程。

二、重温"五一口号"，学习贯彻习近平总书记关于加强和改进人民政协工作的重要思想，要求我们善于从坚持、发展和完善新型政党制度的角度认识和思考人民政协工作

"五一口号"是中国共产党领导的多党合作和政治协商制度形成及人民政协诞生的历史起点，标志着各民主党派和无党派人士公开、自觉地接受了中国共产党的领导，标志着中国共产党和各民主党派、无党派民主人士的团结合作迈上了新征程，标志着我国民主政治建设和多党合作制度建设揭开了新篇章。

习近平总书记在十三届政协一次会议期间与政协委员共商国是时指出："中国共产党领导的多党合作和政治协商制度作为我国一项基本政治制度，是中国共产党、中国人民和各民主党派、无党派人士的伟大政治创造，是从中国土壤中生长出来的新型政党制度。""我们应该不忘多党合作建立之初心，坚定不移走中国特色社会主义政治发展道路，把我国社会主义政党制度坚持好、发展好、完善好。"新修订的政协章程明确，"人民政协是实行中国共产党领导的多党合作和政治协商制度的重要政治形式和组织形式"。七十年来，我国多党合作事业蓬勃发展，为社会主义革命、建设和改革开放事业作出了重要贡献。实践证明，我国新型政党制度具有鲜明的中国创造、中国特色、中国气派、中国智慧，是对人类政治文明的重大贡献。

从坚持、发展和完善新型政党制度的角度认识和思考人民政协工作，要求我们始终清醒地认识到：人民政协是政治组织，必须旗帜鲜明讲政治。旗帜鲜明讲政治是人民政协的本质要求，中国共产党领导是人民政协事业发展进步的根本政治保证，也是新时代人民政协必须恪守的根本政治原则。为此，一是要加强思想政治引领，推动参加人民政协的各党派团体和各族各界人士不断增强对中国共产党和中国特色社会主义的政治认同、思想认同、理论认同、情感认同。

二是要团结、引导统战对象更加自觉地坚持中国共产党领导，更加自觉地维护习近平总书记的核心地位，更加自觉地维护中共中央权威和集中统一领导，在事关道路、制度、旗帜、方向等根本问题上统一思想、统一意志、统一步调、统一行动。

三是要加强大团结大联合，根据中国共产党同各民主党派和无党派人士长期共存、互相监督、肝胆相照、荣辱与共的方针，促进参加政协的各党派、无党派人士的团结合作，最大限度地凝聚共识、凝聚人心、凝聚智慧、凝聚力量。

四是要尊重、维护、照顾同盟者的利益，帮助党外人士排忧解难，为委员履职提供优质服务，更好保障委员的民主权利。

三、重温"五一口号"，学习贯彻习近平总书记关于加强和改进人民政协工作的重要思想，要求我们善于从发挥社会主义协商民主重要作用的角度认识和思考人民政协工作

"五一口号"的提出与各民主党派的积极响应，奠定了中国共产党与各民主党派长期合作、政治协商的基本格局。这一格局不仅体现了中国共产党的领导地位，也展现了平等协商的精神。商以求同，协以成事。平等协商，体现了天下为公、兼容并蓄的中华优秀传统文化，体现了中国共产党人虚怀若谷、胸怀天下的恢宏气度。

习近平总书记在党的十九大报告中指出："有事好商量，众人的事情由众人商量，是人民民主的真谛。协商民主是实现党的领导的重要方式，是我国社会主义民主政治的特有形式和独特优势。"深入协商的意义，在于最大限度地找到全社会意愿和要求的最大公约数，在于最大限度地画出民心民愿的最大同心圆。在人民内部各方面广泛商量的过程，就是发扬民主、集思广益的过程，就是统一思想、凝聚共识的过程，就是科学决策、民主决策

的过程，就是实现人民当家作主的过程。新修订的政协章程明确，"协商民主是我国社会主义民主政治的特有形式和独特优势。中国人民政治协商会议是社会主义协商民主的重要渠道和专门协商机构，要聚焦国家中心任务，把协商民主贯穿履行职能全过程，完善协商议政内容和形式，着力增进共识、促进团结，在推动协商民主广泛多层制度化发展、推进国家治理体系和治理能力现代化中发挥不可替代的作用"。

从发挥社会主义协商民主重要作用的角度认识和思考人民政协工作，一是要求我们认真贯彻落实习近平总书记在庆祝人民政协成立六十五周年大会上的重要讲话精神，深刻领会社会主义协商民主深厚的文化基础、理论基础、实践基础、制度基础，把协商民主贯穿履行职能全过程，推进政治协商、民主监督、参政议政制度建设，不断提高人民政协协商民主制度化、规范化、程序化水平。

二是要求我们坚持"以人民为中心的发展思想"，坚持协商于民、协商为民，把实现好、维护好、发展好最广大人民根本利益作为工作的出发点和落脚点，做到人民政协为人民，使人民群众感到政协离自己很近。

三是要求我们认真贯彻落实习近平总书记"懂政协、会协商、善议政"的要求，按照汪洋主席对政协工作提出的新理念——加强学习，着力把握协商民主的原则、要义、方法，不断提高政治水平、思想水平和建言水平；加强调查研究，深入实际摸清真实情况，集合众智提出解决办法，努力使对策建议有的放矢、切中要害，解决人民要解决的问题；加强实践锻炼，努力为形成协商民主完整的制度程序和参与实践作出新贡献；创造协民主的良好环境，营造知无不言、言无不尽的协商氛围，推动真诚协商、务实协商，使求真务实在人民政协蔚然成风。

四是要求我们把提高工作质量摆在更加突出的位置，把改革创新摆在更加突出的位置，把狠抓落实摆在更加突出的位置，把提高服务人民政协履职的能力、水平和实效摆在更加突出的位置，打造"五个过硬"和"四个铁一般"的干部队伍，确保中共中央的决策部署和全国政协党组的工作要求落到实处。

总之，不忘本来才能开辟未来，知其所来才能明其将往，温故、知新，是为了再出发。回顾历史，我们因为看见而相信；展望未来，我们应当因为相信而看见。

（刊于 2018 年第 13 期《中国政协》杂志）

统一战线：人民政协的初心与使命

人民政协是中国共产党的统一战线理论、政策和实践发展到一定历史阶段的制度性产物。1949 年 9 月，政协第一届全体会议在北京召开，标志着爱国统一战线和全国人民大团结在组织上完全形成，标志着中国共产党领导的多党合作和政治协商制度正式确立。从此，党的统一战线工作有了人民政协这一重要的制度安排、组织体系和工作平台。七十年来，人民政协作为党领导的统一战线组织而产生，因统一战线而存在，因统一战线而发展，具有天然的统战属性和统战职能。无论在中国人民站起来、富起来到强起来的时期，无论工作内容和方式如何发展变化，人民政协的统战属性始终没有改变，今后也不会改变。习近平总书记指出："做好人民政协工作，必须坚持人民政协的性质定位。"对我们来说，"懂政协"，一个重要的方面是懂得人民政协是中国共产党领导的最广泛的爱国统一战线组织，必须坚持党对人民政协的领导不动摇；"不忘初心"，一个重要的方面是不忘人民政协作为统一战线组织的初心；"牢记使命"，一个重要的方面是牢记人民政协统战工作的使命。

一、统一战线——党的事业取得胜利的重要法宝

马克思、恩格斯是马克思主义统一战线思想的创始人，恩格斯最早提出和使用了"统一战线"概念。1840年10月，恩格斯在《唯物论和虔诚主义》一文中就写道："在同宗教的黑暗势力进行斗争的任何情况下，我们都应该结成统一战线。"《共产党宣言》指出，"无产阶级只有解放全人类，才能最后解放自己"，这是无产阶级统一战线的根本指导思想。十月革命之后，列宁强调，巩固无产阶级政权必须重视统一战线的战略和策略，他指出："要利用一切机会，哪怕是极小的机会来获得大量的同盟者，尽管这些同盟者可能是暂时的、动摇的、不稳定的、靠不住的、有条件的。这对于无产阶级夺取政权以前和以后的时期，都是一样适用的。"

中国共产党历来高度重视统一战线工作。统一战线与党的光辉历程和辉煌业绩是紧密联系在一起的。党成立初期只有五十多名党员，通过建立民主联合战线，实行第一次国共合作，取得了北伐战争的重大胜利，迅速成为中国政

治舞台上的一支重要力量。抗日战争时期，党倡导并建立了包括一切抗日的阶级、阶层、政党、团体和各界人士在内的抗日民族统一战线，最终取得了抗日战争的伟大胜利。解放战争期间，党建立了人民民主统一战线，赢得各民主党派和进步力量的拥护支持，创立了新中国。新中国成立后，统一战线为巩固新生人民政权发挥了重要作用。改革开放以来，党巩固壮大爱国统一战线，形成了包括全体社会主义劳动者、社会主义事业建设者、拥护社会主义爱国者、拥护祖国统一和致力于中华民族伟大复兴爱国者的最广泛联盟，共同致力于改革开放和社会主义现代化建设。

毛泽东同志最早提出统一战线是重要法宝。1939 年 7 月，华北联合大学的师生即将从延安开赴晋东南前线，毛泽东同志为他们送行并即席讲话。他用古典小说《封神榜》里的故事作比喻说："当年姜子牙下昆仑山，元始天尊送他杏黄旗、方天印、打神鞭等三样法宝，姜子牙用这三样法宝打败了所有的敌人。今天，你们也要下山了，要去前线跟日本侵略者作战，我也赠你们三个法宝，这就是：统一战线、游击战争和革命团结。"他把统一战线比作姜子牙的"打神鞭"，并指出，这是孙中山先生革命四十年在临终时悟出的道理，是我们的法宝，掌握好这个法宝，就可把日寇赶出中国。同年 10 月，毛泽东同志在《〈共产党人〉发刊词》中进一步准确归纳了"三大法宝"。他指出："十八年的经验，已使我们懂得：统一战线，武装斗争，党的建设，是中国共产党在中国革命中战胜敌人的三个法宝，三个主要的法宝。"毛泽东同志指出："这三件是我们战胜敌人的主要武器。这些都是我们区别于前人的。依靠这三件，使我们取得了基本的胜利。"何为法宝？就是具有神奇功效的宝物，比喻用起来特别有效的工具、方法或经验。何为重要法宝？就是须臾不能离开的工具、方法或经验。说统一战线是重要法宝，这是从革命实践中得出的宝贵经验，可谓实至名归。

在做统战工作方面，毛泽东等老一辈革命家为我们作出了榜样。抗战时期，毛泽东同志在延安经常会见来访的各方面人士，同他们交朋友，做统战工作。国民党政府一个行政考察团到访延安时提出希望拜访毛泽东同志四次：考察团长单独拜见一次，全体团员拜会一次，考察完毕时再辞行一次，加上毛泽东同志出面主持一次招待会，一个团要见四次。工作人员知道毛主席公务繁忙、日理万机，于是想委婉地拒绝。毛泽东同志知道后肯定地说："需要我出面四次就四次"，"今后来延安的客人，凡要求见我的，你尽可以答应他们，并把他们的要求及时告诉我。我工作虽多，但是统一战线就是我的重要任务之一，只要需要，我一定会抽出时间来"。这个事例，体现了毛泽东同志对统战工作的高度重视。

1949 年 1 月，毛泽东同志会见从解放了的北平郊区应邀到西柏坡的费孝通、雷洁琼、张东荪等民主党派人士。多年以后，雷洁琼先生在回忆那次谈话时说道："我们到达的当天傍晚，毛泽东等中共中央领导同志邀我们共进晚餐。毛泽东同志谈笑风生，气氛十分活跃、愉快，我们初次见到中共领导同志的拘谨心情一下子就消失了。晚餐后，我们随毛泽东同志走进了他的办公室，围坐在他的书桌旁，亲切地交谈至凌晨二时。毛泽东同志讲到如何把革命进行到底的问题、知识分子问题、对民主党派的要求以及新中国建设的宏伟蓝图。他说，革命胜利了，就要召开新政协会议，成立中华人民共和国，希望民主党派站在人民大众的立场和中国共产党采取一致步调，真诚合作，不要半途拆伙，更不要建立'反对派'和'走中间路线'。"在那次谈话中，毛泽东同志还详细询问有关知识分子的情况，了解留在上海的张澜、罗隆基等民主党派人士的情况，并询问是否还有前清的翰林、进士，要费孝通、雷洁琼等帮忙推荐人才。

1949年5月9日，费孝通先生在参加北平市首次各界人民代表大会后，感慨地写道："我踏进会场，就看见很多人，穿制服的，穿工装的，穿短衫的，穿旗袍的，穿西服的，穿长袍的，还有位戴瓜皮帽的，这许多一望而知不同的人物，能够聚在一起开会，讨论建国大事，在我说是生平第一次。"各种不同的人物走到一起，这是统一战线的凝聚力。

1949年9月，毛泽东同志在招待出席政协全体会议代表时说："我们这一桌什么人都到齐了。有无产阶级李立三，无党派人士、文学家郭沫若，有民主教授许德珩，有工商界前清翰林陈叔老（陈叔通），还有妇女界廖夫人（廖仲恺夫人何香凝）和华侨老人陈嘉庚、司徒美堂……"各族各界人士为了共同目标汇聚到一起，这是统一战线的胜利。

陈毅同志与大收藏家、民国初年"北平四公子"之一的张伯驹先生之间的深厚情谊长达几十年之久。张伯驹先生是著名的收藏家，他捐给故宫的国宝中，有宋代著名书法家范仲淹的作品《道服赞》、晋代陆机所著《平复帖》、隋代著名画家展子虔的《游春图》、唐代大诗人李白真迹《上阳台帖》等。据说，当时一件就可以买五十个四合院。即使张伯驹先生被错划为右派，陈毅同志仍关心他、帮助他，并对他说，你把自己最珍贵的东西都献给了这个党，献给了这个社会主义国家，你会反党、反社会主

94

义？连峨眉山的猴子都不相信。陈毅同志临终前，让夫人张茜拿来跟了他几十年的玉质围棋子和大理石棋盘，说："盘分两块。这一块，好比就是我们共产党；另一块，好比就是民主党派、党外人士，只有合在一起，才能成为一盘棋。"陈毅同志郑重交代，将棋与盘送给张伯驹夫妇。一个棋盘，彼此不能分离，这是对统一战线的生动诠释。

新中国成立后，从 1950 年到 1963 年间，中央一共召开了十三次全国统战工作会议，足见对统战工作的高度重视。在第一次统战工作会议上，毛泽东同志针对中共党内有的同志"什么民主党派，不过是一根头发，拔了就拔了"的错误观点，提出了著名的"一把头发与一根头发"的论断，指出：从民主党派背后联系的人们看，就不是一根头发而是一把头发，不可藐视，要团结他们，使他们进步，帮助他们解决问题。要帮助民主党派发展组织、落实经费、安排人员。手心手背都是肉，不能有厚薄，要平等相待，不能莲花出水有高低。

1951 年，邓小平同志在西南局第一次统战工作会议上说："我们有的部队同志把胜利只看作是枪杆子打出来的，这是不全面的。从历史来看，党中央、毛主席对统战工作一直很重视，做得很精心。我们的胜利，一方面是靠枪杆子打出来的，另一方面也和统战工作分不开。长征到达陕北时，红一方面军只有六千人，加上陕北红军二十五军、二十六军，一共只有一万几千人，被十多万敌人包围，非常困难。党把一些最好的干部派去做统战工作，加上其他方面的工作，在'双十二'事变后形成了抗日救国的新局面。抗日战争时期，我们部队到达华北、华中后，人人感到需要有统战工作，因为我们有了朋友就可以站住脚跟。那时甚至对一个碉堡的伪军，都拼命地去做统战工作。在解放战争中，我们聚精会神地从政策等各个方面去做工作，争取了各民主党派。蒋介石也争取他们，但我们胜利了。我们由于得到了各阶层人民、各民主党派的支持，理直气壮，士气很高，才打胜了。抗美援朝开始的时候，有些人，包括一些民主人士、工商界和知识界人士，有疑虑。后来由于加强了工作，各界都赞成、拥护，各民主党派发表联合宣言，资产阶级也出来游行，这样就长了自己的志气，灭了敌人的威风……这个宣言表明了抗美援朝是举国一致的。如果不要统一战线，内部不团结，能够抗美援朝吗？在历史上，统一战线是决定革命胜利的三大因素之一。没有统一战线工作，任何一件事情都是办不好的。"邓小平同志的这段讲话，既回顾了党的统战工作历史，也生动阐释了统一战线的重要法宝作用。十一届三中全会以后，邓小平同志说："统一战线仍然是一个重要法宝，不是可以削弱，而是应该加强，不是可以缩小，而是应该扩大。"江泽民同志指出："统一战线作为党的一个重要法宝，绝不能丢掉；作为党的一个政治优势，绝不能削弱；作为党的一项长期方针，绝不能动摇。"胡锦涛同志指出："统一战线不仅是中国共产党夺取革命、建设和改革事业胜利的重要法宝，而且是中国共产党执政兴国的重要法宝，是实现祖国完全统一和中华民族伟大复兴的重要法宝。"

中共十八大以来，以习近平总书记为核心的中共中央对统战工作作出战略部署和详细规划，先后召开中央民族工作会议、中央统战工作会议、全国宗教工作会议、第二次中央新疆工作座谈会、中央第六次西藏工作座谈会和全国新的社会阶层人士统战工作会议等一系列重要会议，颁布了我们党关于统一战线的第一部党内法规《中国共产党统一战线工作条例（试行）》，还专门成立了中央统一战线工作领导小组，举措之多、分量之重，在统一战线历史上是不多见的。在 2015 年 5 月召开的中央统战工作会议上，习近平总书记开宗明义指出："新形势下统战工作在党和国家工作大局中居于什么地位？我一直在思考这个问题，不由想起了毛泽东同志讲过的三句话。第一句是：统一战线，武装斗争，党的建设，是中国共产党在中国革命中战胜敌人的三个法宝。这是毛泽东同志 1939 年在《〈共产党人〉发刊词》中讲的，首次明确了统一战线的法宝地位。第二句是：所谓政治，就是把我们的人搞得多多的，把敌人搞得少少的。这是毛泽东同志在延安时期讨论什么是政治时讲的。第三句是：统战工作是最大的工作。这是毛泽东同志在新中国成立初期讲的。这三句话提出了一个什么问题呢？概括起来说，就是人心向背、力量对比是决定党和人民事业成败的关键，是最大的政治。统战工作的本质要求是大团结大联合，解决的就是人心和力量问题。这是我们党治国理政必须花大心思、下大力气解决好的重大战略问题。"习近平总书记还语重心长地说过："在党的一系列路线方针政策中，什么问题最复杂？仔细琢磨一下，就是关于统战方面的理论、政策最复杂，在操作把握上的界限最微妙，需要深入洞察才能把握住"，"统一战线过去是、现在是、将来也是我们党的一大法宝"。总书记还多次强调"统一战线工作是全党的工作"，要求建立"大统战工作格局"，要求全党同志都要善于做统战工作。

回顾我们党统一战线理论、政策和实践的发展历程，我们可以得出三点认识和体会：

一是，统一战线是中国共产党凝聚人心、汇聚力量的政治优势和战略方针，是夺取革命、建设、改革事业胜利的重要法宝，是增强党的阶级基础、扩大党的群众基础、巩固党的执政地位的重要法宝，是全面建成小康社会、加快推进社会主义现代化、实现中华民族伟大复兴中国梦的重要法宝。

二是，夺取革命胜利需要统一战线，巩固胜利成果、进行社会主义现代化建设同样需要统一战线。实践证明，什么时候重视统战工作，统一战线的作用发挥得好，党和人民的事业就能蓬勃发展，不断从胜利走向胜利。反之，党和人民的事业就会遭受挫折甚至失败。

三是，做好统一战线工作，最根本、最重要的是坚持中国共产党的领导。"领导权的问题"始终是建立和发展统一战线的中心问题和根本问题。统一战线是党领导的统一战线。在统战工作中，实行的政策、采取的措施都要有利于坚持和巩固党的领导地位和执政地位。

二、创建新中国——血流在一起

在天安门广场上，矗立着由中国人民政治协商会议第一届全体会议决定建立的通高 37.94 米的人民英雄纪念碑。碑的正面，镌刻着毛泽东同志题写的"人民英雄永垂不朽"八个金箔大字，背面是由毛泽东同志起草、周恩来同志书写的碑文："三年以来，在人民解放战争和人民革命中牺牲的人民英雄们永垂不朽！三十年以来，在人民解放战争和人民革命中牺牲的人民英雄们永垂不朽！由此上溯到一千八百四十年，从那时起，为了反对内外敌人，争取民族独立和人民自由幸福，在历次斗争中牺牲的人民英雄们永垂不朽！"这篇只有一百一十四个字的碑文，既非常简明，又非常厚重，浓缩了近代以来中国人民百折不挠的奋斗史、革命史，折射出中华民族不屈不挠的顽强意志。

中华人民共和国是中国共产党领导人民和人民军队流血牺牲拼来的，是用热血铸就的。"三年以来""三十年以来"的"人民英雄"，以共产党人为主体，当然也包括了为民族独立、人民幸福而奋斗的广大中华儿女。中国共产党的胜利，是人民的胜利，是统一战线的胜利。在建立、建设和发展新中国的过程中，民主党派、无党派人士中的志士仁人，与共产党人鲜血流淌在一起，力量凝聚在一起。

1946 年 6 月 23 日，上海各界人士请愿团赴南京请愿，呼吁和平，反对内战。当晚，请愿代表到达南京下关车站后，遭到大批国民党特务围攻殴打，时间长达五个小时。代表团成员马叙伦、雷洁琼、阎宝航等多人被打伤住院。这就是震惊中外的"下关惨案"。当天深夜，周恩来、董必武、邓颖超等同志到医院看望。周恩来同志对受重伤的雷洁琼先生说："你们的血是不会白流的。"邓颖超同志将自己的外套脱下，为雷洁琼先生换下血衣。马叙伦先生握着周恩来同志的手说："中国的希望寄托在你们身上。过去，我劝你们少要些兵，少要些枪。现在我说你们的战士不能少一个，枪不能少一支，子弹不能少一粒。"

1946 年 6 月底，民盟和各界人士在昆明发起万人签名运动，反对国民党内战，要求和平。南京国民政府密令昆明警备司令部、宪兵十三团等："中共蓄意叛乱，民盟甘心从乱，际此紧急时期，对于该等奸党分子，于必要时得宜处置。"7 月 11 日晚，李公朴先生和夫人于外出回家途中，遭国民党特务暗杀。7 月 15

日下午，闻一多先生在主持李公朴追悼会和记者招待会后也遭杀害。这就是震惊中外的"李闻惨案"。惨案发生后，毛泽东、朱德同志分别给李、闻家属发了唁电，表示哀悼，称赞他们"为民主而奋斗，不屈不挠，可歌可佩"。

1947年3月20日，国民党以莫须有的罪名，将民盟中央常委杜斌丞等人逮捕。杜斌丞在狱中受尽各种折磨，视死如归。他在遗书中说："彼独裁暴力，虽能夺我革命者之生命，绝不能阻挠人类历史之奔向光明，终必为民主潮流所消灭也。"10月7日，杜斌丞先生被枪杀于西安玉祥门外。毛泽东同志为其题词："为人民而死，虽死犹生。"

国民党的倒行逆施，阻挡不了历史前进的脚步。"下关惨案""李闻惨案"以及之前发生在重庆的国民党残害民主人士的"较场口惨案"等一系列惨案，使越来越多的民主党派人士坚定了在中国共产党的领导下，推翻国民党独裁政权，建立一个独立、民主、和平、统一的新中国的决心。1948年4月30日，中共中央发布纪念五一劳动节口号，其中第五条提出，"各民主党派、各人民团体、各社会贤达迅速召开政治协商会议，讨论并实现召集人民代表大会，成立民主联合政府"。5月1日，毛泽东同志还致电李济深、沈钧儒先生，对召开政治协商会议的时间、地点、参会党派等进行协商，并提议"由中国国民党革命委员会、中国民主同盟中央执行委员会、中国共产党中央委员会于本月内发表三党联合声明，以为号召"。中国人民政治协商会议虽然沿用了国民党时的旧政治协商会议的名称，但组织和性质完全不同。旧政协是由国民党召集的协商国家政治问题的一次临时性会议，1946年1月10日至31日在重庆召开，出席会议的国民党代表八人，中共代表七人，民盟代表九人，青年党代表五人，无党派人士九人，共三十八人，在国民党发动内战和召开伪国大之后即告寿终正寝。人民政协开始称之为新政治协商会议，后根据周恩来同志提议，一致同意改称"中国人民政治协商会议"。人民政协同旧政协不仅性质不同、构成不同、作用不同，而且不单是一种会议形式，还是一种机制化的政治组织。"五一口号"立即得到各民主党派、无党派人士和有关人民团体的热烈响应。1948 年 5 月 5 日，李济深、何香凝、沈钧儒、章伯钧、马叙伦、王绍鏊、陈其尤、彭泽民、李章达、蔡廷锴、谭平山、郭沫若等十二位民主人士联名致电毛泽东和全国同胞，表示："适合人民时势之要求，尤符同人等之本旨，曷胜钦企。"之后，聚集香港的各民主党派、无党派人士，在中国共产党的领导和推动下，多次召开座谈会，在香港《华商报》发表大量文章，围绕新政协的性质、影响、任务等问题展开热烈讨论，掀起了一场颇具声势的新政协运动。1949 年 1 月 22 日，李济深、沈钧儒等民主党派的领导人和无党派民主人士五十五人联合发表《对时局的意见》，一致同意中共提出的关于召开政治协商会议、成立联合政府的主张"符合于全国人民大众的要求"，恳切表示"愿在中共领导下，献其绵薄，共策进行，以期中国人民民主革命之迅速成功，独立、自由、和平、幸福的新中国之早日实现"。这充分表明，各民主党派和无党派民主人士公开地、自愿地接受了中国共产党的领导，决心走人民革命的道路。

从 1948 年 8 月起，应中共中央邀请，并在中共地下党组织的周密安排下，在香港和国统区的民主党派、无党派民主人士，置个人生死于不顾，为筹备新政协、共商建国大计，纷纷北上哈尔滨、河北平山县。当时香港的情况十分复杂，国民党特务很多，他们不择手段迫害民主人士，阻止民主人士北上。从1948年9月沈钧儒、谭平山、蔡廷锴、章伯钧等五人乘苏联货轮从朝鲜罗津港登陆，再辗转抵达哈尔滨开始，到1949年5月14日，包括李达、王亚南、姜椿芳等一百多位民主人士、文化界人士，乘坐货轮抵达天津塘沽，中共香港分局先后分二十余批次，成规模秘密护送民主人士及家眷一千多人北上解放区，其中三百五十余人为民主人士。

1949年元旦这天，李济深先生在船上眺望茫茫大海，应茅盾先生所请，即兴作诗抒怀："同舟共济，一心一意，为了一件大事！一件为着参与共同建立一个独立、民主、和平、统一、康乐的新中国的大事！同舟共济，恭喜恭喜，一心一意，来做一件大事。前进！前进！努力！努力！"在北上途中，许多民主人士心潮澎湃，情绪盎然，纷纷赋诗抒怀。柳亚子先生的诗，表达了他们北上的心情："六十三龄万里程，前途真喜向光明。乘风破浪平生意，席卷南溟下北溟。"叶圣陶先生吟出："翻身民众开新史，立国规模俟共谋。"陈叔通先生接续："纵横扫荡妖氛靖，黾勉艰难国是求。"彭泽民先生重返久别二十余年的故土和解放区，喜悦之情溢于言表，赋诗写道："廿年空有还乡梦，今日公车入国门，几经羁縻终解脱，布衣今日也称尊。"朱蕴山先生在途中也吟诗多首，有"一页展开新历史，天旋地转望延安""解放声中到大连，自由乐土话翩翩""神州解放从今始，风雨难忘共一舟"等佳句。"诗言志"，民主党派和无党派人士表达当时激动和喜悦心情的诗句，生动诠释了什么叫"人心所向""大道同行"。

在奔赴筹备新政协的征途中，冯玉祥先生在黑海因轮船失火遇难。民革重要领导人杨杰先生北上前在香港被国民党特务暗杀。新疆的阿合买提江等人，因飞机失事而牺牲在曙光升起的时节。黄炎培先生之子、民建临时干事会常务干事黄竞武先生因参与和领导掩护中共地下党员、争取工商界人士工作，于 1949 年 5 月被捕，几日后同其他十二位志士被活埋于国民党的监狱内。在重庆解放前夕，关押在白公馆的民革川康组织负责人周从化，与关押在渣滓洞的中共党员江竹筠等英勇就义。据统计，有三十多位民主党派成员、无党派民主人士牺牲在白公馆、渣滓洞监狱中。迎着新中国的曙光，共产党员、民主党派成员、无党派人士，血流淌在一起。这些民主党派、无党派的英烈，用生命筑起了同中国共产党风雨同舟的历史丰碑。

在筹备新政协的过程中，毛泽东、周恩来等中央领导同志特别邀请宋庆龄先生参加。1949 年 6 月 19 日，毛泽东同志亲笔致函宋庆龄先生，信中说："庆龄先生：重庆违教，忽近四年。仰望之诚，与日俱积。兹者全国革命胜利在即，建设大计，亟待商筹，特派邓颖超同志趋前致候，专诚欢迎先生北上。敬希命驾莅平，以便就近请教，至祈勿却为盼！专此。敬颂大安！"并让邓颖超同志带着信函专程前往上海，面呈宋庆龄先生。周恩来同志也给宋庆龄先生写了一封信。信中写道："庆龄先生：沪滨告别，瞬近三年，每当蒋贼肆虐之际，辄以先生安全为念。今幸解放迅速，先生从此永脱险境，诚人民之大喜，私心亦为之大慰。现全国胜利在即，新中国建设有待于先生指教者正多，敢藉颖超专诚迎迓之便，谨陈渴望先生北上之情。敬希早日命驾，实为至幸。"这两封信，表达了毛泽东、周恩来等中共中央领导人对宋庆龄先生的深深敬意和诚意。因孙中山先生是在北平逝世的，宋庆龄先生说过："北平是我最伤心之地，我怕到那里去。"但看到两封信之后，宋庆龄先生非常感动，欣然北上。8月28日，当宋庆龄先生抵达北平时，毛泽东、周恩来、林伯渠、董必武等中央领导人和民主党派中央领导人，提前近一个小时到车站迎接。

在建立中华人民共和国的过程中，民主党派和无党派人士的许多重要意见和建议被采纳。本来按中央的设想，"召开政治协商会议，讨论并实现召集人民代表大会，成立民主联合政府"。由于一些地方尚未解放，一下子难以选举人民代表和召开人民代表会议，而全国形势发展变化很快，建立新政权的任务又十分迫切，中共中央采纳了章伯钧、蔡廷锴等先生"新政协即等于临时人民代表会议，即可产生临时中央政府"的建议，决定政协代行全国人民代表大会职权。具有临时宪法作用的《中国人民政治协商会议共同纲领》的起草、修改和定稿，是集体智慧的伟大杰作，是统一战线付诸实践和发挥重要作用的生动体现。当中共提出共同纲领草案初稿后，在周恩来同志的主持和指导下，共同纲领起草小组、新政协筹备会和政协全体会议代表又进行了多次讨论和修改。九三学社代表许德珩先生说："共同纲领草案是经过了筹备会多次的周详讨论的，在大会开幕以前来到北平的六百多位代表也曾经分组多次的研讨，六百多位同仁之中，可以说是很少很少没有发言的，也很少有发言不被重视的；凡是在目前紧要的，能够办得到的建议，都是被采纳的。这种民主的、实事求是的精神，是值得我们欣慰的。"民主建国会代表章乃器先生说：在讨论共同纲领的过程中，"保证了大家都有充分的发言权，做到了知无不言，言无不尽；做到了反复讨论，不厌求详；做到了多数起了决定作用，少数心悦诚服。这才是真正的、彻底的民主"。当共同纲领在政协全体会议上获得一致通过时，会场上响起了长时间的、潮水般的掌声和欢呼声。因为共同纲领凝聚着全体代表的智慧和心血，反映了中国各阶层人民的共同利益和全国人民建设祖国的共同意志。

在确定新中国的国号时，许多人主张为"中华人民民主共和国"。张治中先生在回忆录中说，有些民主人士认为，"人民""民主""共和"意义相同，是重复了，念起来也有点拗口，建议去掉"民主"两个字，意见被采纳。其实，在讨论当中，毛泽东同志支持沿用"中华民国"的国号，理由是共产党拥护孙中山、反对蒋介石，是救中国，而不是亡中国，新中国取代旧中国是新政府取代旧政府，不是新国家取代旧国家。何香凝先生等认为，孙中山先生一生为共和奋斗，中华人民共和国包含了"中华民国"四个字，"民国"的"民"就是人民。毛泽东同志尊重大家的意见，不再坚持。在讨论国旗方案时，相当一部分代表倾向于旗左上方有一颗大星、下方一条代表黄河的横杠。张治中先生不赞成这一方案，但他的意见并没有引起足够的重视。一贯敢于直言的他，直接向毛泽东同志陈述自己的看法。他说："红色是代表国家和革命的，中间这一杠，把红旗劈为两半，不变成分裂国家、分裂革命了吗？同时，以一杠代表黄河也不科学，老百姓会联想到孙猴子的金箍棒。"毛泽东同志赞同张治中先生的意见，后来，又经过反复协商讨论，最后确定国旗为五星红旗。在讨论国歌时，马叙伦先生等提议，用《义勇军进行曲》暂代国歌，而且认为，"中华民族到了最危险的时候"等这样的歌词也不用改，此意见被采纳，《义勇军进行曲》作为国歌，沿用至今。此外，马叙伦先生还建议，将每年的10月1日定为国庆日，这个建议大会予以采纳，通过了《请政府明定十月一日为中华人民共和国国庆日，以代替十月十日的旧国庆日》的建议案。在政协第一次会议期间，郭沫若、李济深、沈钧儒、黄炎培、马叙伦等四十四人联名提出"急电联合国否认国民党反动政府代表案"第一号提案，以大会名义交中央人民政府办理。政协全国委员会第一次全体会议决定，在天安门广场建立人民英雄纪念碑。纪念碑的总体构想和四周浮雕造型的主要设计者，则是民盟中央的两位常委——雕塑大师刘开渠先生和建筑学家梁思成先生。

1949 年 9 月 21 日，政协第一届全体会议开幕。在会议上，黄炎培先生发表了一篇热情洋溢的演讲，他说：新中国是"一所新的大厦，是钢骨水泥的许多柱子撑起来的。这些柱子是什么？第一是中国共产党，还有各民主党派、各人民团体、各地区、人民解放军、各少数民族、国外华侨和其他爱国分子，这些单位就是一根一根柱子。这钢骨水泥是什么？就是中国工人阶级、农民阶级、小资产阶级、民族资产阶级和其他爱国分子的人民民主统一战线"。"大厦的基础"就是马克思列宁主义、毛泽东思想。大厦顶上的旗帜就是"新民主主义"。大厦有五个大门，每个门上有两个大字，就是"独立、民主、和平、统一、富强"。这所大厦的主人是"四万万七千五百万中国人民"。黄炎培先生形象地描绘了新中国的政权基础、领导力量、指导思想和奋斗目的。

第一届中央政府的人事安排，非常注重发挥民主党派、无党派人士的作用。早在 1949 年 3 月召开的七届二中全会上，毛泽东同志就说过："我党同党外民主人士长期合作的政策，必须在全党思想上和工作上确定下来。我们必须把党外大多数民主人士看成和自己的干部一样，同他们诚恳地坦白地商量和解决那些必须商量和解决的问题。"他还强调，要使党外人士"在工作岗位上有职有权"，对作过贡献的各民主党派的领导人要"用大位置好好安置"，"没有党外人士进入政府就不行"。在第一届中央人民政府的六位副主席中，非中共人士有宋庆龄、李济深、张澜三位；四位副总理中，非中共人士有郭沫若、黄炎培两位；十五位政务委员中，非中共人士有九位；政务院（今国务院）所属三十四个部、会、院、署、行中，担任正职的非中共人士多达十四位，占41%。黄炎培先生后来在日记中写道："共产党领袖对民主党派的态度是：以诚相待、思想见面；患难与共、真诚合作。"老一辈革命家与党外人士在长期的革命和建设过程中，结下了"肝胆相照、患难与共""道义相砥、过失相规""缓急可共、死生可托""同声相应、同气相求"的深厚情谊。曾任民建中央主席的胡厥文先生为表达听毛泽东同志的话，跟共产党走的决心，曾赋诗一首，诗曰："党派今何似？长松附茑萝。百年生死共，痛痒共搔摩。"马叙伦先生在临终前写下这样一段话："我们只有跟着共产党走，才是在正道上行，才有良好的结果，否则根本上就错了。"

在组成政务院时，傅作义先生说："周恩来先生提议由我来当水利部长，主席团竟一致通过，这是我做梦也不曾想到的。在国民党蒋介石统治的旧中国，我拎上整箱的黄金美钞，想打通关节买个部长当当而不可得呀！"他泪流满面地说："如今共产党毛泽东要我这个起义将军当部长，这是毛泽东的英明，共产党的伟大，共产党不得天下则天理难容矣！"傅作义先生从出任第一任水利部长，到后来担任水利电力部部长，前后达二十三年。他深入调查研究，踏遍全国的山山水水，为新中国水利电力事业作出了很大贡献。

1950 年 10 月 24 日，全国政协一届十八次常委会议协商讨论抗美援朝问题，决定起草一份《各民主党派联合宣言》，以表明立场，号召各方。大家公推民盟中央副主席、全国政协外交组组长罗隆基先生执笔起草。1950 年 11 月 4 日，中国共产党联合中国国民党革命委员会、中国民主同盟、中国民主建国会、中国人民政协无党派民主人士、中国民主促进会、中国农工民主党、中国致公党、九三学社、台湾民主自治同盟、中国新民主主义青年团共同发表了《各民主党派联合宣言》。《各民主党派联合宣言》明确提出："中国人民支援朝鲜人民的抗美战争不只是道义上的责任，而且和我国全体人民的切身利害密切地关联着，是为自卫的必要性所决定的。"在出兵的名义上，毛泽东同志与周恩来同志研究，拟用"支援军"的名义。黄炎培先生得知后登门拜访，对毛泽东、周恩来同志说："有个问题要考虑呀，自古道师出有名，名不正则言不顺，这个仗就不好打。""支援军，那是派遣出去的。谁派出去支援？国家吗？我们是不是要跟美国宣战？"黄炎培建议用"志愿军"的名义，表明这是中国人民志愿组成的军队。毛泽东同志听后说："哦，很有道理！"遂从笔筒里拿起一支铅笔，将"支援"两字划去，改成"志愿"两个字。接着说道："黄老先生指教得好啊，就叫'中国人民志愿军'！我们不是跟美国宣战，不是国与国宣战，我们是人民志愿的嘛，这是民间的事儿，人民志愿去朝鲜帮助朝鲜人民，而不是国与国的对立。"黄炎培先生的意见被采纳，赴朝部队的名称被确定下来，名震世界军事史的"中国人民志愿军"就这样诞生了。

1978 年召开的党的十一届三中全会，作出了将全党的工作重心转移到社会主义现代化建设上来的重大决策，揭开了改革开放的序幕，开始了党在思想、政治、组织等方面的拨乱反正，本着实事求是、有错必纠的原则，开始大规模地平反冤假错案、落实政策和调整社会各方面的关系。政协委员中的许多人及亲属，既是被落实政策、被平反冤假错案的对象，同时，又积极呼吁和协助党和政府，推动各项政策的落实。如落实知识分子政策问题，1982 年 10 月，全国政协五届五次会议前，召开了二十四次座谈会，邀请二百多位专家学者参加，广泛听取和反映意见和建议，并组成调查组，赴上海、浙江、江苏、山东作了一个半月的调查，特别是对中年知识分子入党、安排使用、工资待遇、夫妻两地分居、住房、子女入学和就业等问题，进行调查研究，提出意见和建议。为年龄五十岁左右、工资五十多块钱、住房五十来平方米的"三五牌"中年知识分子面临的教学科研任务重、基层党政工作任务重、经济负担重、工资收入低、生活水平低的"三重两低"的问题，奔走呼吁。

作为世界上规模最大的、涉及国脉国运的"国之重器"的三峡工程，于 1994 年启动建设，2006 年全线修建成功，2012 年全部机组投产发电。三峡工程的建设，凝聚着人民政协、统一战线的心血。1993 年，各民主党派中央、全国工商联领导人和无党派人士考察团一行一百余人赴重庆、四川、湖北考察三峡工程。一百余人中，有六位全国人大常务委员会副委员长和全国政协副主席，有三十余位担任全国人大常委和全国政协常委、委员的正、副部级干部，还有多位学部委员和专家学者，等等。组团的规模之大，层次之高，前所未有。考察的内容，有移民区、淹没区、三峡工程枢纽模型、升船机模型、泥沙实体模型、三峡工程坝址、中华鲟研究所等。结束考察前，一位民主党派中央领导人在讲话时说："我们的考察活动就要结束了，但我们对三峡工程的关心还不能画句号，只能是逗号。等三峡大坝截流时，我们还要来；等三峡工程全部完工时，我们还要来。那时，我们中有的同志已经百岁了，百岁也要来。只有到了那时，我们对三峡工程的关心，对三峡工程所做的一切努力，才能画上一个圆满的句号。"据统计，全国政协六届一次会议开始，先后有三千四百多名全国政协委员联名提出有关三峡工程的提案达六百余件。在项目论证阶段，有五十多位委员参加，有二十多位委员担任专家组成员。前后有多位政协副主席率团赴实地考察调研。政协委员围绕建还是不建、早建还是晚建、建高坝还是建低坝等问题，提出了许多意见和建议。虽然有的意见不尽一致，但正如一位领导同志所言："正是不同意见才促进了三峡工程论证的深入。提不同意见的同志都是积极的、认真的，出于爱国热情和对人民负责的精神。"

改革开放以来，全国政协参与推动了包括南水北调工程、青藏铁路建设等在内的一系列重大工程的建设，促进了一系列问题的解决。从加快天津滨海、海峡西岸、北部湾等沿海经济区建设，到构建西部开发、振兴东北、中部崛起等区域发展战略格局；从长江三角洲区域一体化、京津冀协同发展、长江经济带发展、粤港澳大湾区建设等区域协调发展战略，到科教兴国、人才强国、创新驱动发展、乡村振兴、可持续发展、军民融合发展等一系列重大战略的部署和实施，都凝聚着政协委员的智慧和力量。

全国政协委员高度重视社会主义精神文明建设。1996 年 1月，全国政协以"全委（1996）1 号"文件的方式，向中共中央报送《进一步加强社会主义精神文明建设的建议》。政协章程明确，政协"通过调研报告、提案、建议案或其他形式，向中国共产党和国家机关提出意见和建议"。这是全国政协唯——次以全国政协名义提出的建议案。《进一步加强社会主义精神文明建设的建议》中提出了"一手硬、一手软"的问题，认为社会主义市场经济的发展，为精神文明建设提出了更为广大而深刻的问题，如何在新的发展形势下解决好精神文明建设的问题，是摆在我们党和我国各族人民面前的一大问题。在党的十四届六中全会上，时任中共中央总书记的江泽民同志明确表示，政协委员在精神文明建设方面的建议，对《中共中央关于加强社会主义精神文明建设若干重要问题的决议》的形成作出了贡献。

十八大以来，在以习近平同志为核心的中共中央坚强领导下，人民政协在继承中发展、在发展中创新，紧紧围绕中心、服务大局，聚焦全面深化改革凝聚共识、汇集力量、建言献策，作出了新的积极贡献。

比如，十二届全国政协对"实施精准扶贫中存在的问题和建议"先后进行两轮监督性调研，一百零四名委员组成十五个调研组赴十五个省（区、市）七十五个县（区）调研，到地方后十五个调研组再分成四十三个调研小组，深入到村、到户，取得重要履职成果。再比如，十三届全国政协围绕"创新驱动发展"召开的专题协商会，全国政协委员中的近百名两院院士与会，与有关部委负责同志面对面协商，彰显了科学家在专门协商机构中的重要作用，体现了在科教兴国中的影响力。还比如，创建双周协商座谈会。2019年6月14日，十三届全国政协围绕"构建居家社区机构'三位一体'的养老服务体系"召开第二十四次双周协商座谈会，是十二届全国政协以来召开的第一百次双周协商座谈会。双周协商座谈会是委员与中央和国家机关有关部门交流协商的机制化平台，是委员建言献策、增进共识的重要途径。经过一百次的实践，双周协商座谈会已经成为政协协商民主的重要品牌。

回顾创建新中国和新中国成立以来的历史，我们可以得出三点认识和体会：

一是，中国共产党的领导是包括各民主党派、各团体、各民族、各阶层、各界人士在内的全体中国人民的共同选择，是历史的选择。中国共产党和各民主党派之间肝胆相照的亲密友党关系，是在争取自由、民主，建立新中国的历史进程中形成的，是在社会主义建设和改革开放的历史进程中不断巩固和发展的。

二是，各民主党派作为中国共产党久经考验的亲密友党和中国特色社会主义参政党，是中国从站起来、富起来到强起来伟大征程中的一支重要力量，是决胜全面建成小康社会、夺取新时代中国特色社会主义伟大胜利的一支重要力量，是实现中华民族伟大复兴中国梦的一支重要力量。

三是，人民政协植根于中国历史文化，产生于近代以后中国人民革命的伟大斗争，发展于中国特色社会主义光辉实践，具有鲜明中国特色，是实现国家富强、民族振兴、人民幸福的重要力量。

三、大团结大联合——人民政协组织的重要特征

习近平总书记指出："做好人民政协工作，必须坚持大团结大联合。大团结大联合是统一战线的本质要求，是人民政协组织的重要特征。"彰显大团结大联合，是人民政协组织的重要任务；促进和实现大团结大联合，是人民政协的光荣使命。

在我国的政治体制中，人民政协是由众多界别组成的全国性

政治组织，并且是唯一一个以非中共人士占多数组成的政治组织，是"最具广泛的代表性和最大政治包容性的组织"。这一特点，第一届政协全体会议的参会单位和代表构成就能体现出来。政协第一次全体会议共有五个方面的四十六个单位、六百六十二位代表参加。其中：第一个方面，党派代表，共十四个单位，正式代表一百四十二人、候补代表二十三人。这十四个单位是：中国共产党、中国国民党革命委员会、中国民主同盟、民主建国会、无党派民主人士、中国民主促进会、中国农工民主党、中国人民救国会、三民主义同志联合会、中国国民党民主促进会、中国致公党、九三学社、台湾民主自治同盟、中国新民主主义青年团（政协第一次会议后不久，救国会于1949年12月宣告结束历史使命，三民主义同志联合会和中国国民党民主促进会合并于民革，由当初参加政协的十一个民主党派，演变成直至今日的八个民主党派）。其中中国共产党正式代表十六人，约占1/9；候补代表两人，约占1/11。第二个方面，区域代表，共九个单位，正式代表一百零二人、候补代表十四人。这九个单位是：西北解放区、华北解放区、华东解放区、东北解放区、华中解放区、华南解放区、内蒙古自治区、北平天津两直辖市、待解放区民主人士。第三个方面，军队代表，共六个单位，正式代表六十人、候补代表十一人。这六个单位是：中国人民解放军总部、中国人民解放军第一野战军、中国人民解放军第二野战军、中国人民解放军第三野战军、中国人民解放军第四野战军、华南人民解放军。第四个方面，团体代表，共十六个单位，正式代表二百零六人、候补代表二十九人。这十六个单位是：中华全国总工会、各解放区农民团体、中华全国民主妇女联合会、中华全国民主青年联合

113

总会、中华全国学生联合会、全国工商界、上海各人民团体、中华全国文学艺术界联合会、中华全国第一次自然科学工作者代表大会筹备委员会、中华全国教育工作者代表会议筹备委员会、中华全国社会科学工作者代表会议筹备会、中华全国新闻工作者协会筹备会、自由职业界民主人士、国内少数民族、国外华侨民主人士、宗教界民主人士。第五个方面，特别邀请代表，共七十五人。

在六百六十二名代表中，共产党员约占44%，工农和各界的无党派代表约占26%，各民主党派的代表约占30%。中央统战部将六百六十二名代表名单及各项统计印制成一本很厚的表册，毛泽东同志给予肯定并风趣地称之为"这是一本包罗万象的天书"。但后来北京有些满族人却在喜庆的会议期间哭了，因为他们看到的新政协少数民族代表名单中没有满族代表。毛泽东同志知道此事后说："一个民族没有代表，整个少数民族为之不欢。"尽管称赞这份名单为"天书"，毛泽东同志还是认为这是一个失误。后来，他和周恩来同志多次提起这个教训。实际上，代表名单中有一位是满族人，名叫董鲁安，他以无党派民主人士身份参加，并在会议结束时当选第一届全国政协委员，只是他在登记时填写的是蒙古族。这个问题在第二届会议时作了弥补。从这个事例中，我们能感受到委员的代表性，缺了一个人可能就缺了一个方面的代表，最大同心圆可能就不完整。

新政协的六百六十二名代表名单，体现了统一战线大团结大联合的特征，体现了广泛的代表性和最大的政治包容性。新政协筹备会常务委员会同样如此。毛泽东同志为常委会主任，周恩来、李济深、沈钧儒、郭沫若、陈叔通为副主任。会议设立六个小组，在常委会领导下工作。第一小组，主要拟订参加新政协会议的单位名单及代表人数，组长李维汉，副组长章伯钧；第二小组，起草新政协会议组织条例，组长谭平山，副组长周新民；第三小组，起草共同纲领，组长周恩来，副组长许德珩；第四小组，拟订中央人民政府方案，组长董必武，副组长黄炎培；第五小组，起草宣言，组长郭沫若，副组长陈绍先；第六小组，拟订国旗、国徽和国歌方案，组长马叙伦，副组长叶剑英、沈雁冰。

1949年9月21日至30日召开的是中国人民政治协商会议第一次全体会议，在第一次政协会议代表和第一、二届政协酝酿协商委员名单的过程中，党内确有一些同志由于对党的统一战线工作理解不深，对人民政协的性质定位认识不清，对安排民主党派人士、起义投诚人员、社会贤达等有诸多看法说法，甚至存在一些错误认识。有的同志说："老革命不如新革命，新革命不如不革命，不革命不如反革命"，"共产党打天下，民主人士坐天下"。对此，毛泽东同志说："共产党人和进步人士还是一半一半好，要搞五湖四海。别人在民主革命困难时期拥护共产党，为我们说过好话，帮过忙，我们胜利了不能不要人家。"周恩来同志也讲过："有人批评政协名单里面什么人都有，我觉得好处就在这里。政协不是一盆清水，如果是一盆清水就没有意思了。政协就是要团结各个方面的人。"

刘斐先生是国民党的谈判代表，和谈失败后，是留在北平还是返回南京，刘斐先生举棋不定，在毛泽东同志接见国民党和谈代表时，刘斐先生试探着问毛泽东同志："毛主席爱好打麻将吗？您爱打清一色呢，还是喜欢打花龙？"毛泽东同志敏锐地意识到这位湖南老乡的用意，随即回答说："晓得些。我不喜欢打清一色，清一色打不好，打不成；我倒是喜欢打小和，打平和。不管怎样的牌，我总是想早点和，只要平和！只要和了就行了。"毛主席的这个回答很含蓄，但是喻意深刻，一语双关。"清一色"与"平和"生动体现了统战工作中一致性与多样性的关系，体现了共产党人宽广的胸怀和高超的统战艺术。听完这段话后，刘斐先生遂决定留在北平，不回南京复命。关于处理一致性和多样性的关系，毛泽东同志还说过很多精辟的话，他说："完全的纯是没有的……不纯才成其为自然界，成其为社会……不纯是绝对的，纯是相对的"，"长征二万五千里，不是因为有统一战线，而是因为太纯洁"，"瑞金时代是最纯洁、最清一色了，但那时我们的事特别困难，结果是失败了。所以，真理不在于清一色"。当然，毛主席所说的"纯"是从尊重包容多样性、努力扩大团结面的角度讲的，与我们经常说的先进性、纯洁性不是一个概念，与思想政治基础的"纯"也不是一个概念。

当年，陈毅同志处理的几件事和讲过的几段话，同样给人很多启示。1949年9月陈毅同志参加政协会议时，主动把北京饭店的房间让给傅作义先生住。对此，警卫员很不理解。陈毅同志对警卫员说："傅作义光荣起义，使北平得以和平解放，贡献比你大多了！人家在国民党里住惯了高楼洋房，现在叫他睡平房，他会觉得共产党对他不起，心里不舒服嘛！我陈毅就不同了。不住大饭店住平房，不睡弹簧床睡板床，就是拿捆稻草睡地下，我也是一样打呼、一样工作、一样干革命嘛！要不算啥子共产党员呢？"后来，陈毅同志还代表上海市赠送傅作义先生两辆名牌小汽车。让房、赠车两件事传出去后，在部队引起很大反响。开国大典之后陈毅同志回到上海，召集了一个领导干部会议，他说道："同志们，我的老兄弟们，要我陈毅怎么讲你们才懂啊！我陈毅不住北京饭店，照样上班、照样骂人！他可不一样了！你们知道不知道，傅先生到电台讲了半个小时，长沙那边就起义了两个军！为我们减少了很大伤亡。让傅先生住了北京饭店，有了小汽车，他就会感到共产党是真心要朋友的。"他敲着桌子说："我把北京饭店让给你们住，再送你十部小汽车，谁能起义两个军！怎么不吭声呢？"陈毅同志又心平气和地对大家讲："我们是共产党员嘛，要有太平洋那样宽广的胸怀和气量啊！不要长一副周瑜的细肚肠！依我看，要想把中国的事办好，还是那句老话，团结的朋友越多，就越有希望。"陈毅同志的一番话，展现了共产党人海纳百川的宽广胸怀，指出了统一战线的法宝作用，今天读起来仍使人深受教育。

1954 年，全国人大第一次全体会议召开，政协不再代行人大职权，继续作为统一战线组织存在并发挥作用。1954 年底，二届政协召开第一次全体会议时，参加单位发生了变化，区域代表、军队代表不再作为政协的参加单位，中国人民政协全国委员会改由党派、团体、界别、特邀四个方面（即中共、民革、民盟、民建、无党派、民进、农工党、致公党、九三学社、台盟、青年团、工会、农民、妇联、青联、合作社、工商联、文联、自然科学团体、社会科学团体、教育界、新闻出版界、医药卫生界、对外和平友好团体、社会救济福利团体、少数民族、华侨、宗教界）共二十八个单位和特别邀请人士组成。三届、四届政协基本保持这种状况。1978 年五届政协一次会议增设了"体育界"，取消了"合作社界"，并将"中国科学技术协会"更名为"科学技术界"，"中国文学艺术界联合会"更名为"文学艺术界"。1983 年六届政协增加了"中华全国台胞联谊会"和"港澳同胞"两个界别，并将"农民"更名为"农林界"。1988年七届政协在保留"科学技术界"同时，恢复了"中国科学技术协会界"的设置。1993年在对第八届全国政协委员名单作说明时，专门对"界别设置"问题作了阐释，增加了"经济界"，并将"港澳同胞"分设为"香港同胞""澳门同胞"，政协界别达到三十四个。1998年九届政协将"香港同胞"改为"特邀香港人士"，"澳门同胞"改为"特邀澳门人士"，并将"农林界"改为"农业界"。2003年十届政协将"社会福利界"改为"社会福利和社会保障界"。2004年修订政协章程时，正式写入"设若干界别"等内容。十届之后界别设置一直保持稳定。

目前，全国政协共设三十四个界别，包括中国共产党、八个民主党派、无党派人士，共青团等八个人民团体，文化艺术界等十三个界别，特邀香港人士、特邀澳门人士、特别邀请人士等三个特邀人士界别。三十四个界别，基本涵盖了社会各个方面。虽然没有设立新的社会阶层人士界、非公经济人士界，但其代表性人士在相关界别已有安排。

政协组成单位和界别设置的变化，实际上体现着我国社会阶层结构的变化，体现着统一战线形势和任务的变化，体现着政协职责和工作领域的变化，体现着围绕党和国家中心工作，努力发挥统一战线组织作用的变化。但无论如何变化，人民政协促进大团结大联合的初心始终没有改变。

早在新中国成立之初，毛泽东同志就曾形象地说过，人民政协是统一战线的总部，神经中枢，各党派的总党部。当然，这种形象的说法并不是说政协对各组成单位有领导关系，而是说政协是一个很大的具有广泛代表性的政治舞台，是各党派团体、各族各界代表人士团结合作的纽带和协商议政的场所。1950 年 6 月，毛泽东同志在政协一届二次会议上指出："人民政治协商会议及其选出的全国委员会，是团结全国各民族、各民主阶级、各民主党派、各人民团体和各界民主人士的伟大的统一战线的政治组织，在全国人民心中有很高的威信。我们必须巩固这种团结，巩固我们的统一战线。"1954 年 12 月，第一届全国人大会议召开后，毛泽东同志在谈到人民政协的性质时说："政协是全国各民族、各民主阶级、各民主党派、各人民团体、国外华侨和其他爱国民主人士的统一战线组织。"第一部政协章程明确，政协是"中国人民民主统一战线的组织"。1982 年，宪法首次把人民政协的性质、地位和作用写入序言，"中国人民政治协商会议是有广泛代表性的统一战线组织，过去发挥了重要的历史作用，今后在国家政治生活、社会生活和对外友好活动中，在进行社会主义现代化建设、维护国家的统一和团结的斗争中，将进一步发挥它的重要作用"，从根本大法的角度，为作为统一战线组织的人民政协的长期存在和发展，提供了法律保证。

在 2018 年新修订的政协章程中，关于人民政协性质、定位、作用的表述主要有"六个是"：一是中国人民爱国统一战线的组织，二是中国共产党领导的多党合作和政治协商的重要机构，三是我国政治生活中发扬社会主义民主的重要形式，四是国家治理体系的重要组成部分，五是具有中国特色的制度安排，六是社会主义协商民主的重要渠道和专门协商机构。其中，第一个"是"——"统一战线的组织"，侧重于对人民政协进行定性，强调政协是统战组织。新修订的政协章程还在统一战线方面增写了许多内容。在工作原则方面，增写"坚持一致性和多样性统一"。

在统战对象方面，增写"致力于中华民族伟大复兴的爱国者，非公有制经济人士、新的社会阶层人士"。在政党制度方面，增写"新型政党制度""各民主党派是中国特色社会主义参政党"。在工作方法方面，增写铸牢中华民族共同体意识，加强各民族交往交流交融；坚持我国宗教的中国化方向；全面准确贯彻"一国两制""港人治港""澳人治澳"、高度自治的方针，严格依照宪法和基本法办事；坚决反对一切分裂国家的活动，等等，从而进一步明确了人民政协在新时代、新方位、新使命背景下统一战线工作的新任务、新要求。

2019年6月12日，在全国政协党组理论学习中心组集体学习时，汪洋主席指出："统战属性是人民政协最基本的属性，统战职能是人民政协最基本的职能。"中国有句古话，"纵横不出方圆，万变不离其宗""纲举目张"。对人民政协来说，这个"方圆"、这个"宗"、这个"纲"就是统一战线的组织属性。"不忘初心、牢记使命"，要求人民政协更好发挥作为统一战线组织的作用，扎实做好新时代的统一战线工作。

做好政协统战工作，必须遵循统战工作的一般规律。统一战线工作涉及中共之外的各种关系，处理不好影响大局，没有小事，必须掌握规律、坚持原则、讲求方法。这就是习近平总书记在中央统战工作会议上提出的三点：一是始终坚持党的领导，这是根本原则；二是正确处理一致性和多样性的关系，这是工作方针；三是善于联谊交友，这是具体要求。人民政协的统战工作与党委统战部门以及其他有关方面的统战工作，在根本原则和总体目标上是一致的，但在具体职能和工作领域、工作方式上有所不同。统战部门的主要职责是了解情况、掌握政策、协调关系、安排人事等。人民政协以委员为主体，以界别为纽带，以协商为主要方式，以沟通交流为经常性做法，将统战工作寓于政治协商、民主监督、参政议政职能之中，寓于凝聚共识的过程之中。

对政协组织来说，做好统战工作，一是在思想政治上要加强引领。始终高举爱国主义、社会主义旗帜，坚持团结、民主两大主题。要充分认识人民政协既是履行政治协商、民主监督、参政议政的平台，又是学习实践习近平新时代中国特色社会主义思想的学校和沟通思想、凝聚共识、增进政治认同、夯实共同奋斗的思想政治基础的平台，引导和推动非中共人士自觉接受和拥护中国共产党的领导，充分认识我国社会主义民主政治的优越性和生命力，坚定不移走中国特色社会主义政治发展道路。二是在人事安排上要体现统战属性。统战工作条例规定，党外代表人士在各级政协委员中应当占有较大比例，在换届时委员不少于60%，常委不少于65%；在各级政协领导班子中副主席不少于50%（不包括民族自治地方）。全国政协和省级政协应当有民主党派成员或者无党派人士担任专职副秘书长。政协各专门委员会主任、副主任及委员中的党外人士应当占有适当比例。政协换届时，要求每个少数民族都至少有一名政协委员，人口在百万以上的少数民族至少有一名政协常委，以体现各方面都不可或缺和最广泛的代表性。三是在各类协商议政活动中要努力营造宽松和谐的民主氛围。继承和发扬民主协商、平等议事、求同存异、体谅包容等优良传统和作风，提倡热烈而不对立的讨论，开展真诚而不敷衍的交流，鼓励尖锐而不极端的批评，努力营造既畅所欲言、各抒己见，又理性有度、合法依章的良好协商氛围，使政协委员敢于讲真话、勇于建诤言。四是在日常工作中要加强沟通协商。建立各民主党派参加政协工作共同性事务的机制，政协专委会同民主党派中央共同承办协商议政活动、开展联合调研。加强同党外知识分子、非公经济人士、新的社会阶层人士的沟通联络。五是在服务保障上要尊重、维护、照顾同盟者的利益，帮助党外人士排忧解难。在会议发言等工作中，优先安排非中共人士，并使其占有多数比例，体现统一战线特点。及时向有关部门反映和帮助解决统战对象面临的困难和问题，积极为他们办实事、做好事、解难事，使统一战线广大成员共享改革发展的成果。

对政协委员来说，中共党员委员是党组织派到政协做统战工作的，第一职责是为党工作，理所应当要发挥模范带头作用，团结、引导更多的人同我们党一道前进，共同奋斗。从一定意义上讲，政协委员中的非中共人士既是统战工作对象，但在其所联系和代表的人士、阶层和界别群体中，也是统战工作者，也肩负着做好所联系阶层和界别统战工作的职责。政协委员在界别群众中的代表作用，在本质上就是"统战工作者"的作用。如果每位政协委员都能影响一批带动一片，政协统战工作的效果就会大大提升。

对政协机关干部来说，既要增强统战工作的意识，也要不断提高做战工作的能力和水平。统战工作要同各式各样的人打交道，越是在具体的工作中，越考验统战工作者的学识、修养、胸怀、气度、道德品行和人格魅力。做好统一战线工作，贵在真诚，要推心置腹，与非中共人士说真心话、知心话；贵在深入，要深耕细作，努力争取非中共人士在思想上、政治上、感情上的认同；贵在日常，要春风化雨，在平常的工作往来和联络沟通中加强引导，使非中共人士将中国共产党的正确主张转化为自觉的意识和行动；贵在持续，要锲而不舍，不断帮助统战对象提高思想认识。

四、新时代——人民政协再出发

中共十八大以来，习近平总书记着眼中国特色社会主义事业发展全局和全面深化改革总目标，就人民政协工作发表一系列重要讲话，作出一系列重要指示批示。特别是习近平总书记在中央政协工作会议暨庆祝中国人民政治协商会议成立七十周年大会上的重要讲话，进一步深刻阐明了人民政协的性质定位、工作原则、目标任务、职责使命和实践要求，进一步丰富和发展了关于加强和改进人民政协工作的重要思想，为新时代人民政协工作指明了前进方向，提供了根本遵循。汪洋主席指出，要"深刻理解和把握中央政协工作会议的重大意义和习近平总书记重要讲话精神"，"要把学习重要讲话精神同学习贯彻习近平新时代中国特色社会主义思想结合起来，同学习贯彻习近平总书记关于加强和改进人民政协工作的重要思想结合起来，同学习贯彻习近平总书记在庆祝人民政协成立六十五周年大会上的重要讲话结合起来，领会精神实质，把握核心要义，用以武装头脑、指导实践、推动工作"。新时代，已有七十年光辉历史的人民政协，如何重装再出发？"一语不能践，万卷徒空虚。""不忘初心、牢记使命"不仅是誓言，更是行动。

（一）要进一步彰显人民政协作为国家治理体系重要组成部分的重要地位。习近平总书记指出："人民政协是国家治理体系的重要组成部分，要适应全面深化改革的要求，以改革思维、创新理念、务实举措大力推进履职能力建设，努力在推进国家治理体系和治理能力现代化中发挥更大作用。"在创立新中国的过程中，人民政协的贡献和作用如发射器、推进器一般不可替代。在长期的革命、建设、改革实践中，人民政协的命运始终与国家和民族的发展紧密相连，无不彰显着人民政协不可或缺的重要地位和作用。什么样的政治制度、制度结构和运行体系，决定着这一制度中各方面之间具有什么样的特性、发展方向和各方面的互动性质和互动状态。在我国的政治体制和运行体系中，中国共产党是执政党，是中国特色社会主义事业的领导核心，总揽全局、协调各方。人民政协以宪法、政协章程和相关政策为依据，以习近平新时代中国特色社会主义思想为指导，以中国共产党领导的多党合作和政治协商制度为重要政治形式和组织形式，集协商、监督、参与、合作于一体，是与国家权力系统之外的社会政治组织和各方面力量进行密切联系、实现广泛团结的制度化平台，是各党派团体和各族各界人士发扬民主、参与国是、团结合作、凝聚共识的机制化渠道，是具有广泛代表性、巨大包容性和联系、整合各方面政治资源、协调各方面政治关系的政治组织。中国共产党领导的这一政治组织，既有利于防止政治参与的扩大化导致政治秩序弱化的倾向，也有利于防止政治参与度不够导致体制外表达引发的问题；既可将多元化的诉求表达纳入理性化的程序轨道，又可在沟通交流中整合力量、凝聚共识，将这一制度安排的制度化优势转化为国家治理效能。人民政协作为专门协商机构，与决策机构、立法机构、行政机构、司法和监察机构等一道，既发挥各自职能和作用，又形成良性互动，展现出中国特色社会主义政治制度、治理体系、民主政治的鲜明特征。

要发挥人民政协在国家治理体系中的重要作用，一要树立

"一线"思维。人民政协处于凝心聚力、决策咨询、协商民主和国家治理的第一线，是党和国家一线工作的重要组成部分。二要高举大团结、大联合的旗帜，找到全社会意愿和要求的最大公约数，画出民心民愿的最大同心圆，广泛凝聚实现中华民族伟大复兴的正能量。三要发挥好政治协同作用，协调好、整合好各方面的政治关系，扩大公民有序政治参与，广泛凝聚共识，不断巩固已有共识，推动形成新的共识。四要聚焦党和国家中心任务履职尽责，积极引导各党派团体和各族各界人士及其所联系的界别群众理解改革、支持改革、参与改革，为决胜全面建成小康社会、夺取新时代中国特色社会主义伟大胜利、实现中华民族伟大复兴的中国梦而努力奋斗。五要不断加强自身建设。加强自身建设是发挥国家治理体系重要组成部分作用的基础。六要从人民政协的角度，为推动国家治理体系和治理能力现代化，作出独有的贡献。

（二）要进一步发挥人民政协作为社会主义协商民主重要渠道和专门协商机构的独特作用。社会主义协商民主，是中国社会主义民主政治的特有形式和独特优势，是中国共产党的群众路线在政治领域的重要体现，是实现党的领导的重要方式。人民政协作为协商民主的重要渠道和专门协商机构，是协商民主这一中国民主政治制度体系和组织框架中独一无二的机构，位置不可替代，作用不可或缺，职能不可削弱。与政党协商、人大协商、政府协商、人民团体协商、基层协商、社会组织协商等其他六种协商形式相比较，政协协商有完整的组织体系，完善的协商平台和健全的机制程序，组织化程度高、涵盖面广、专业性强、历史悠久、经验丰富和运行方式多样、灵活、经常等独特优势。"专门"的独特优势，"协商"的实践基础，"机构"的有力保障，要求人民政协努力"专"出特色、"专"出质量、"专"出水平。

要发挥人民政协专门协商机构的重要作用，一要坚持协商于民、协商为民，紧扣保障和改善民生献计出力，重点围绕经济社会发展重大问题和涉及群众切身利益的实际问题广泛协商，解决人民群众要解决的问题。二要把协商民主贯穿履行职能全过程，进一步拓展协商内容，丰富协商形式，培育协商文化，建立健全协商议题提出、活动组织、成果采纳落实和反馈机制，不断提高协商实效。三要深入调查研究，把调查研究作为协商议政的基础，深入基层、深入群众，把问题找准，把原因理清，把建议提实，更好服务党和政府科学决策、民主决策。

（三）要履行好在建言资政和凝聚共识两方面双向发力的重要职能。习近平总书记强调："人心是最大的政治，共识是奋进的动力。"总书记还要求人民政协"把加强思想政治引领、广泛凝聚共识作为履职工作的中心环节"。新时代，凝聚共识作为人民政协的新职能、新任务，既是人民政协理论、政策、实践的新发展，也是时代的呼唤。履行好人民政协凝聚共识的职能，一方面要畅通渠道、完善机制，创新形式、提高质量，引导各界委员有序表达意见诉求，积极建言资政；另一方面要协助党和政府多做解疑释惑、宣传政策，凝聚共识、汇聚力量，理顺情绪、化解矛盾的工作，最大限度统一思想、凝心聚力。

在政协履职过程中，各党派团体各族各界人士接受中国共产党的正确主张，是凝聚共识的一种体现；政协委员的意见和建议得到党政部门的采纳，也是凝聚共识的一种体现。政协委员通过协商议政活动，在一些问题上缩小认识差异和分歧，增强一致性认识，是凝聚共识的一种体现；政协委员帮助所联系的阶层和界别群众正确理解党的路线方针政策，消除误解和疑虑，也是凝聚共识的一种体现。政协委员无论以何种方式履职，都应该把凝聚共识作为一个重要目标。不代表所联系的界别群众发声，是一种"缺位"；不协助党委政府做好界别群众的工作，是一种"失职"。应该多正面发声，特别是要增强互联网思维，积极利用网络宣传党的路线方针政策，画好网上网下同心圆，让网络这个"最大变量"成为凝心聚力的"最大增量"。

（四）要承担好推动人民政协制度更加成熟更加定型的重要使命。制度带有全局性、稳定性，管根本、管长远。按照全面深化改革的要求，"到2020年，在重要领域和关键环节上取得决定性成果，形成系统完备、科学规范、运行有效的制度体系，使各方面制度更加成熟更加定型"。按照十九大"两步走"的战略安排，到2035年，"各方面制度更加完善，国家治理体系和治理能力现代化基本实现"。习近平总书记指出："今天，摆在我们面前的一项重大历史任务，就是推动中国特色社会主义制度更加成熟更加定型，为党和国家事业发展、为人民幸福安康、为社会和谐稳定、为国家长治久安提供一整套更完备、更稳定、更管用的制度体系。"人民政协制度是中国特色社会主义制度的重要组成部分，推动人民政协制度更加成熟更加定型，不仅是人民政协事业发展的需要，也是实现"两步走"战略目标的需要，是推进国家治理体系和治理能力现代化的需要，是党和国家事业长远发展的需要。这项工作使命光荣、任务繁重、时间紧迫。

什么叫成熟？就是发展到完善的程度；什么叫定型？就是事物的特点逐渐形成并固定下来。经过七十年的实践和不断发展，人民政协制度的基本框架、四梁八柱基本齐备。现在，关键是要以宪法和相关政策为依据，建立健全以政协章程为基础，以协商制度为主干，覆盖政协党的建设、履职工作、组织管理、内部运行等各方面的制度，形成权责清晰、程序规范、关系顺畅、运行有效的制度体系。为此，一要协调好政协协商同其他六种协商形式，特别是与政党协商的关系。二要完善人民政协制度体系，使各项工作更加有制可依、有规可守、有章可循、有序可遵。三要提高制度的执行能力，通过政协制度的有效运作和民主程序，使人民政协成为坚持和加强党对各项工作领导的重要阵地，成为用党的创新理论团结教育引导各界代表人士的重要平台，成为在共同思想政治基础上化解矛盾、凝聚共识的重要渠道。四要努力将制度优势转化为治理效能，努力使人民政协各项工作的效能最大化，为建设中国特色社会主义事业的贡献最大化。五要加强和改进政协系统各层级的联系指导工作方式。

七十年前，中国共产党以豪迈的气概，号召将革命进行到底，各民主党派、无党派人士和各人民团体、各族各界代表热烈响应中国共产党的号召，共同努力实现了建立新中国这一中国人民站起来的历史伟业。回顾历史，我们充满敬意。有太多人物值得我们去怀念，有太多往事值得我们去追寻，也有很多经验值得我们去总结。展望未来，我们充满自信。新的思路理念，新的实践探索，新的精神风貌，新的担当作为，描绘着新时代人民政协事业守正创新的新画卷。

（此文为参加全国政协宣讲团宣讲时的宣讲稿，刊于 2019 年第 9 期《中国经济社会论坛》，部分内容以《大道同行　肝胆相照》为题，刊于 2019 年 8 月 22 日《人民政协报》）

第 二 辑

见事贵见缺　见缺贵见行

见事贵见缺　见缺贵见行

　　小说《大秦帝国》中有这样一个情节，秦始皇君临天下后，将在九原大军中历练的公子扶苏召回咸阳，共对天下大事。秦始皇听完扶苏"以为天下治情如何"的对答后说："见事贵见缺，说说有甚缺憾？"秦始皇对扶苏是否有"见事贵见缺"之嘱，无从考证，不过小说作者孙皓晖借古人之口，演绎"政事贵见缺"的思想，却是颇具现实意义的。

　　其实，何止政事，日常工作之事，自我修身之事，亦需"贵见缺"。其实，何止"见事贵见缺"，行是立德之本，见缺贵见行，起而行之，立行立改，亦很重要。见缺愈明、见行愈笃，则见效愈实、百战不殆。

　　"学党章党规，学系列讲话，做合格党员"学习教育，"基础在学，关键在做"，要结合单位和个人实际，抓细、抓实、抓出成效，使党章党规、系列讲话入心入脑，融会贯通，以真正成为政治、作风、素质、能力过硬的合格共产党员。针对中央巡视组在专项巡视中发现的问题，认真落实巡视整改责任，同样要结合单位和个人实际，做到条条要整改、件件有着落，从而将坚持党的领导、全面从严治党、加强机关建设的要求，进一步落实到机

关工作、领导班子建设、干部队伍建设、提升工作能力和水平上来。"两学一做"中的学与做，专项巡视中的查与改，从"见事贵见缺，见缺贵见行"的角度做些考虑，可以获得一些新的启迪。"两学一做"、专项巡视中的所谓"见缺"，就是要善于用党章党规、系列讲话和中央有关精神武装头脑，洞察幽微，找出不足和风险点，对问题深思之，明辨之。所谓"见行"，就是要鞭辟入里地分析产生问题的原因，并提出有针对性、切实可行的改进措施，即知即改，应改尽改，改到实处，改出成效。

增强问题意识，坚持问题导向，是马克思主义的鲜明特点，是日常工作中一个重要思想方法和工作方法。问题是客观存在、无处不在、无时不有的，关键是能不能发现，能不能正视，能不能解决。发现问题是贡献，解决问题是能力。提出措施不一定是成果，提出的措施能解决问题才是成果。因此，盲目自大，久在鱼肆而不闻其臭，对问题视而不见显然不行。讳疾忌医，文过饰非，疾在腠里，不治将愈深。而对问题无能为力，束手无策，小事拖大，大事拖炸，针尖大的窟窿最终透过斗大的风，更要不得。见事贵见缺，见缺贵见行，何尝不是增强问题意识、坚持问题导向这一思想方法和工作方法的具体体现。

作为一名共产党员，在"两学一做"学习教育中，在专项巡视中，要进一步修好共产党员之真身，进一步养好共产党员之真性。对照党章党规、系列讲话、中央精神和"看齐"的要求，惕厉自省，反躬自问，"其责己也重以周"，见缺而后见行，十分重要。韩非子有言："木虽蠹，无疾风不折。墙虽隙，无大雨不坏。"厚德持身，既坐而思又起而行，知行合一、技道并进，不断克服缺点，弥补不足，驽马十驾，功在不舍，持之以恒，势必不断精进。

　　道虽迩，不行不至；事虽难，做则必成。我们的党、国家、人民正处于实现"两个一百年"奋斗目标和中华民族伟大复兴中国梦的征程中，每名共产党员、公务员肩上，都有各自的使命、责任和担当，可谓雄关漫道，任重道远，只要善于见缺见行，就能实现善作善成。

（刊于 2016 年 11 月 30 日《人民政协报》）

问君能有几多愁

南唐后主李煜《虞美人》词中有这么两句："问君能有几多愁？恰似一江春水向东流。"字面平白如话，却极致地反映了李后主对囚徒生活的深长愁怀。孰料今日一经转借，"一江春水向东流"，竟成了西北、西南等地知识分子向沿海城市流动的代用语。

顷听人云："要想一江春水不东流，就要'问君能有几多愁'。"仔细玩索，深以为然。衣食住行，痛痒攸关；后顾之忧，并非小事。某省会一知识分子聚居地，吃水难、解手难、雨天行路难，二十余年，无人过问。此"愁"尚不能问，遑论入党、提拔、发挥作用。试问，知识分子心焉能安？人怎不思走？良禽择木而栖，谁不愿到能受到重

视、更能发挥作用的地方呢？韩信位及侯王，漂母一饭之恩没齿不忘。诸葛亮"寝不安席，食不甘味"，"鞠躬尽力"以报刘备知遇之隆。时过境迁，古今不可同日而语，但"滴水之恩，必当涌泉相报""士为知己者死"则是一致的。几年前的哈尔滨整流器厂，破破烂烂，开不出工资，没有福利，却出了个安振东，吸引了一批知识分子。为何？用他们的话说："这块土地适合我生长"，"在这里我们有使不完的劲儿"。陈秀云不仅是个"有胆识骏马"的伯乐，也是个能体察知识分子喜怒哀乐，为之分解忧愁的好领导。倘若有的领导也能"问君能有几多愁"，进而尽己所能，为"君"解愁，必然使知识分子由"流"变"留"，必然使知识分子的作用得到更大的发挥，必然有利于开创本单位工作新局面。

（刊于 1985 年 1 月 8 日《人民政协报》）

从"大胆提拔"说开去

"大胆提拔知识分子进各级领导班子"云云，屡屡见诸报端，并作为成绩、经验宣传、推广。初不以为然，仔细揣摩，就感到如鲠在喉，不吐不快了。

为何对知识分子非得"大胆提拔"才能进领导班子？究其原因，不外三点：

一曰怕。长期以来，知识分子被打入另册，是"团结、教育、改造"的对象。这个阴影，现在还不时地从一些同志心头掠过，使得他们在选拔知识分子进领导班子工作中，一步三摇，对他们来说，选拔知识分子进领导班子，确实需要"壮起胆子"来。

二曰还有老框框。当领导、进班子，以前没有知识分子的份，知识分子是受人领导，听人"吆喝"的。大胆提拔，自然就得破些规矩。自古没有一成不变的规矩，但有的同志习惯于过去那一套，要走新道，是得要点胆量的。

三曰知识分子不行。有的同志认为，知识分子呆头呆脑，画画图纸行，写写文章行，解决技术问题行，没有组织领导能力，担任领导不行。上级要求提拔知识分子，学历、年龄又卡得那么紧，只有豁出去，提拔一些吧！

　　并非笔者咬文嚼字，吹毛求疵。提拔知识分子进各级领导班子，中央一再要求，本是形势使然，历史使然。但非得"大胆"提拔不可，其中奥妙就深堪玩味了。所以，在这方面，克服偏见，仍需努力。

（刊于 1985 年 1 月 22 日《人民政协报》）

阴影还不时地从人们心头掠过

据《文汇报》载，表演艺术家新凤霞为了阻止其夫、作家吴祖光在全国作协第四次会议上发言，不惜以"你如果上台，我就溜到座位下面，出你的洋相"相要挟。吴祖光著作等身，名噪华夏；新凤霞演作俱佳，誉满艺坛，皆非等闲之辈。新凤霞身罹疾病，步履维艰。为了防止吴祖光语言"出格"，以致计出于此，可见用心之良苦。过去极"左"危害之烈，不少同志受迫害之深，至今谈虎色变，余悸难消，由此可见一斑。虽然"要挟"未果，吴祖光不仅在会上发了言，新凤霞也一吐为快，但发生在他们身上的这件事，难道不是发人深省的吗？

去年，中组部、中宣部、中央统战部联合发出再检查一次落实知识分子政策情况的通知。

某单位一位分管知识分子工作的同志在布置检查工作的会上，仍大讲："对知识分子，我们就是要坚持'团结、教育、改造的方针'。"有人更狂妄地说："知识分子有什么了不起，我让你上不来，下不去。临死，我也要拉一个垫背的。"发生在贵州省桐梓县的知识分子段后麟被捆绑陪斩事件，当上级追查、要给段平反时，还有人说："我们这样做，是为了使段后麟受教育嘛！"足见"左"的思想影响在一些地方和单位，仍然逡巡不去。一朝被蛇咬，十年怕井绳。如此，难免有人毛骨悚然了。于是乎，赶紧约束手足，检讨言行。"足将进而越趄，口将言而嗫嚅"，知识分子怎么能甩开膀子干"四化"呢？

朗朗乾坤，阳光普照，几片乌云算不了什么。我们党、我们国家和人民不允许历史的悲剧重演。党中央一再强调知识分子是工人阶级的一部分，是"四化"建设的一支重要力量；一再强调必须肃清"左"的影响和残余。知识分子的地位和处境，今夕不可同日而语。"尊重知识，尊重人才"逐渐蔚为风气。但千万不要忘记"左"的阴影，还不时地从人们的心头掠过。因为"病去如抽丝"啊。

（刊于 1985 年 2 月 12 日《人民政协报》）

几个笑话说明了什么？

在统战部干部周围传有这么几个笑话：

其一：小 C 从某地登机返京，机场工作人员按惯例核对机票，检查证件。看过中央统战部的工作证，工作人员说，请把枪交给我们保管，闻者愕然。

其二：老 W 等到某地出差，在招待所填写住宿登记表后住了下来。几日后，服务员讷讷地问，你们是"统一作战部"的？到这里来干什么？怪哉，一行几个人，身着便装，有男有女，怎么和"作战"有联系呢？

其三：一次全国政协会上，一位参加会议工作的外单位同志，知小 S 在统战部工作，又未及"而立之年"，很是遗憾。他说，统战部是养老的地方，青年人在那里干什么？为捍卫本职的"尊严"，小 S 进行了解释。解释过程中但见对方频频点头，其实还是似懂非懂。

根据第三次全国人口普查统计，全国十二岁以上的文盲达二亿三千五百万人。倘若作一个"统战盲"和"半统战盲"普查统计，数字一定比全国文盲半文盲大得多。"统战统战，请客吃饭"，政协就是"门口挂块大牌子，里面住几个老头子，没有事就找碴子", 这样的认识, 恐怕还算好的了。当然, 统战工作不必妇孺皆知, 但鲜为人知, 或者不得其解, 不知其详, 未必就是好事。如果有人望文生义, 就会给统战工作弄上一层朦胧的、神秘的色彩, 那就更麻烦了。

新民主主义革命时期, 统战工作是党的三大法宝之一; 社会主义革命时期, 统一战线工作也发挥了重要的作用。新的历史时期, 统战工作具有什么样的地位和作用, 如何充分利用这一法宝, 确实需要大力宣传和进行教育。

(刊于 1985 年 4 月 8 日《人民政协报》)

倘若萧何不追、刘备不请……

萧何月夜追韩信，刘备三请诸葛亮，传为千古美谈，而今人们也一再引用，作为爱才、求才的范例。但是，倘若萧何不追、刘备不请，韩信、诸葛亮又将如何？也许一个腰挂一剑，浪迹江湖；一个晨炊夜读，老死陇亩。结果确实难以逆料。

韩信为古代名将，"国士无双"，曾与刘邦言己将兵之能："臣多多而益善耳。"虽然如此，他还非受力荐不可。诸葛亮旷代逸才，"好为梁父吟"，"自比管仲、乐毅"。但"苟全性命于乱世，不求闻达于诸侯"，故非人三请而不出。但是，当年孔子曾说过："当仁不让于师。"大诗人李白也说："天生我材必有用。"说的是，为了兴国安邦，匡时济世，古时的人才也要有一点"舍我其谁"、脱颖而出的勇气。

韩信、诸葛亮是缺少这么点勇气的。

"人不能各尽其才。"这是时下一些地区和单位反映比较强烈的问题。这有体制上的原因，也有"金要足赤，人要完人"的片面观点或嫉贤妒能的原因。但完全归咎于此，笔者不敢苟同。

当改革的浪潮一浪浪涌来，极需大批各种各样的人才投身于改革的洪流中时，有才能的人就应有毛遂的气魄，不怕"闲言碎

142

语"，不怕被扣上"有野心""想当官"的帽子，敢于自荐，敢挑重担。在石家庄市造纸厂危难之际，该厂的职员马胜利在厂门口公开贴出承包决心书，并配以"大锅饭日落西山，铁饭碗山穷水尽"的对联，这是何等气魄！

所以，对那些有才华、有抱负的同志，我们不妨提醒一句：向马胜利学习，放胆些。

（刊于 1985 年第 4 期《群言》杂志）

“但书”可以休矣

“但是”作为连接词，用在后半句话的前头，表示转折语气，往往与前边的“虽然”“尽管”等相呼应。“但”字以下部分又称“但书”。“但书”用得好，可使行文曲折跌宕，妙趣横生。用得不好，则可能成为一些人在工作中推诿、搪塞、开脱责任的护身符。

在落实知识分子政策的工作中，“但书”普遍没有用好。

比如，上级机关派人检查落实知识分子政策情况时，有些同志在汇报中，洋洋洒洒，从“党的十一届三中全会以来”讲起，当临近汇报结束时，话锋一转，“但是，落实知识分子政策中，仍有不少问题”，“我们正在想办法解决，但是，欠账太多，积重难返……”轻轻一推，万事大吉。

又如，有的知识分子向领导、有关部门反映自己工作、生活中的困难，往往碰到这样的情形：听的人听完之后，眉头微皱，挠挠头皮，然后双手一摊，说：“你的困难我早就知道了，也很同情、关心，也想办法给你落实政策，但是……”“但是”以后的话，不必照录。不过，大凡碰到“但书”，知识分子反映的问题、提出的要求都没有下文。

"但书"如此，不胜枚举。这些同志如果继续秉持这种不负责任的态度和精神状态，"但书"恐怕还得"演绎"下去。党中央三令五申，要在党的十三大以前基本完成落实知识分子政策、解决历史遗留问题的任务。落实知识分子政策，对于开创社会主义现代化建设新局面，对于实现祖国统一大业，实现党的建设和党的使命，有着重要的关系，是一项必须限期完成、不容拖延的硬任务。完成这个任务，固然有不少困难和问题，也需要钱。只要真正逐人逐项地抓落实，把工作做到知识分子的心里，问题是可以解决的。这点已为许多地区和单位的实践所证明。要如期完成落实知识分子政策的任务，确实需要"但书"休矣！

（刊于 1985 年 8 月 20 日《人民政协报》）

浸浸漫漫　终成大端

英国教育家开始激烈地谴责以追逐个人名利为出发点，把寻求资格与寻求教育混为一谈的"文凭追逐狂"。日本人也有所警觉，将纠正学历社会弊端作为实现教育适应 21 世纪社会的变化和发展要求的突破口。学历社会的弊病正在这些国家得到治疗。

何谓学历社会？有人这样概括："这一社会使人经历了'生物出生'之后，还要经历一场有如'穿越地狱般的'社会出生，其出生证就是'学历证书'。"说得通俗一点，就是在这样的社会里，评价一个人时，仅看他的学历，甚至何时在哪个学校毕业也十分重要，至于学的什么、学得如何、实际能力怎样，则不注重。然后，社会根据这个人的学历安排工作、位置和待遇。学历成为一种出身、资格，甚至敲门砖。

显而易见，由此而带来的种种弊端，不仅影响人们的学习，影响教育的目的，更潜在地影响社会。

我国是否出现了社会教育的弊病了呢？

在党中央提出干部"四化"以后，有人简单地将知识化、专业化等同于具有某种学历；将提高全民族的文化素质看作是学历的普及或提高。因此，在提拔干部时，"年龄是个宝，学历不可少"，"没有人选，老师中找"。落实知识分子政策，优先解决知识分子的困难和问题，结果在一些地方，只要具有某种学历，提拔职务、晋升专业职称、加工资、分住房、解决两地分居、家属子女农转非等，就绿灯大开。而一些自学成才者，却由于没有学历，不被当作知识分子，囿于政策，只能自怨命运多蹇。因为这一"异化"预示着有了学历就增加了身价的筹码，因此，出现了"年轻人学文化，中年人上电大，老年人干四化"的特殊现象；出现了一入大学，拿到文凭就万事大吉，为今后的人生道路保了险的情况；出现了学习先问"给不给文凭，给什么文凭"的现象；出现了"一手交钱，一手交货"的文凭兜售商。也就难怪，某省为了使小学教师按计划于某年达到中等师范学校毕业学历的要求，中师业余函授，二百来页的教材，两个多月学完；电视上讲四次、五次，面试三次、四次，学完学不完，学懂学不懂，先考试再说；考试中公开作弊，卷子满天飞。反正目的就是达到中师学历，至于学得怎样，实际合不合格，则是无暇顾及的。更有甚者，则是不时见诸报端的利用职权，利用关系，蒙、坑、拐、骗学历的。学历之重要，甚至在征婚启事中，除年龄、相貌、身高外，也赫然书出：学历。

大多数人的学习是为了获得知识，以便更好地驾驭自然，改造自然，提高自己的文化修养和思想修养。不可否认，有的人仅是为了获得一张"社会出生证"。在我们尊重知识、尊重人才的今天，一方面仍有打击、压制知识分子的现象发生；另一方面也存在着一股崇尚表象、不注重实际的暗流，对学历有一种不正常的价值观。前一方面的问题，已引起了人们的重视；后一方面的问题，在一些人的眼中似乎"狼"还未来。在我国，学历社会的弊病虽未蔓延开去，但是，如不警惕，任其发展，浸浸漫漫，终成大端。那时再根治就晚了。

开放、引进，是为了学习外国先进的东西，少走弯路和不走弯路。前人之辙，后人之鉴。在学历社会的弊病上，我们没有必要亦步亦趋，应本着实事求是的精神，淡化学历价值，强调人们的实际能力和才干，给每一个具有真才实学的人以贡献才智的条件和机会。

（刊于 1986 年 8 月 19 日《人民政协报》）

同中国宋庆龄基金会的青年谈三点感悟

在"五四"青年节即将到来之际，我代表中国宋庆龄基金会党组向基金会的青年同志们致以节日的祝贺。机关团委的同志希望我在团委组织的这个活动开始时讲几句话，我想就将自己的三点感悟与大家交流。

第一点感悟，一个社会，一个组织，都有一个不能违背的规律，那就是年轻人是社会、组织的希望之所在，活力之所在。如果看不到这一点，如果我们年轻人不担当起这个责任，那么这个社会、这个组织就难以维系，难以持续发展。这虽然是老生常谈，却是我们回顾过去、面对现实时，必须认识的一个规律。也正因为如此，基金会的年轻人就是基

金会的希望之所在，动力之所在。我希望基金会的年轻人成为基金会的鲶鱼，产生鲶鱼效应，希望青年干部都成为我们这个组织的鲶鱼。意大利学者帕累托提出"二八效应"的定律，就是说在任何一个组织中，抓住关键的20%，就能产生80%的效果。一个公司抓住20%的客户，就能创造80%的效益。一个企业20%的骨干，就能带动80%的员工。这个定律也许绝对了一些，但应该说是有道理的。因此，我真诚地希望我们基金会的年轻同志能够成为这20%当中的一员。

第二点感悟，年轻人要有成才建业的抱负。成什么才？在基金会就要成为专门之才。基金会的岗位很多，职责任务也不一样，但无论干哪一行，都应该成为这个行业的专门之才。只有成为专门之才，才能将相关任务更好地承担起来，工作才能不断地往前推进，年轻同志才能真正体现出是希望之所在，活力之所在。要成才，关键的因素很多，首先要学习，要在学习型组织中当好学习型个人。其次需要组织上提供更多实践锻炼的平台。学习和锻炼都很重要，缺一不可。那么，在学习和锻炼的条件相差不大的情况下，为什么有的年轻人在经过一段时间之后，如莲花出水还有高低呢？一个重要的因素是悟性，是悟性的高低。善不善于举一反三，触类旁通；善不善于在纷繁的事务当中抽象出来，找出规律性的东西；善不善于借他山之石攻自己之玉，这些对年轻同志成长进步实为关键。同样的受教育背景，一起走出校门，一起走进一个单位，从事相同或者相关的工作，为什么过了一段时间就拉开了差距，悟性在起着作用。要立志成才，就要注意锻炼提高自己的悟性。建什么业？年轻同志不论从事哪一项工作，都要有所创造、有所贡献。我们对待工作，如果仅仅把它当作一个谋生的职业或饭碗，个人成长进步肯定不会快；如果把它当成是一项事业，当成实现理想抱负的一个部分，结果肯定不一样。当成一个饭碗，满足干完八小时，不被淘汰就可以了。如果当成事业，当成理想抱负的一部分来做，必然用力、用心、用情。对待从事的工作倾力去做，用心去做，带着感情去做，肯定就会有不断的发展和创造。"天下难事必作于易，天下大事必作于细"，不用力、用心、用情，做不了大事，攻克不了难事。

第三点感悟，既要意气风发、争强好胜，但内里还得有一份淡定和从容。未老先衰、暮气沉沉、不思进取，那不是年轻人的状态。不在状态、状态不好，都不可取。但仅此也是不够的。这里我想起两段话，一个是著名爱国民主人士黄炎培写给他儿子黄大能的一段话："事繁勿慌，事闲勿荒。有言必信，无欲则刚。和若春风，肃若秋霜。取象于钱，外圆内方。"再就是常被人引用的警句："用宽容之心待人，以自勉之心为己，以仁爱之心待物，以忠义之心处事。"既有勃发的朝气，又有从容淡定；既勇于争先，又胸襟开阔。

与大家共勉。

（本文根据在中国宋庆龄基金会青年公益项目调研实践活动上的讲话整理，后收入人民出版社 2011 年出版的《懂和爱——司局长谈培养青年》一书，略有修改）

畅通最后一公里

"畅通最后一公里"已然成为将事做完美的一个时尚新语。似乎但凡还不完美，都可以这么提出问题。

人民政协履行政治协商、民主监督、参政议政职能，一个重要方面是提案，调研视察报告，信息反映和专题协商会、双周协商会、对口协商会等。人民政协和委员按照政协章程正确地履行职责、发挥作用时，除在提案、调研视察报告、政协信息和各种协商座谈会上的发言中，要观点鲜明、言之有据、言论精当、批评中肯、措施建议切实可行外，另外一个重要的方面，是有关部门对这些意见、建议和批评给予及时的研究、采择、落实及对有关情况进行必要的反馈。

在有的方面和有的地方，在这些意见、建议和批评的吸收和成果运用方面，在情况反馈这个环节上，这"最后一公里"还不够畅通。对提案的处理，往往"办"得少，"理"得多，实际采择情况如何，最终结果如何，只可在以后慢慢"意会"，难以在现实中得到"言传"。对调研视察报告和信息反映，往往能知道有关领导批示了没有，如何批示的、有关部门如何处理，基本不得而知。在各种形式的协商座谈会上，有关领导和部门负责人直接听取意见和建议，也当场表示"意见和建议很好"，"回去后会认真研究解决"，但因为没有反馈，往往使人感到鲜有"接下来"，更多的是就此画上了句号。

不可否认，由于所处角度不同，掌握的资讯不一，提案、调研视察报告、信息反映和各种形式的协商座谈会上的意见和建议，肯定是参差不齐的。有的针砭时弊，对症下药，切实可行；有的针对未来，具有前瞻性和战略性；有的时过境迁，所提问题已经解决或正在解决之中；有的失之于偏颇，或不切实际。但无论何种情况，给予及时的研究、处理和反馈，告知采择情况、实施效果或作出解释说明，不仅是对政协工作和有关政协委员的尊重，有利于调动委员履行职责的积极性，有利于人民政协改进工作，更为重要的是，有利于协商民主的制度化、规范化建设。

人民政协和委员的意见、建议和批评，行使的是"话语权"，属于"民主监督"的范畴，不具有刚性约束和法律约束。但有关方面对这些意见、建议和批评的研究、采择和反馈，是协商民主制度设计中的重要一环。这"最后一公里的畅通"，是完善协商民主制度、加强社会主义民主政治建设、推进协商民主广泛多层制度化发展、提升治理体系和治理能力现代化水平的一个重要方面，不可小视，不可或缺，应作为一种制度性安排和程序性要求，纳入党委和政府督察工作职责。"革命尚未成功，同志仍须努力"，需要我们共同致力于"畅通最后一公里"。

（刊于 2014 年第 7 期《中国政协》杂志、2014 年 5 月 20 日《团结报》）

等待第二只靴子落地

已故著名相声表演艺术家马三立先生有一名段，大意是讲一位心脏衰弱、好静怕动的老人，每天晚上都得等楼上住着的那位青工甩脱的两只鞋子"咣当"落地后才能入眠，长此以往老人苦不堪言，不得已向青工提请注意。提请注意的第二天青工深夜回家，甩脱一只靴子后突然醒悟，轻轻将第二只靴子放在地上。不曾想这一变化，却使得老人苦等第二只靴子落地后入睡而不能，枯坐到天明。为何？老人说了，每晚你扔两只还好，扔完我可以睡觉了。昨晚你扔了一只，我净等第二只，一宿没睡。相声的包袱抖开，笑声满堂。

等第二只靴子落地，还真是个问题。

前段时间参加"大学毕业生创业政策的优化问题"情况介绍会，有关部门介绍情况和政协委员提问时，一个普遍的问题是，对大学毕业生创业的优惠、支持政策，在有的地方和方面，往往没有落实或落实不好。错愕之余，想到了马三立先生的相声段子，不由得作了一个不恰当的话糙理不糙的比喻：政策出台就像第一只靴子，政策落实就像第二只靴子。第二只靴子不落地，政策涉及的人群就如同忐忑不安、期盼不止、枯坐无眠的老人一样，用网络语言说：真悲催啊！

习近平总书记在中纪委十八届二次会议上的讲话中指出，要正确处理保证中央政令畅通和立足实际创造性地开展工作的关系，要防止和克服地方和部门保护主义、本位主义，决不允许"上有政策，下有对策"，决不允许有令不行、有禁不止，决不允许在贯彻执行中央决策部署上打折扣、做选择、搞变通。我们党历代领导人的类似讲话，言之谆谆。习总书记的话，言犹在耳。为什么会出现政策不落实的现象呢？是有不正常、不健康、错误的东西在作祟。"政策执行隔层山"，只听楼梯响，不见人下来，就是没有执行力、不作为、尸位素餐的表现；政策文件像月亮，初一、十五不一样，就是政策执行不能横向到边、纵向到底，有边际效应的表现；上有政策、下有对策，打折扣、做选择、搞变通，就是部门利益、局部利益、个人利益为上的表现；政令不能下行，纪律视如废纸，给钱才办事，给钱乱办事，就是权力寻租的表现；对中央的政令、对上级阳奉阴违，欺上瞒下，就是不讲政治纪律的表现。凡此种种，造成了第二只靴子落不下来、政策得不到落实的问题。

与以习近平同志为总书记的党中央保持高度一致，既要有政治上的态度，也要有具体的行动；开展党的群众路线教育实践活动，既要取得转变思想作风的成效，也要用工作实绩来检验；国家治理体系和治理能力的现代化，既有对组织、机构的要求，也有对各级领导和公务员的要求。各级组织的有效运转，各个层级领导和公务员的有效工作，形成政令畅通、灵活高效，以肩使臂、以臂使腕、以腕使指，收放自如、令行禁止的局面，相期百年强，实现中国梦，就有了坚实的基础。

（刊于 2014 年 5 月 22 日《团结报》）

职业教育何时不再尴尬

近日，湖北职业技术学院一千一百零三位优秀应届毕业生领到学位证书，成为我国首批"工士学位"获得者。设立"工士学位"，使"工士—学士—硕士—博士"四级学位体系在我国初露真容。专家认为，此举或可增添高职毕业生的成就感和归属感，但一时仍难以彻底扭转对职业教育的社会偏见。6月22日，国务院印发《关于加快发展现代职业教育的决定》，全面部署发展现代职业教育，提出要打通从中职、专科、本科到研究生的上升通道，为学生多样化选择、多路径成才搭建"立交桥"。

我国职业教育，大则大矣，却大而水平不高，大而素质不强，既没有一所著名的、一流的院校，发展中还面临不少瓶颈问题，其尴尬的地位还没有改变，与《国家中长期教育改革和发展规划纲要（2010—2020年）》提出的"到2020年，形成适应经济发展方式转变和产业结构调整要求，体现终身教育理念，中等和高等职业教育协调发展的现代职业教育体系"的要求，还有不小的距离。百尺竿头，尚需努力。

职业教育面临的主要问题和尴尬的地位主要表现在三个方面：

传统的"重道轻技""技能型人才低人一等"的观念影响甚大。一方面是千军万马挤高考的独木桥，高校毕业生就业难和就业压力骤增；另一方面是专业技术技能人才供应缺口日益突显，人才短缺矛盾突出。有新闻显示，我国数控机床操作工的短缺高达六十万人，有的企业开出年薪几十万元的高价求高级技工岗位人才而不能如愿。一方面深化教育体制改革任务繁重，既要从根本上解决一考定终身的弊端，又要加快推进职业院校分类招考或注册入学；另一方面是重普教、轻职教，重理论、轻实践，重学历、轻技能等传统观念的影响。世俗的偏见、社会地位的低下、家长的不认可、学生不得已的选择，职业教育处于"很重要、离不开、看不起"的窘境。现代职业教育体系的建设，需要社会认识和观念为之一变。

政策和制度设计上得不到应有的地位和重视，职业教育成为低层次教育，先天低端化。在考试录取制度中，中考时，重点中学、普通中学中录取挑剩后职业学校才能录取。长期以来，我国教育的关注点、重点在义务教育、高等教育，职业教育处于不冷不热，甚至时常被遗忘的状态。职业教育经费未在教育经费中单列，而且支出比重偏低。这些年来，国家对教育的投入不断增加，而职业教育经费占教育经费总量的比例不增反降，降低几近一半。1996年颁布的《中华人民共和国职业教育法》，也有一些不适应形势和任务发展需要的地方，需要进行必要的修订完善。现代职业教育体系的建设，需要破解具体的政策性、制度性障碍。

职业教育体系存在缺陷。培养人才的教育制度与用人的劳动制度分离，劳动力市场的用人信息与职业教育的人才供给脱节，学历证书与职业资格证书不对应衔接；行业企业缺乏参与职业教育的有效途径，产教结合、校企合作不畅；劳动力市场的职业准入制度不完善、不规范、不严格；社会力量参与职业教育的积极性尚未充分调动起来；普通教育与职业教育的双向流通有阻碍，等等，使现代职业教育体系建设的外部支撑乏力。职业教育的理念、办学模式陈旧和创新能力不够强；不少中西部地区职业院校财力不足，办学条件简陋，教师队伍不稳定，不能满足发展需要；部分职业院校课程设置、教学方式落后于现实需要，不仅没有特色，还往往违规让刚入学的学生去顶岗实习；职业教育与各类技能技术人才开发教育、职业教育由高职到本科，成为"断头路"，内外、上下衔接没有通道，等等。这些都使职业教育内部多病缠身，难以形成开放性的，横向联通、纵向贯通的体系。现代职业教育体系的建设，需要内外兼修，强身健体。

职业教育是为国家和社会发展培养技能技术人才、以就业为导向和服务为宗旨的教育。现代职业教育体系是产教融合、校企合作，培养高素质劳动者和技能技术型人才的教育体系。为此，从思想观念层面，从政策和制度层面，从职业教育内部及相关联层面着眼、着力，真正的现代职业教育体系才能指日可待。

（刊于 2014 年 6 月 24 日《团结报》）

不忘本来才能开辟未来

城镇化是人类文明进步和经济社会发展的一个必经阶段。当前,我国正处于新型城镇化快速发展时期。据报道,我国城镇化率从 2002 年到 2011 年,以平均每年 1.35% 的速度增长,到 2011 年城镇化人口比重达 51.27%,比 2002 年上升了 12.18 个百分点。由于我们所处的社会发展阶段、认识和管理水平的因素、劳动力素质有待提高等,在城镇化进程中面临诸多问题和挑战,其中一个亟待妥善解决的问题就是城镇化进程中传统文化的保护与传承。

党的十八大在强调坚持中国特色新型城镇化道路的同时,明确要求,要建设优秀传统文化传承体系,弘扬中华优秀文化传统。习近平总书记在中央政治局第十三次集体学习时讲话指出,中华文化源远流长,积淀着中华民族最深层次的精神追求,代表着中华民族独特的精神标识,为中华民族生生不息、发展壮大提供了丰厚滋养。不忘本来才能开辟未来,善于继承才能更好创新。《国家新型城镇化规划(2014—2020 年)》,将"文化传承、彰显特色"作为新型城镇化的一项基本原则,要求根据不同地区的自然历史文化禀赋,体现区域差异性,提倡形态多样,防止千城一面，发展有历史记忆、文化脉络、地域风貌、民族特色的美丽乡镇。综上可以看出，中央对城镇化过程中对于传统文化的保护和传承，指导思想、原则要求、目标任务是明确的，有关方面的具体工作规划是有针对性和切实可行的。

然而，囿于不正确的政绩观和行政管理上的短视及急功近利，受制于对传统文化重要性认识上的差异，对文化缺乏应有的自觉及敬畏，因此对传统文化资源肆意挥霍的败家子作风，不产生经济效益，是"历史包袱"的错误态度，对传统文化不保护、保护水平不高、保护后不当使用等行为屡见不鲜。根植于农耕文明的传统文化，承载着丰富历史信息及人文传承的名人故里，聚积着区域和民族特色风情的传统村落，子承父业、口传心授的民间手工艺，地区文化、草根文化、乡土文化，邻里和睦、守望相助、天人合一、修身齐家的乡规民约等物质遗产和非物质遗产，或遭受着"建设性破坏""保护性破坏"和"人为的破坏"；或处于重发现、轻保护，重开发、轻管理的状况；或面临着连根斩去、后继无人，皮之不存、毛将焉附的绝境。因此，才有故居名院、文物古迹在铲车的轰鸣声中荡然无存或成为觥筹交错之地、或空壳化无文化内涵的报道；才有具有较高保护价值的传统村落现存不到五千个，平均每天消亡 1.6 个，新中国建立初期戏曲三百七十余种，目前统计只剩二百六十多种的尴尬数据；才有粗放的现代化，千城一面、万楼一貌，文脉被割断、乡愁无处安置、与传统渐行渐远的深深遗憾。

传统文化是农耕文明的产物，城镇化是工业文明的产物。由农耕文明过渡到工业文明，传统文化受到冲击是必然的，有的传统文化自然消失也是正常的。但受到冲击也好，正常的消失也好，都不应造成人为的破坏和文化的断裂。保护和传承传统文化，不是固守封闭、保守和落后，不是要阻止人们去追求现代化的生活、享受现代公共服务，是要保护和传承属于中华优秀文化组成部分的传统文化，是要保留传统文化产生、发展，包括正常消失的完整过程和历史记载。因此，对新型城镇，应赋予历史传承、文化内涵及人文精神，实现现代公共服务水平与传统文化的有机结合，成为现代的、人本的、文化的、有历史底蕴的新型城镇。对传统文化，应明确哪些是必须保护和传承的，不容断裂；哪些是必须及时抢救的，不能人为消亡；哪些可能根据规律自然消失而要及时留下"历史记忆"，防止被抹去。应形成底数清、规划好、措施实的一套保护传承的方法，建立健全有人管、有人落实、有经费保障、广泛参与的机制，制定有考核指标、考核办法、奖惩规定的科学评估办法。如此，才能在城镇化进程中将传统文化实实在在地保护与传承好。

"不忘本来才能开辟未来"，良有以也。

（刊于 2014 年第 14 期《中国政协》杂志、2014 年 7 月 1 日《团结报》）

按角色办事　按特色定位

　　俞正声主席在政协第十二届全国委员会常务委员会第六次会议闭幕时的讲话中，希望各位政协委员对全面深化改革中的重大问题和政策执行中的难点问题、具体问题深入调查研究，提出切实可行的解决思路和办法。之前的有关讲话也希望各位委员的意见和建议，要言之有据、言之有理、言之有度、言之有物。俞主席的讲话，不可不谓言之谆谆，意之切切。

　　调查研究，是我们党和政府领导国家、管理事务、解决问题的一个重要的、经常性的工作方法，也是人民政协开展各项工作的重要基础。政协及政协委员的重要职能是政治协商、民主监督、参政议政。这一重要职能需要通过全体会议、议政性常委会、专题协商会、双周协商会、专题座谈会和调研报告、提案等来实现。而实现这一重要职能的各种形式、平台、载体，都离不开调查研究，都离不开对有关情况全面准确的了解，对有关问题深入广泛的研究，对有关意见和建议切中时弊的提出。政协工作的成效，一个重要的因素是调查研究的广度、深度和意见、建议的质量及水平，也就是说，能不能真正做到"所见要真，所闻要切，所感要深，所思要透"（叶圣陶语）。政协的调查研究工作，既具有党政部门一般的特点，又由于政协性质、地位的不同，更具有自身的特点和规律，唯此，才形成其独特的角度和作用，才能防止同质化、一般化和形式主义。依笔者愚见，政协的调查研究，应有如下四个特点和规律：

第一是关注前瞻性、全局性问题或牵涉大事、事关全局的具体问题。调查研究的导向是问题。政协同党政机关不同，不具有行政决策权、否决权和执法权，调查研究必须从政协的职能出发，就党政方面尚未研究或尚未深入研究的问题、需要综合研究的问题、有关方面心中有口中无的问题，从全局、战略的角度进行深入的调查研究，提出前瞻性的意见和建议。如此，才能真正做到想别人之未想，想别人之未深想，才能真正做到参在关键处，议到点子上。

第二是提出问题和意见、建议的角度要超脱，要跳出部门、行业、地区的巢窠。政协在调查研究过程中，要请有关部门、行业介绍情况，要到有关地方去深入了解实情。参加调研和座谈的委员多是所确定题目领域的专家学者或管理人员。委员由界别产生，代表界别的特殊性使委员在行使职责时必然要反映本领域的意见和建议。但形成的综合信息、调研报告，却不能囿于此而局限为部门、行业、地区的代言人。政协的调查研究要依靠有关部门、行业和地区，但不能拘泥于部门、行业和地区；要立足于实际，但不能仅仅反映实际，要善于举一反三，触类旁通，由此及彼，由表及里。从党和国家大局的角度，从整体利益出发，综合性地提出问题和意见、建议。如此，才能真正在宏观层面发挥作用，才能真正体现政协的价值。

第三是研究论证，集思广益，不起检查指导工作和督办的作用。党政部门的调研，多是决策出台前的考察求证和完善决策，或是执着于解决问题、批评改进工作。政协的调研，更多地执着于研究问题、交换意见、集思广益、分析研判、归纳演绎、增加共识。因此，所请部门、所到地方向政协是介绍情况，不是向政协汇报请示工作，政协不对部门、地方的工作作指示、作评价。反复协商论证，多听、多看、多研究，交换、比较、反复，广开言路，广纳善言，广求真策，是政协调研的一个特点。调研报告、意见、建议不具有硬约束、刚性的作用，主要供党和政府决策、开展工作作参考，便于有关部门"因此见可以占未发，睹细节足以知大体"。如此，才能真正到位不越位，才能不越俎代庖。

第四是协商民主的重要实践之一。政协的调查研究，围绕经济社会发展重大问题和涉及群众切身利益的实际问题，是一个集思广益、反复交换意见、形成共识、提出意见和建议的过程，无不体现着围绕重要问题、广泛参与、平等对话、保证公共理性和普遍利益的实现，协商于决策之前和决策实施之中等协商民主的要旨。中国特色的协商民主，既要理论的深入研讨，政策和制度的不断完善，也要实践的丰富和发展。将政协的调查研究工作放到协商民主的重要实践的层面去认识和对待，如此，才能真正使我们的视野更开阔一些，工作层次更提高一些。

（刊于 2014 年 8 月 9 日《团结报》，后以《正确把握政协调查研究的特点》为题刊于 2014 年第 15 期《中国政协》杂志）

杜绝提案"神答复"

东晋诗人陶渊明在《移居》一诗中有句言："奇文共欣赏，疑义相与析。"讲的是诗人对与友人诗文唱和、同心相求、如切如磋、如琢如磨的美好回忆。把该诗句用在对政协委员提案令人啼笑皆非、可称奇葩的答复的讨论时，难免有佛头着粪之嫌。当然，如果看中的是结果，那也就可以在所不惜了。

政协委员提出提案，有关方面对提案进行研究、采择和答复，是推进社会主义协商民主建设，发挥人民政协和委员履行政治协商、民主监督、参政议政职能的重要形式。提案选题准、建议实、针对性强、质量高以及加强对提案立案的审核，是其重要的基础。同时，对提案高度重视、严肃办理、认真答复，对好的意见和建议及时采纳，是其重要的条件。因此，今年2月，李克强总理主持召开的国务院常务会议强调，要以改革创新和法治理念，进一步做好提案办理工作，把办理提案作为接受人民监督、回应人民呼声的重要渠道，完善办理工作制度，深入调研，明确按时办、与委员直接沟通等"硬要求"，提高办理效率和质量。要建立和完善台账制度，探索逐步向社会公开办理结果，让办理工作成为政府转作风、办实事、解难题的过程。李克强总理、国务院有要求，有关部门有行动。从目前了解到的情况看，提案办理总体情况是好的，但问题依然存在。虽瑕不掩瑜，但落到提案者个人头上，则是百分之百的不爽。

如某文化局签发给一位政协委员提案的一千五百余字复文中，不知所云之处、错字别字比比皆是。试举几例："举办了纪念×××逝世二百五十周年暨第八届×××文化艺术节，取得了'两盒药'的社会反响"，"两盒药的社会反响"，天知道这是何意；"没有'一直'看法"（应为"一致"）；"无法'原值'保留"（应为"原址"）；"已在市规划委'理想'"（应为"立项"）；"新路线、新产品的'踩线'"（应为"展现"）；"文化旅游产品中的'两点'"（应为"亮点"），等等。文件起草不认真，审核把关形同虚设，签发者疑似别人代劳，尸位素餐，敷衍塞责，以此为甚。

如有的部门对政协委员提案的回复，答非所提，对提案的关键词、关注点都没搞清，就洋洋洒洒地答复，使提案人不得不作出这样的反馈：请先读明白提案内容后再下笔回答。有的回复仅是对过去政策的简单重复，既不了解政策落实的具体情况，又未对存在的问题提出明确具体的措施。有的回复或是只作解释，对提案所提的意见和建议可否采纳，不作回应；或是感谢在前面，而不软不硬地顶回去在其中。至于提案"回家"，"自己提出问题自己解决问题"，委员所提属于自身业务范围内的提案"回家"，委员所提属于本地区问题的提案"回家"，也不是个案。有关部门工作人员将提案办理当作额外负担，给提案人打个电话，询问提案从何而来，解释说明几句，就算答复；将委员名称搞错、张冠李戴，提案成足球，踢来踢去，办得慢，办结率低，等等，也不是新闻。凡此种种，与社会主义协商民主广泛多层制度化发展要求，与加强专题协商、对口协商、界别协商和提案办理协商的要求，相去甚远。

习近平总书记《在庆祝中国人民政治协商会议成立65周年大会上的讲话》强调，民主不是装饰品，不是用来做摆设的，而是要用来解决人民要解决的问题的；社会主义协商民主，应该是实实在在的，而不是做样子的；协商就要真协商，真协商就要协商于决策之前和决策之中。这些精神要求，明确而具体，是我们工作的重要指导，必须认真贯彻落实。近闻北京市在审定《北京市人民政府办理人大代表建议、批评、意见和人民政治协商会议提案办法》，其中明确提出，办理建议、提案是政府的法定责任，对办理敷衍塞责、超过办理时限等将追责。

认识提高了，作风转变了，办理机制健全了，责任落实了，庸政、懒政、怠政解决了，才能切实提高提案办理的质量和效率。

（刊于2014年第20期《中国政协》杂志）

从"小按钮"看大变化

在政协第十二届全国委员会常务委员会第七次会议期间和会后，一位出席会议的全国政协常委多次讲到，从十一届政协担任常委至今，第一次看到在常委会议厅的座席上设有可以要求即席发言、提问的"小按钮"，方便常委们在会上与参加会议的中共中央领导同志直接对话交流。这位常委说："从这一'小按钮'可以看出'大变化'。"

这一"小按钮"的缘起，是因政协第十二届全国委员会常务委员会第七次会议是议政性常委会，议题是围绕"深入落实八项规定精神，以优良的党风政风带动民风社风"建言献策。中共中央政治局常委、中央纪律检查委员会书记王岐山同志到会作专题报告，并现场回答常委提出的问题，与常委们交流互动。为此，每位常委的座席上都增设了可以要求发言提问的按钮和麦克风。

这一"小按钮"背后的"大变化"是什么呢？

是社会主义民主政治建设的新气象。党的十八大提出，社会主义协商民主是我国人民民主的重要形式。要完善协商民主制度和工作机制，推进协商民主广泛多层制度化发展。要充分发挥人民政协作为协商民主重要渠道作用，推进政治协商、民主监督、参政议政制度建设。习近平总书记强调，要构建程序合理、环节完善的协商民主体系，完善人民政协制度体系，规范协商内容、协商程序，拓展协商民主形式，增加协商密度，提高协商成效。俞正声主席在全国政协第十二届一次会议闭幕式的讲话中也要求，要切实增强协商实效，把政治协商纳入决策程序，坚持协商于决策之前和决策之中，进一步规范协商内容，增强协商主体的代表性、包容性，提高协商能力，强化协商成果的运用和反馈，更好地展现社会主义协商民主的优势和价值。这些精神和要求，正在指导着社会主义民主政治建设，丰富着协商民主的形式和内容。

是政协履行政治协商、民主监督、参政议政职能形式、载体、渠道的新发展。2013年十二届全国政协一次会议以来，特别是今年以来，全国政协将每年一次的议政性常委会、专题协商会各增加一次，并在恢复继承的基础上创新发展了始于1950年、后因故中断的"双周座谈会"，每年举行二十次。议政性常委会、专题协商会和双周座谈会，不是简单的数量上的增加和形式上的恢复。这一新发展，既是社会主义民主政治建设、协商民主广泛多层制度化发展的生动体现和实践，又是政协完善专题协商、对口协商、界别协商、提案办理协商，创新经常性工作方式的新举措；既为政协委员履行职责、发挥作用提供了更为广阔的平台，也使委员增加了同中共中央、国务院领导同志及政府有关部门面对面沟通情况、交换意见的机会。

是"季常委""年委员"状况的新改变。《中国人民政治协商会议章程》规定，全国委员会全体会议每年举行一次。章程对政协常委会每年的会议次数没有规定，但在实践中一般每年开三至四次。对此，有的委员戏称是"季常委""年委员"。议政性常委会、专题协商会次数的增加，双周座谈会的恢复和发展，有效地改变了这一状况。使常委、委员在全体会议、常委会议休会期间，除参与调研视察、提出提案、反映社情民意之外，有了更多直接反映情况、表达意见和建议、讨论交流不同意见的平台，从而丰富了委员活动的形式，活跃了政协的工作。与此同时，是委员参与面的扩大。每次双周座谈会一般邀请二十来位委员和少数有关专家学者参加，每年二十次双周座谈会，一年近四百位委员与会，一届五年以后，将有近两千位委员参与。全国政协组织的调研视察，次数和人员范围也有较大变化。以教科文卫体委员会为例，适应议政性常委会、专题协商会、双周座谈会的需要，2014 年确定十个调研课题，今年 1 月至 9 月，已有五百二十多人次的委员参加了调研考察，比之往年有了较大幅度的增加。

窥一斑而见全豹，"小按钮"后边确有"大变化"。

（刊于 2014 年第 19 期《中国政协》杂志、2014 年 10 月 9 日《团结报》）

一次不同寻常的例会

2015 年 2 月 1 日，全国政协办公厅宣布，政协第十二届全国委员会第三次会议将于 3 月 3 日在北京开幕。全国政协十二届三次会议，是按《中国人民政治协商会议章程》规定循例举行的例会。但在当前新形势、新任务、新要求下，却有着不同寻常的意义。

2015 年，是我国如期完成"十二五"规划的"收官"之年，处于"编筐编篓，全在收口"的关键阶段；是全面贯彻中共十八大和十八届三中、四中全会精神，推动全面建成小康社会、全面深化改革、全面依法治国、全面从严治党迈上新台阶的关键时期；同时，要落实习近平总书记"要加强纪律建设，把守纪律讲规矩摆在更加重要的位置"的新要求。2015 年，我们就是在这样的历史背景下前行，在新形势、新任务、新要求和经济新常态下前行。

在这个历史背景和新形势、新任务、新要求及经济新常态下的人民政协和统一战线工作，不仅被赋予了新的内涵，而且具有了新的任务、具体指向和遵循。2014 年 9 月 21 日，习近平总书记在庆祝中国人民政治协商会议成立六十五周年大会上发表的重要讲话，总结了人民政协成立六十五年的丰富实践和宝贵经验，明确了做好人民政协工作，必须坚持中国共产党的领导，必须坚

持人民政协
的性质定
位，必须坚
持大团结大
联合，必须
坚持发扬社
会主义民主
四条重要原
则；提出了人民政协要坚持中国特色社会主义制度优势和特点，坚持紧扣改革发展献计出力，坚持发挥人民政协在发展协商民主中的重要作用，坚持广泛凝聚实现中华民族伟大复兴的正能量，坚持推进履职能力建设五条基本要求；深刻阐释了要全面认识社会主义协商民主是中国社会主义民主政治的特有形式和独特优势，要深刻把握社会主义协商民主是中国共产党的群众路线在政治领域的重要体现，要切实落实推进协商民主广泛多层制度化发展这一战略任务三个重要的思想观点。2014 年 12 月 31 日，习近平总书记在全国政协新年茶话会上要求人民政协，"要深入进行调研视察、协商议政，积极开展民主监督，讲真话、进净言，出实招、谋良策"。习近平总书记这一系列重要讲话，对人民政协更好地发挥中国特色政治组织和民主形式的作用，具有十分重要的指导意义。2014 年 12 月 29 日，中共中央政治局会议审议通过《关于加强社会主义协商民主建设的意见》，会议强调，要继续重点加强政党协商、政府协商、政协协商，积极开展人大协商、基层协商、人民团体协商，逐步探索社会组织协商。文件和会议，

173

全面部署发展社会主义协商民主的各项工作，对充分发挥人民政协作为协商民主重要渠道和专门机构的作用，是重要的推动。作为保证党中央集中统一领导的制度性安排，2015 年 1 月 16 日，中共中央政治局常委会听取全国人大常委会、国务院、全国政协、最高人民法院、最高人民检察院党组工作汇报，要求在贯彻落实党中央重大决策部署上凝神聚焦发力，要观大势、掌全局、议大事、抓大事，围绕中心、突出重点，履职尽责、奋发有为，充分发挥职能作用。

恩格斯说过：有无数相互交错的力量，有无数个力的平行四边形，而由此就产生了一个重要的结果，即历史事件。全国政协十二届三次会议，可以说就是在"无数相互交错的力量""无数个力的平行四边形"之下产生的"一个重要结果"。

政协大会，是政协协商议政的重要平台，是展示政协委员形象和履职成果的重要窗口，是体现政协政治协商、民主监督、参政议政质量和水平的重要标志。全国政协十二届三次会议，如何切实坚持团结和民主两大主题，充分发挥协调关系、汇聚力量、建言献策、服务大局的作用；如何做到畅所欲言、各抒己见，真协商、真监督；如何按照俞正声主席的要求，通过会议在协商民主方面有新加强，民主监督方面有新突破，制度建设方面有新进展，学习成效方面有新提高，既需要与会者思想上重视，更需要起而行，同心协力，全力以赴。"天时人事日相催，冬至阳生春又来。"春天的季节，春天的盛会，期待"天时、地利、人和"催生全国政协十二届三次会议在履行职责中取得新成果，在中国特色社会主义民主政治建设中作出新贡献。

（刊于 2015 年 2 月 12 日《团结报》）

发挥协商民主在"四个全面"中的作用

　　2015 年 1 月 17 日，李克强总理主持召开教科文卫体界人士和基层群众代表座谈会，听取对拟提交全国人大十二届三次会议审议的《政府工作报告（征求意见稿）》的意见和建议。据有关媒体报道，与会的全国政协委员、原著名篮球运动员姚明谈到，2014 年是体育改革的关键一年，特别是国务院 46 号文件（《国务院关于加快发展体育产业　促进体育消费的若干意见》）的颁布，让自己和身边的体育从业者欢欣鼓舞。李克强总理插话说："我们的文件与你之前提的意见有直接关系。""直接关系"所指为何？即在 2014 年 4 月 3 日全国政协"贯彻落实《全民健身条例》，增强国民身体素质"双周协商座谈会上，姚明委员提出了"取消赛事审批，激活体育市场"的意见和建议。座谈会上各位委员的发言摘要整理报有关领导同志和部门，姚明委员的意见和建议还进行了单独摘报。

　　李克强总理"我们的文件与你之前提的意见有直接关系"一语，值得深思和认真解读。这一语，对政协委员履行职责提出了新要求，对学习贯彻中共中央《关于加强社会主义协商民主建设的意见》提供了一个新角度，对发挥人民政协作为协商民主重要渠道和专门协商机构作用，也有新的期许。这一语提示我们：

第一，政协委员提提案、提意见和建议、作批评，立足专业背景，下接地气，上涉大计，就能很好地发挥作用。政协委员要代表和反映他们及其所联系的群众的意见建议，代表和维护他们及所联系的群众的合法利益、合理诉求，就应该坚持"问题是时代的声音，人心是最大的政治"。按角色办事，按特色定位，问题抓得准，意见切中要害，措施有的放矢，言之有物，言之有据，言之有理，言之有度，才能使意见、建议和批评可听、可用、可行。以用立说，以实立论，通过"小切口"，推动大问题的解决。

第二，政协的协商座谈会，在围绕大局，紧扣改革发展的基础上有一定的前瞻性、预见性，就能真正参在关键处，议在点子上。人民政协主要就国家和地方的大政方针以及政治、经济、文化和社会生活中的重要问题，各民主党派参加人民政协工作的共同性事务，政协内部的重要事务，以及有关爱国统一战线的其他重要问题进行协商。要协商于决策之前和决策实施之中。紧扣中心，服务大局，才能参在关键处，议在点子上；提出具有前瞻性、预见性的意见和建议，才能在宏观决策时踏到节奏上。跟踪问题，了解决策实施中的情况，才能有效地发挥民主监督的作用；有时间要求，才不会"水过三秋"，事后诸葛亮。

第三，充分认识加强协商民主建设的重要意义，切实推进协商民主广泛多层制度化发展，就能真正将协商民主的作用发挥出来。社会主义协商民主是中国社会主义民主政治的特有形式和独特优势，是中国共产党的群众路线在政治领域的重要体现，是深化政治体制改革的重要内容。制度的效用，取决于制度的执行力。协商民主的基础在于构建和完善程序合理、环节完整的协商体系及协商成果落实、反馈机制。协商民主的要求在于遇事多协商、真协商，协商于决策之前和决策实施之中。协商民主的价值在于集思广益、凝聚共识，科学决策、民主决策。习近平总书记在庆祝中国人民政治协商会议成立六十五周年大会上的讲话指出："民主不是装饰品，不是用来做摆设的，而是要用来解决人民要解决的问题的"，"社会主义协商民主，应该是实实在在的、而不是做样子的，应该是全方位的、而不是局限在某个方面的，应该是全国上上下下都要做的、而不是局限在某一级的"。协商民主是一个不断实践和发展的过程，要在中国共产党的领导下，不断健全和完善制度化、规范化、程序化，从而在实现"全面建成小康社会、全面深化改革、全面依法治国、全面从严治党"的战略布局中，发挥应有的作用，作出新的贡献。

（刊于 2015 年 3 月 3 日《团结报》）

掌声既是呼应，更是呼唤

全国政协第十二届三次会议共安排三次大会发言，有四十七名委员登上人民大会堂的讲台，共商国是，建言献策。四十七位委员的发言不能说字字珠玑、篇篇精彩，但围绕"四个全面"的战略布局、紧扣中心、关注社会关切，是显而易见的。发言单位和个人，事前深入调查研究，问题精准把握、分析鞭辟入里、措施对症下药，体现了严肃性、科学性和可行性，同样是显而易见的。这些，从会场上不时响起的掌声就足以说明。

但仅此是远远不够的。会场上对委员发言的掌声，是按惯例对发言者的致意，在政协这一平台，掌声既是对发言委员所讲问题、所提建议的呼应，更是对将意见和建议转化为决策内容或决策时参考的呼唤。成果转化，这才是最终的目的和需要的结果。

人民政协是中国人民爱国统一战线组织，是中国共产党领导的多党合作和政治协商的重要机构，是我国政治生活中发扬社会主义民主的重要形式。政协不是权力机构，也不是决策机构。政协的参加单位、政协委员和政协专门委员会在大会上发言，是履行政治协商、民主监督、参政议政职能，发挥协商民主作用，行使民主权利的重要形式。政协大会发言中的意见和建议，对党政有关部门没有刚性要求和强制性约束，这与提案要有回复有所不同。作为社会主义协商民主的重要渠道和专门协商机构，作为集思广益、倾听各方、博采众长的有效形式，作为实现科学决策、民主决策的重要一环，确有必要形成一个调查研究—意见和建议的形成和提出—有关部门认真研究并采纳、参考、借鉴—反馈给提意见和建议人，这样规范有序、有效的循环或回路，从而使会议成果得以延伸、转化，产生实效，而不是政协内部的"自娱自乐""闭路电视"。成果转化和反馈，不仅是政协委员的呼唤，从中国网络电视台直播大会发言时网友的留言看，也是社会的一种呼唤。有网友留言，委员的发言紧扣社会热点，并给出了意见和建议，希望不只是说说。有网友问，委员的稿子念完了去哪里了？会通知到有关部委吗？哪些部门去采纳？会给委员一个回复吗？并希望，不能白发言哦，要有作用哦。中共中央《关于加强社会主义协商民主建设的意见》明确提出，要"注重协商成果运用反馈"，"完善协商反馈机制，中共中央将协商意见交付有关部门办理，有关部门及时反馈落实情况"，应该说，这不仅一针见血地指出了协商程序的合理性、协商环节的完整性中存在的不足，也一诺千金地表明了中共中央加强社会主义协商民主建设的意识和决心。可以预计，在中共中央意见的配套实施文件中，会有一系列新的举措。

明朝张居正曾言："盖天下之事，不难于听言，而难于言之必效。"四十七位委员的发言稿已印发与会委员，会后也会报送有关方面。政协是说话的地方，但不能、也不应该只是说说而已，要"说了不白说"，要体现出协商民主建设的进步。其实，注重成果转化，何止于政协大会上的四十七篇发言，未列入口头发言的四百多篇书面发言中、几十期简报中，披沙沥金，都可成为科学执政、为政之基石，都可助有关方面目明、耳聪、心智。

（刊于 2015 年 3 月 12 日《团结报》、2015 年 3 月 13 日《人民政协报》）

统战工作更要讲求工作艺术

习近平总书记在中央统战工作会议上的重要讲话中强调，统战工作一个重要的特征，就是讲求很强的工作艺术。

总书记何以特别强调统战工作的方法问题，所指何事？原因何在？我理解主要有三，一是统战工作的方法是思想方法、工作作风、对统战工作规律认识的具体体现。二是我们党一贯重视和倡导掌握科学的工作方法。1934 年毛泽东同志就指出："我们不但要提出任务，而且要解决完成任务的方法问题。我们的任务是过河，但是没有桥或没有船就不能过。不解决桥或船的问题，过河就是一句空话，不解决方法问题，任务也只是瞎说一顿。"三是一批新从事统战工作的同志，要自觉地、熟练地掌握和运用统战工作的方法还有一个过程，同时，因对统战工作规律掌握的程度及悟性的不同，还是会有高低之别。

统战工作在坚持基本原则和要求的基础上，工作方法越精湛，掌握运用得越娴熟，工作效果不仅事半功倍，而且影响更大更久远。周恩来同志深得统战对象的广泛尊重与赞许，与其人格魅力及高超的工作方法密切相关。

统战工作方法有其大端，也有因时、因事、因人而异的一些

具体方法。择其要者，应达到四个要求：

善于运用民主协商的办法。通过广泛、深入的协商、沟通、座谈，使党的意图、方针政策转化为统战组织、统战对象自觉的意识和行动，是做统战工作的最高境界。党政内部和系统有政治纪律、组织纪律和上下级的要求和约束，必须在政治上、思想上、行动上自觉保持高度的一致。对统战对象也需要形成共识不断增强、进一步协力同心的局面。但这个局面的形成，不能仅靠号召和要求，要靠对群体、对个体的协商沟通、交流交心来实现。春风化雨，润物无声。政治上同气相求，思想上同频共振，情感上同心同德，如此，这种共识、协力同心的局面才能更真实、更有效、更长久。

善于广交深交朋友。如何获得最大的公约数，"把我们的人搞得多多的"，实现大团结大联合，一个重要的方法是广交深交朋友。毛泽东同志曾说："人不交几个党外朋友怎么行，我的党外朋友就很多。"广交深交党外朋友，让统战对象在与党政领导交往中感到，共产党对民主党派是"以诚相待、思想见面；患难与共、真诚合作"（黄炎培语）。如沐春风、如饮醇醪、心向往之，就能真正解决人心向背和凝聚力问题。当然，统战工作交朋友，绝不是为个人私利，是为党和人民的事业。政商不分、勾肩搭背、利益交换、沆瀣一气，非真正交友之道。统战工作交朋友，要做到如有的同志所说的"是统战工作者与统战工作对象之间观念的交锋与转化的过程，更是人格的交融与重塑的过程"。统战工作要交道义相砥、过失相规、缓急可共、生死可托的诤友、直友、畏友。以心相交，方成久远；朋友同心，其利断金。

善于照顾同盟者利益。照顾同盟者利益，是巩固和壮大统一战线的一个重要原则和方法。毛泽东同志也曾说过：民主党派和共产党的干部，手掌手背都是肉，不能有厚薄。对他们要平等，不能莲花出水有高低。畅通统战对象反映意见和要求的渠道，建立健全尊重和照顾统战对象合法权益、合理利益和诉求的机制；设身处地地为统战对象着想，努力帮助他们解决实际困难和问题，做到政治上尊重，安排使用上一视同仁，思想上、生活上关心照顾。甘苦与共才能安危与共，政党关系、民族关系、宗教关系、阶层关系等，才能进一步和谐融洽。

善于求同存异，体谅包容。统战对象涉及民主党派成员、无党派人士、党外知识分子、少数民族人士、宗教界人士、非公经济人士等十二个方面，对问题的认识程度和看问题的角度总会有不同，从来不可能是清一色的，一致性和多样性并存的特点尤为突出。在坚持共同的原则基础上，在根本问题一致的基础上，应鼓励讲不同意见，应听得进不同意见，应自觉接受批评和监督。对一时不能统一和解决的思想认识问题，不能简单粗暴，急于求成，应等待、引导，用慢功夫做工作。有坚持和巩固党的领导这个共同的根本，有海纳百川、泰山不让抔土的胸襟，就可以成大同而化小异，存小异而无碍大同。

统战工作是做人的工作，政治性、政策性、艺术性都很强。

"工欲善其事，必先利其器。"好的工作方法有好的人来掌握和运用，才能琴瑟和鸣、相得益彰。所以，统战工作者自身的修为，同样不可或缺；统战工作者在工作中注意向统战对象学习，同样不可或缺。

（刊于 2015 年第 13 期《中国政协》杂志）

勠力同心　共襄伟业

　　2015 年 10 月 29 日，中共十八届五中全会通过的《中共中央关于制定国民经济和社会发展第十三个五年规划的建议》（以下简称《建议》），吹响了全面建成小康社会、实现中华民族第一个百年梦想决战决胜阶段的冲锋号。"潮平两岸阔，风正一帆悬"，中华巨轮，乘风破浪，一往无前。

　　办好中国的事情，关键靠中国共产党这个领导核心，但离不开中国各民主党派、各团体、各族各界人士以及港澳同胞、台湾同胞和海外侨胞的共同努力。实现全面建成小康社会宏伟目标，离不开《建议》这张蓝图，离不开全党、全国各族人民将中共十八届五中全会精神学习好、领会好、贯彻落实好。而其中，三千一百七十八个各级政协组织，六十六万名各级政协委员，九十多万名各民主党派成员和广大无党派人士，作为建设中国特色社会主义事业的重要政治力量，责无旁贷。回顾历史，他们在我国经济、政治、文化、社会和生态文明建设的各项事业中贡献卓著，从未缺位，而在"十三五"规划的制定和实施过程中，在中华民族第一个百年梦想的决战决胜阶段，应该体现出更高的追求、更大的作为、更大的贡献。

《建议》是中共中央的文件，凝聚着中国共产党人的心血，同样也凝聚着包括广大政协委员、各民主党派成员、无党派人士在内的社会各界的心血。2015 年 6 月 15 日至 17 日，在全国政协十二届常委会第十一次会议上，常委们围绕"制定国民经济和社会发展'十三五'规划"建言献策，就"GDP"增速的总基调、经济发展的着力点和增速点、"十三五"规划应着力关注的问题、推动医改全面深化、建设更加良治的中国、强化规划可执行性、提升规划公信力，等等，作大会发言、书面发言和分组讨论发言，真知灼见，纷至沓来。8 月 21 日，习近平总书记主持召开座谈会，直接听取各民主党派中央、全国工商联领导人和无党派人士对"十三五"规划的意见。对他们提出的九十多条意见和建议，有关方面进行了认真研究，许多意见和建议被中共中央的文件所采纳。11 月 6 日，在全国政协十二届常委会第十三次会议开幕会上，李克强总理专程到会为常委们作"十三五"规划的报告。他表示："全国政协委员中有很多专业人才。在座各位人才荟萃，大家参政议政有很多高见。我这次来也是向你们'问计问策'，希望大家向'十三五'规划纲要编制提出建议。"总理的报告结束前，田震、王天戈、葛剑雄、杨维刚、厉以宁等五位常委就自己关注的问题与总理进行了现场互动交流。广大民主党派成员和无党派人士的参政议政，得到了淋漓尽致的展现。

　　集思广益，博采众长，协商在决策之前；统一意志，凝聚共识，倾力在决策之后。肝胆相照的明灯，从历史一直闪耀到现在，放射向未来。

　　1949 年元旦，民主党派老一辈领导人李济深先生在应中共中央之邀从香港北上参加召开新政协会议、筹建新中国的途中，为同行的茅盾先生即兴题词道："同舟共济，一心一意，为了一件大事！一件为着参与共同建立一个独立、民主、和平、统一、康乐的新中国的大事！同舟共济，恭喜恭喜，一心一意，来做一件大事。前进！前进！努力！努力！"拨乱反正伊始，改革开放初期，各界统战人士重获新生，欣逢盛世，为重振经济、为改革发展，以"老牛自知夕阳晚，不用扬鞭自奋蹄"自勉自警，倾力贡献光和热。在共和国的历史上，各界统战人士同中国共产党精诚合作，共赴时艰，同心若金，共创伟业的嘉言懿行，灿若星河，书写了一篇又一篇为人称道的历史佳话。"人事有代谢，往来成古今。"在共和国的历史车轮进入全面建成小康社会门槛的时候，为了"这一件大事"，为了建设富强、民主、文明、和谐的社会主义强国的大事，各级政协委员，统一战线各界人士，凝心聚力于十八届五中全会精神的学习和贯彻落实，勠力同心，共襄伟业，必将在老一辈开创的同中国共产党精诚合作、荣辱与共的历史上，续写新的篇章，为共和国的历史画卷增加浓墨重彩的一笔又一笔。

万众一心、天地同心，事不避难、义不逃责，我们的目标就一定会实现。

（刊于 2015 年第 21 期《中国政协》杂志）

如何真正做到"懂政协、会协商、善议政"

在 2015 年 3 月全国政协第十二届三次全体会议期间,习近平总书记对政协委员履职尽责提出了"懂政协、会协商、善议政"的要求。如今,又到一年"两会"时,习近平总书记的要求言犹在耳。如何交上一份"懂政协、会协商、善议政"的合格答卷,对参加全国政协第十二届四次全体会议的委员来说,是一次集中的检视。

这样的检视,贵在一个"真"字。"懂政协",要真懂,而不是似懂非懂;"会协商",要真会,而不是一知半解;"善议政",要真善,而不是偶然侥幸。如何克服"零碎的想法、一般的观感、笼统的表态",真正做到"懂政协、会协商、善议政",关键有四:

第一,准确把握人民政协的性质定位,以此为纲,才能"壹引其纲,万目皆张"。《中国人民政治协商会议章程》中有几个关键词和关键立意:人民政协是中国人民爱国统一战线组织,是中国共产党领导的多党合作和政治协商的重要机构,不是权力机关、立法机关,也不是决策机构;人民政协是我国政治生活中发扬社会主义民主的重要形式,团结和民主是政协的两大主题;民主监督主要是通过提意见、建议和批评进行，要反映所联系方面及人士的意见和要求，等等。从这几个关键词和关键立意生发开去，还有几点重要的延伸：政协的协商是在政协协商，不是党委政府、党派团体与政协协商，政协作为一个组织体系，不是协商的主体和对象，而是协商的重要平台、渠道和专门机构；政协委员的意见、建议和批评，政协的协商成果，不具有法律上、行政上和反馈形式上的强制意义，不能形成倒逼机制；政协肩负着重要的团结统战使命，要在沟通思想、增进共识、协调关系、凝心聚力上下功夫，等等。在人民政协的性质定位问题上，容不得丝毫偏颇和马虎。只有对"政协是什么、做什么、怎么做"有了准确、全面、深刻的认识，知规矩又守规矩，就能在正道上行进。

第二，从严践行共同的价值观，以此为魂，才能汇聚起强大的正能量。政协委员共同的价值观，在植根于社会主义核心价值观的基础上，应充分体现政协的特点，包括：遵守《中华人民共和国宪法》《中国人民政治协商会议章程》，坚持和完善中国共产党领导的多党合作和政治协商制度；围绕中国共产党和国家的中心工作、大政方针、重要决策和人民群众普遍关心的问题，履行政治协商、民主监督、参政议政职能；发挥人民政协作为国家治理体系重要组成部分的作用，为推动中国特色社会主义制度更加成熟更加定型服

务；为贯彻"五位一体"总体布局和"四个全面"战略布局，贯彻创新、协调、绿色、开放、共享的发展理念作出新贡献，等等。政协委员讲问题、提建议、谈意见、作批评，自觉践行和弘扬共同的价值观，就能做正确的事情。

第三，自觉恪守履行职责的制度、程序和规范，以此为矩，才能"从心所欲不逾矩"。政协委员履行职责，离不开制度规则的保障和支撑。《中国人民政治协商会议章程》《中国人民政治协商会议全国委员会委员履职工作规则》《加强和改进调研工作实施办法》《提案办理协商办法》《专门委员会通则》《委员视察考察工作条例》《反映社情民意信息工作条例》等规章制度，形成了较为完善的政协工作和政协委员履职的制度体系、程序规定和规范要求，每个委员都应受其约束，并自觉遵守。"矩不正，不可为方；规不正，不可为圆。"政协委员行有遵循，言有法度，就能正确地做事。

第四，始终坚持政协特有的话语体系和表达方式，以此为本，才能彰显特色优势。政协委员由有关方面郑重协商产生，由各方面代表性人士组成。长期以来，在特定的社会语境中，形成了自身独特的话语体系和表达方式。政协委员不仅要能说、敢说、会说，而且要说得好、说得准、说得对。在语言风格上，观点鲜明而不尖酸刻薄，分析深刻而不偏激极端，问题抓得准而不失之片面，措施针对性强而不失之琐碎，以所见可以占未发，睹小节足以知大体。在具体要求上，有科学态度、理性精神、道义担当和家国情怀，有进言社会并参与公共事务的自觉，有传递民意民声、汇聚真知灼见，立意为公、执言为民的胸襟。在立场角度上，设身处地、与人为善；平等协商、坦诚相待；角度得当、位置超脱。在时机把握上，合情合理合势，建言建在需要时，监督监在关键处，议政议在点子上。在目的追求上，不强加于人，不求说了管用，但求说得正确；努力增进共识，凝聚人心，形成合力。彰显特色和生机活力，就能发挥不可替代的作用。

知之愈明，就能行之愈笃；行之愈笃，则知之益明。知行合一，以至千里。立足准确的性质定位、共同的价值追求、完善的制度规范和特有的话语体系，不断夯实共同的思想基础，不断提升议政建言的能力，政协委员就一定能在"懂政协、会协商、善议政"的征途上阔步前进，不辱历史使命、不负人民重托。

（刊于 2016 年第 4 期《中国政协》杂志）

成功的实践呼唤进一步的制度和规范

　　全国政协自十二届一次会议以来，在完善和搭建委员履职平台，进一步发挥政治协商、民主监督、参政议政职能方面，不断在继承的基础上创新，确实有许多成功实践和经验。特别是专题议政性常委会议、专题协商会、双周协商座谈会，受到了委员们的肯定，赢得了社会的赞誉。

　　资料显示，专题议政性常委会议始于 1994 年 7 月八届七次常委会议，其中八届开了四次，九届、十届、十一届各五次，十二届一次会议以来相对固定为每年两次。专题协商会始于 2005 年 3 月十届三次会议以后，十届、十一届共开了十一次，当时名称为"专题座谈会"；十二届一次会议以来相对固定为每年两次，名称确定为"专题协商会"。双周协商座谈会，从 1950 年 3 月以学习、沟通思想、形成共识为目的的"双周座谈会"脱胎而来。从 1950 年到 1966 年十六年间，"双周座谈会"共举行了一百一十四次。十二届一次会议以来形成了"双周协商座谈会"新模式，四年来已举行了六十二次，成为政协履职的一个经常化的平台。资料表明，专题议政性常委会议、专题协商会召开的次数、议题的设置等在十二届之前多有变化，不够规范。双周协商座谈会历史传承有变化、中间有中断，十二届则对此都作出了重要的创新和发展。

从全国政协的章程和有关规章制度看，对专题议政性常委会议、专题协商会、双周协商座谈会的表述和规定，要么缺失，要么语焉不详，要么文件的层级较低。《中国人民政治协商会议章程》对三种会议协商形式没有表述。《政协全国委员会关于政治协商、民主监督、参政议政的规定》，明确政治协商的主要形式有："政协全国委员会的全体会议，常务委员会议，主席会议，常务委员专题座谈会，各专门委员会会议，根据需要召开的各党派、无党派爱国人士、人民团体、少数民族人士和各界爱国人士的代表参加的协商座谈会等。"《中国人民政治协商会议全国委员会常务委员会工作规则》第十七条明确："根据需要，可举行专题座谈会，就某项专门问题进行协商座谈，提出建议和意见。专题座谈会邀请有关常务委员和其他有关人员参加。"《政协全国委员会专题协商会工作办法》《政协全国委员会双周协商座谈会工作办法》，属于操作层面的规定，严格意义上还不能算制度和规范。

形成制度和规范，是对成功实践和经验的总结和提升，既能提升工作水平，更是建立和完善长效工作机制的关键环节。制度和规范，是人民政协实现自身价值的基础。人民政协工作在实践中不断制度化、规范化、程序化，伴随着人民政协事业发展的全过程。完善专题议政性常委会议、专题协商会、双周协商座谈会制度，是贯彻落实党的十八大提出的"健全社会主义协商民主制度""完善协商民主制度和工作机制，推进协商民主广泛、多层、制度化发展""充分发挥人民政协作为协商民主重要渠道作用"的需要，是党的十八大以来我们党加强社会主义民主政治建设的需要。坚持和完善专题议政性常委会议、专题协商会、双周协商座谈会制度，是坚持和完善中国共产党领导的多党合作和政治协商制度的题中应有之义，具有重要的政治意义和战略意义。

正因如此，适当的时候可研究在政协章程中增加对这三种协商形式的表述问题。应及时研究制定《中国人民政治协商会议全国委员会专题议政性常委会议工作规则》《中国人民政治协商会议全国委员会专题协商会工作规则》和《中国人民政治协商会议全国委员会双周协商座谈会工作规则》，补缺失，将工作办法改为工作规则，作为较高层级的、有权威性的文件。要将成熟的做法、成功的经验进一步理性化、程序化、制度化，经相应程序审议通过后执行，作为制度和规范固定下来、坚持下去，从而形成有效实现协商民主的长效机制。

专题议政性常委会议工作规则、专题协商会工作规则、双周协商座谈会工作规则，应对协商的目的、意义、要求、原则，以及协商的时机、议题的设置和确定、会前调研、与会人员、召开的次数、协商成果运用等，分别作出明确、具体、有可操作性的规定，提高程序设计与制度安排的科学性，形成科学的工作规范，作为常态化的履职平台和形式，长期地遵循。

同时，在有的方面还可以作些尝试。如政协章程第二条规定，可"通过调研报告、提案、建议案或其他形式，向中国共产党和国家机关提出意见和建议"。第九条规定，"通过建议案、提案或其他形式向国家机关和其他有关组织提出建议和批评"。可尝试对有的专题议政性常委会议的成果，用建议案的形式而不是委员个人意见、建议的形式，向有关方面反映。

（刊于 2017 年第 5 期《中国政协》杂志）

也说政协的话语权

政协具有话语权，这是不争的共识。但具体到政协的话语权是什么，恐怕在一些问题上，还真有点仁者见仁，智者见智。

一般意义上的话语权，指的是个人或机构、组织发言、说话或表达意志的资格与权利。通过这种资格与权利，表达主张、见解、意见、批评、诉求、抗争等，并通过传播和扩散，获取认同，形成现实的影响力。而政协的话语权，除这些基本要素外，还具有如下几个特点：

第一，是一种具有政治影响力的话语权。政协的话语权有其特定的背景及条件，即是作为遵守宪法、法律和政协章程的政协委员，在政协这个平台上，在履行政治协商、民主监督、参政议政职能过程中，通过组织体系、界别和个人，反映社情民意、提出问题建议、开展批评监督、进行视察询问的权利，具有表达民意、整合利益、拓展和深化有序政治参与、形成更大的同心圆的功能；具有为中国共产党和国家决策作重要参考、协调各方关系、推动社会形成广泛共识的功能；具有独特的政治性和政治影响力。理性有度、合法依规是这一具有政治影响力话语权的内在要求。政协话语权是一种有组织性的行为，必须在政协的组织体系内行使，即在参加政协的会议、视察、考察、调研和有关活动时，或以政协委员名义开展活动时行使。政协的话语权是一种高层次的政治行为，必须在懂政协、会协商、善议政的基础上，在遵守政协章程的基础上行使。只出"甘词"、笼统称是，只言片语、人云亦云，任性随意、口无遮拦，与这一话语权冰炭不同炉。同时，这一话语权也有权益保障机制，不因言受刁难，不因言获责罚。

第二，是一种具有代表性的话语权。中国共产党领导的多党合作和政治协商制度，是我国的一项基本政治制度，是中国特色社会主义民主政治的制度设计和制度安排。中国人民政治协商会议是我国政治生活中发扬民主的重要形式，是社会主义协商民主的重要渠道和专门协商机构。政协的话语权，植根于中国特色社会主义民主政治的制度设计和制度安排，本身就被赋予了相应的影响力和代表性，不是一般的说话的场合，不是说说而已、街谈巷议。政协委员由有关方面郑重协商产生，由各方面知识层次较高的代表人士组成，代表和反映所联系阶层及群众的合法利益和合理诉求，其话语权代表性强、专业水平高、社会影响大，不是一般的个体的发声，有不可替代性。从这个角度看，毛泽东同志当年曾有生动的描述，这就是"一根头发与一把头发的关系"，一根头发后面有一把头发，政协的话语权具有较广泛的民意基础，不可小视。

第三，是一种具有整体与个体一致性的话语权。政协组织委员对经济、政治、文化、社会、生态文明建设中的重要问题和人民群众关心的问题，以及决策实施中的问题，进行视察、考察、调研，通过协商座谈、调研报告、提案、建议案或其他形式，反映社情民意，汇聚真知灼见，提出意见、建议和批评，这是整体的、有组织的话语权。政协委员依照政协章程，反映所联系界别和群众的合法利益和合理诉求及意见、建议和批评，这是委员的个体话语权。委员的个体话语权是政协整体话语权的基础，是有机组成部分。整体话语权和个体话语权是同心同向的，具有一致性。委员个体作用发挥如何，委员话语权行使水平高低，直接影响政协话语权作用大小。

第四，是一种具有独特话语体系的话语权。话语体系是一定语境下人际交往沟通中相应的言语活动范式。在政协就要说政协话。政协话语权的话语体系，体现着"为天地立心，为生民立命，为往圣继绝学，为万世开太平""极心无二虑，尽公不顾私"的家国情怀和责任担当；体现着统一战线肝胆相照、荣辱与共，畅所欲言、各抒己见，求同存异、体谅包容的民主团结主题；体现着既敢于和善于提出问题，以所见可以占未发，睹小节足以知大体，热烈而不对立、真诚而不敷衍、尖锐而不偏执，遵守程序不逾矩的见识和理性精神；体现着融协商、监督、参与、合作于一体，既反映意见、建议，又协助做好所联系阶层和群众工作的特色；体现着客观、公正、真实，言之有据、言之有理、言之有益，把研究问题、推动问题的解决作为出发点和落脚点的价值追求；体现着程序化、规范化、制度化的设计和安排。

第五，是一种具有非强制性的，但应受到尊重和重视的话语权。如同"政协不是权力机关""在政协协商而不是同政协协商"的性质定位一样，政协的话语权，不具有强制性，不具有运用之后必须由国家强制力保障执行或落实的权力。"话说了就得听，就得照着办"，是对政协话语权的误读。"说了也白说"，则是对中国特色社会主义民主政治制度设计、政协职能、来自体制内并受体制保障的话语权的忽视。误读与忽视皆不可取。制度设计和制度安排，本身就赋予了政协话语权相应的地位与作用，应得到相应的尊重和重视。人民政协是国家治理体系的重要组成部分，提高国家治理体系和治理能力现代化水平，尊重和重视政协的话语权，也是题中应有之义。法学界称那些不能运用国家强制之力保证实施的法律规范为"软法"，政协的话语权，似也可称之为"软权"。因此，应是保障话语权而非保障话语的强制性，有关方面应是主动听取、积极研究采纳意见、建议而非有去无回的单行道。政协及政协委员把握好自身的性质定位，正确地运用话语权并"且行且珍惜"；与有关方面尊重和重视政协的话语权并建立和完善反馈机制，两者相辅相成、相得益彰，让政协的话语权进一步成为好声音、亮声音、有效的声音，人民政协这一中国特色社会主义民主政治制度的独特创造和独特优势，必将更为灿烂辉煌。

（刊于 2017 年 3 月 29 日《人民政协报》）

必须旗帜鲜明地讲政治

习近平总书记在省部级主要领导干部学习贯彻党的十八届六中全会精神专题研讨班上的重要讲话，对认真学习领会《关于新形势下党内政治生活的若干准则》《中国共产党党内监督条例》，对全面推进从严治党，具有重大的现实意义和历史意义。

在这篇重要讲话中，有一个十分重要的关键词，这就是"讲政治"。习近平总书记强调，历史经验表明，我们党作为马克思主义政党，必须旗帜鲜明地讲政治，严肃认真开展党内政治生活。讲政治，是我们党"补钙壮骨、强身健体"的根本保证，是我们党培养自我革命勇气、增强"自我净化能力、提高排毒杀菌政治免疫力"的根本途径。什么时候全党讲政治、党内政治生活正常健康，我们党就风清气正、团结统一，充满生机活力，党的事业就蓬勃发展；反之，就弊病丛生、人心涣散、丧失斗志，各种错误思想得不到及时纠正，给党的事业造成严重损失。

此时此刻，再次重申讲政治的问题，很有针对性和现实性，意义重大。政治上不能不设防，必须旗帜鲜明地讲政治，必须把讲政治放在第一位。

学习领会并贯彻落实习近平总书记这篇重要讲话的精神，在当前形势下旗帜鲜明地讲政治，有如下四点体会：

第一，讲政治就必须加强和规范党内政治生活。

《关于新形势下党内政治生活的若干准则》开宗明义，首先就提出"党要管党必须从党内政治生活管起，从严治党必须从党内政治生活严起"，并明确指出"政治纪律是党最根本、最重要的纪律"。习近平总书记也多次强调："党内政治生活是党组织教育管理党员和党员进行党性锻炼的主要平台"，"开展严肃认真的党内政治生活，是我们党作为马克思主义政党区别于其他政党的重要特征，是我们党的光荣传统"。

加强和规范党内政治生活，必须增强党内政治生活的政治性、时代性、原则性和战斗性，有效解决在有的地方、有的时候存在的随意化、形式化、平淡化和庸俗化的问题，从而增强政治约束力、政治纪律性。要努力使政治约束力和政治纪律性成为可操作的措施，有检查的标准，能落实的行动，不可逾越的边界和底线。坚决杜绝"投机政治""党派政治""寡头政治"和"政客政治"。

第二，讲政治就必须不断提高政治能力。

对广大党员来说，不断提高政治能力，就是自觉遵守和认真贯彻落实党章要求的能力。对党员领导干部来讲，不断提高政治能力，就是习近平总书记要求的那样，不断提高"把握方向、把握大势、把握全局的能力，就是保持政治定力、驾驭政治局面、防范政治风险的能力"。

政治能力的锻炼和提高，非一日之功，不可能一蹴而就、一劳永逸，必须在不断强化的理论学习中，在实践的历练和积累中，砥砺前行，臻于完善。

而在政协工作中，提高政治把握能力，就是要对政协的性质、地位和作用有明确而坚定的认识，不受"多党制""两院制"的影响和干扰；就是要将党对政协工作的领导落到实处；就是要自觉地将各项履职活动，同党和国家的中心工作紧密结合起来，服务中心、服务大局；就是要不断提高为委员履职服务的质量和水平。

第三，讲政治就必须不断强化核心意识。

《关于新形势下党内政治生活的若干准则》提出："一个国家，一个政党，领导核心至关重要。全党必须牢固树立政治意识、大局意识、核心意识、看齐意识，自觉在思想上政治上行动上同党中央保持高度一致。"

在当今时代，我国治理和我党执政面临的复杂性和艰巨性，世所罕见，突出强调以习近平同志为核心的党中央，既是水到渠成，也是形势任务使然。邓小平同志讲过："任何一个领导集体都要有一个核心，没有核心的领导是靠不住的。"团结就是力量，核心才是保证。只要全党在政治方向、政治路线、政治立场、政治主张上与党中央保持高度一致，只要每个党组织、每个党员都自觉维护以习近平同志为核心的党中央的权威，确保党中央令行禁止，我们就能战胜任何艰难险阻。

对于领导核心，从宏观层面讲，"领导我们事业的核心力量是中国共产党"；从中观层面讲，是中央政治局及其常委会；具体来讲，就是我们党的总书记习近平同志。

从核心意识的字面来看，意识原意为精神活动。意，即是自我的意思；识，就是认知、认识。意识是思维主体对信息处理后的产物。核心意识就是思维主体对核心问题的认识程度。强调核心意识，就应该明确，对中央的集体统一领导，对中央的决策，对中央的权威，不能搞选择，不能今是而明非，不能当面一套背后一套，不能上有政策下有对策。

第四，讲政治就必须自觉地将他律变成自律，慎初、慎独、慎微。

《关于新形势下党内政治生活的若干准则》指出："领导干部特别是高级领导干部必须加强自律，慎独慎微，自觉检查和及时纠正在行使权力、廉政勤政方面存在的问题……"习近平总书记在重要讲话中也强调："对领导干部特别是高级干部来说，加强自律关键是在私底下、无人时、细微处能否做到慎独慎微，始终心存敬畏、手握戒尺，增强政治定力、纪律定力、道德定力、抵腐定力，始终不放纵、不越轨、不逾矩。"

外因通过内因起作用，他律重要，自律更为重要。自律就是将外在的规矩要求内化为潜意识，内化为自觉的意识和行动，并乐于遵守和执行。自律是将规矩和要求融入灵魂深处、血液之中的表现，是一名政治上坚定、清醒的共产党员的表现，是志虑忠纯，心正、言正、行正的表现。

从一定意义上讲，第一次既是缺口，也是关口。"靡不有初，鲜克有终"，走好第一步，把好第一关，十分重要。否则，蝼蚁之穴，溃毁大堤，白袍点墨，终不可湔。常在河边走，就要不湿鞋。湿鞋与失足，两字之差，千里之别。

慎独是一种情操、一种修养，也是一种自律的表现。"言行所履，不欺暗室"，言行一致，表里如一，台上台下一个样，人前人后一个样，始终保持自觉性、自制力和坚强的意志品质。

慎微是一种态度、一种实践，也是思想道德修养的具体表现。"不以恶小而为之，不以善小而不为"，要始终做到心怀敬畏，自重、自警、自省，做到大节小节无亏。

古人云，当官之法唯有三事：一曰清，二曰慎，三曰勤。言简意深，值得认真体味。

（刊于 2017 年第 2 期《全国政协机关通讯》）

努力形成最大公约数，画出最大同心圆

习近平新时代中国特色社会主义思想，内容丰富、思想深邃，是一个系统完整、逻辑严密的科学理论体系。学懂、弄通、做实这一思想，关键在于准确把握习近平总书记在十九大报告中阐释的"八个明确"和"十四个坚持"。用习近平新时代中国特色社会主义思想指导政协工作实践，一个重要的方面就是要深刻领会、认真落实"形成最大公约数，画出最大同心圆"的思想、观点和要求。

一、从"是什么"的角度看，要求我们深刻认识"形成最大公约数，画出最大同心圆"这一思想、观点和要求的重要意义。

在 2013 年年底举行的全国政协新年茶话会上，习近平总书记指出，"我们要巩固和发展最广泛的爱国统一战线，坚持和完善中国共产党领导的多党合作和政治协商制度，寻求最大公约数，凝聚改革共识，汇聚改革正能量"；在 2014 年庆祝人民政协成立六十五周年大会上，习近平总书记指出，"在中国社会主义制度下，有事好商量，众人的事情由众人商量，找到全社会意愿和要求的最大公约数，是人民民主的真谛"；在 2015 年中央统战工作会议上，习近平总书记指出，"要尽可能通过耐心细致的工作找

205

到最大公约数。只要我们把政治底线这个圆心固守住，包容的多样性半径越长，画出的同心圆就越大"；在 2016 年年初同党外人士共迎新春时，习近平总书记指出，"我们提出坚持正确处理一致性和多样性关系的方针，就是着眼于形成最大公约数，画出最大的同心圆"；在 2017 年年底举行的全国政协新年茶话会上，习近平总书记指出，希望人民政协"努力寻求全社会意愿和要求的最大公约数、画出民心民愿的最大同心圆，广泛凝聚实现中华民族伟大复兴的正能量"；在党的十九大报告中，习近平总书记再次强调，"要高举爱国主义、社会主义旗帜，牢牢把握大团结大联合的主题，坚持一致性和多样性统一，找到最大公约数，画出最大同心圆"。

习近平总书记在阐释这一重要思想和观点时，有的侧重民主政治的范畴，有的侧重统一战线的范畴，有的侧重政党理论的范畴，有的是工作要求和工作部署，角度不同但殊途同归，集中说明三点：一是"形成最大公约数，画出最大同心圆"，是习近平新时代中国特色社会主义思想的重要内容之一，体现着习近平总书记治国理政的理念和价值观、重要的思想方法和工作方法；二是要通过正确处理一致性与多样性关系，进而增强党的阶级基础、扩大党的群众基础、巩固党的执政地位；三是体现了我们党对统一战线和人民政协工作时代特征、工作规律的新认识，体现了治国理政的新理念，体现了做好新时代统战政协工作的新要求，具有很强的时代性、针对性、指导性。

二、从"为什么"的角度看，要求我们准确把握"形成最大公约数，画出最大同心圆"的内涵和要求。

"最大公约数"又称最大公因子，指两个或多个整数共有约数中最大的一个；"最大同心圆"，指的是在同一平面上同一圆心的圆，半径越大越好。简而言之，"最大公约数"体现的是一致性，"最大同心圆"体现的是多样性，二者是对立统一的关系。一致性指的是思想政治基础的一致，多样性是利益多元、思想多样的反映。一致性以尊重多样性为基础，不是绝对性，不是强求一律，不是"清一色"。单木不成林，没有"多"的"一"，就是孤家寡人；乌合之众不成事，没有"一"的"多"，就是散沙一盘。如果排斥多样性，统一战线的范围就会变窄，就违背了统战工作的初衷。如果丧失一致性，既有的团结就会破裂，统战工作会背道而驰。核心要义是在筑牢共同思想政治基础的前提下，不断缩小具体意见分歧和认识差异，是求同存异，求大同存小异。

习近平总书记2017年12月29日在全国政协新年茶话会上强调："人民政协要把新时代中国特色社会主义思想作为统揽各项工作的总纲，把坚持和发展中国特色社会主义作为巩固共同思想政治基础的主轴，把为决胜全面建成小康社会、夺取新时代中国特色社会主义伟大胜利献计出力作为工作主线，充分发挥作为社会主义协商民主的重要渠道和专门协商机构作用，携手新时代、贯彻新理念、聚焦新目标、落实新部署，促进各党派团体、各族各界人士的大团结大联合，共同为实现中共十九大确定的目标任务而奋斗。"对我们来说，牢牢坚持、不断巩固总纲、主轴、主线就是"形成最大公约数"，"携手新时代、贯彻新理念、聚焦新目标、落实新部署"就是形成最大公约数的要求和方法，"促进各党派团体、各族各界人士的大团结大联合，为实现中共十九大确定的目标任务而奋斗"就是画出最大同心圆。用最大公约数画出最大同心圆，归根到底，需要我们在坚持政治原则、政治底线的基础上，不断增强各党派团体、各族各界人士对习近平新时代中国特色社会主义思想的认同，对中国特色社会主义制度的认同，对中国共产党的认同，对实现中华民族伟大复兴中国梦的认同。

三、从"怎么做"的角度看，要求我们遵循人民政协工作的规律和特点，将"形成最大公约数，画出最大同心圆"这一思想转化成自觉的意识和行动，融会贯通在工作中。

一是将"中国共产党的领导既是最大公约数的'核心'，也是最大同心圆的'圆心'"这个关键进一步落到实处。党的十九大报告明确强调，"中国特色社会主义最本质的特征是中国共产党领导，中国特色社会主义制度的最大优势是中国共产党领导，党是最高政治领导力量"，"党政军民学，东西南北中，党是领导一切的"。中国共产党的领导是人民政协事业发展进步的根本保证，是最大公约数的"核心"，也最大同心圆的"圆心"。因此，做好新时代统战政协工作，最根本、最重要的是坚持以习近平新时代中国特色社会主义思想武装头脑、统一思想、指导实践、推动工作，坚决维护习近平总书记的核心地位，坚决维护党中央权威和集中统一领导，把各方面力量凝聚在中国共产党周围，为实现党的十九大确定的奋斗目标提供最广泛的力量支持。

二是用民主形成最大公约数，用团结画出最大同心圆。团结和民主是人民政协的两大主题，也是两大价值追求，二者辩证统一、相辅相成。无团结，民主没有基础；无民主，团结难以持久。人民政协作为中国人民爱国统一战线组织，作为社会主义协商民主的重要渠道和专门协商机构，在形成最大公约数、画出最大同心圆方面具有自身独特优势，也肩负着重要使命。形成最大公约数，就要加强人民政协协商民主建设，坚持有事多商量，遇事多商量，做事多商量，商量得越多越深入越好。画出最大同心圆，就要最大限度调动一切积极因素，团结一切可以团结的人，汇聚起共襄伟业的强大力量，最终实现大团结大联合。

三是将"形成最大公约数，画出最大同心圆"作为促进"五大关系"和谐的纲，纲举目张。在政协工作中落实"形成最大公约数，画出最大同心圆"的要求，不能坐而论道，必须落实到人心向背、力量对比这个最大的政治上，落实到促进政党关系、民族关系、宗教关系、阶层关系和海内外同胞关系"五大关系"和谐的过程中。为了促进"五大关系"和谐，必须自觉地以"形成最大公约数，画出最大同心圆"为纲、为统领。这就要求我们：坚持"长期共存、互相监督、肝胆相照、荣辱与共"的方针，充分尊重、切实保障民主党派人士的民主权利，照顾同盟者的合理利益诉求，在会议发言等工作安排中优先考虑民主党派人士；巩固和发展平等团结互助和谐的社会主义民族关系，在精准扶贫、精准脱贫等专题调研中多关注民族地区和少数民族群体面临的困难和问题，推动各民族共同团结奋斗、共同繁荣发展；全面准确贯彻宗教信仰自由政策，积极引导宗教与社会主义社会相适应，推动党和政府关于民族宗教工作重大方针和重要决策部署的贯彻落实；毫不动摇巩固和发展公有制经济，毫不动摇鼓励、支持和引导非公有制经济发展，积极引导非公有制经济健康发展和非公有制经济人士健康成长，密切关注我国社会阶层结构发生的新变化，增强人民政协界别的代表性，加强委员队伍建设；进一步做好海外侨胞列席政协全体会议的工作，积极发挥海外侨胞在讲好中国故事、传播中国声音、推动民间外交中的积极作用。

四是用"形成最大公约数，画出最大同心圆"检验人民政协的政治把握能力、调查研究能力、联系群众能力、合作共事能力。"形成最大公约数，画出最大同心圆"的要求，不是抽象的，而是具体的；不是局限在某一方面的，而是体现在方方面面的，必须融会贯通于政协履职的各方面和全过程，这是对政协"四种能力"的检验。提高政治把握能力，要求我们坚定理想信念，增强"四个意识"，坚定"四个自信"，做到"四个服从"，在政治立场、政治方向、政治原则、政治道路上始终同以习近平同志为核心的党中央保持高度一致。提高调查研究能力，要求我们认真贯彻落实中央八项规定和实施细则的精神，进一步改进工作作风，不断提高调查研究的质量和实效，使调研成果体现"最大公约数"的要求。提高联系群众能力，要求我们发挥人民政协联系面广、人才荟萃的优势，通过政协委员加强与其所联系界别和群众的联系，不断扩大"同心圆"的半径。提高合作共事能力，要求我们积极营造"凡议国事，惟论是非，不徇好恶"的良好氛围，弘扬海纳百川、虚怀若谷的价值观和博大胸怀，将思想引导工作融入经常性工作中，润物细无声地夯实共同奋斗的思想政治基础。

习近平总书记在党的十九大报告中强调："我国社会主义民主是维护人民根本利益的最广泛、最真实、最管用的民主。发展社会主义民主政治就是要体现人民意志、保障人民权益、激发人民创造活力，用制度体系保证人民当家作主。""形成最大公约数，画出最大同心圆"的最终目的，是维护人民根本利益、保证人民当家作主，是为了践行"以人民为中心"的发展思想，使人民群众过上更加美好的生活。在这项崇高的事业中，人民政协责无旁贷、任重道远。

（本文为在全国政协办公厅机关党组理论中心组 2018 年学习会上的发言）

壹引其纲　万目皆张

　　一个国家，实行什么样的政治制度和运行体系，决定着这一制度中的各方面具有什么样的特性、发展方向和各方面之间的互动性质、互动状态。在具有中国特色的制度安排和制度体系中，人民政协作为党领导的政治组织，居于什么地位？属于什么性质？发挥什么作用？习近平总书记在中央政协工作会议暨庆祝中国人民政治协商会议成立七十周年大会上再次郑重强调："人民政协作为统一战线的组织、多党合作和政治协商的机构、人民民主的重要实现形式，是社会主义协商民主的重要渠道和专门协商机构，是国家治理体系的重要组成部分，是具有中国特色的制度安排。人民政协要坚持性质定位，坚定不移走中国特色社会主义政治发展道路。"

　　黄钟大吕，掷地有声。习近平总书记在这段重要讲话中进一步揭示的人民政协的统战属性和统战职能，是人民政协政治功能的集中体现，是政协各项工作的"纲"。壹引其纲，万目皆张。习近平总书记的这一重申，是对人民政协初心使命的深刻阐释，是对人民政协七十年历史经验的总结升华，是对新时代人民政协新长征的重要指引，我们必须认真学习领会、切实贯彻落实。

学习习近平总书记关于人民政协统一战线组织性质定位的重要论述，有如下五个方面的认识和体会。

第一，人民政协是中国共产党把马克思列宁主义统一战线理论、政党理论、民主政治理论同中国实际相结合的伟大成果。人民政协与西方的"两院制"等，性质迥异，职能不同。现在是两种类型，将来也不可能殊途同归。以1905年孙中山先生创建中国同盟会为标志，我国产生了具有现代意义的政党。1911年辛亥革命胜利后建立中华民国，仿效西方搞多党制、议会制，但很快在现实中折戟沉沙，接踵而至的国民党一党专制，最终也被历史和人民所唾弃，历经屡试屡败、屡败屡试的大浪淘沙，中国共产党领导各民主党派、无党派人士、人民团体和各族各界人士在中国历史、文化、社会的土壤中首创、独创了人民政协制度。人民政协制度，植根于中国历史，扎根于中华大地，具有中国优秀传统文化中天下为公、兼容并蓄、求同存异的禀赋，产生于中国近代以来不断的反复实践、艰难探索之中。"不是从哪里克隆出来的，也不是亦步亦趋效仿别人的。"这一制度，不仅是内生性的，而且在革命、建设和改革开放过程中，展现出旺盛的生命力和政治效能。"人必自尊而后人尊之。"坚定中国特色社会主义制度自信，首先是坚定对中国特色社会主义民主政治制度的自信。作为政协人，必须坚定对人民政协制度这一中国特色制度安排的自信，风雨如磐不动摇。

第二，人民政协七十年来的宝贵经验和重要的思想理论观点，特别是党的十八大以来以习近平同志为核心的党中央对人民

政协工作提出的一系列新思想新部署新要求，一个十分重要的方面就是坚持人民政协的性质定位不动摇。人民政协是党的统一战线理论政策和实践发展到一定历史阶段的制度性产物。人民政协作为党领导的统一战线组织而产生，因统一战线而存在，因统一战线而发展，具有天然的统战属性和统战职能。在中华民族站起来、富起来到强起来的不同时期，无论使命任务、工作内容和方式如何发展变化，人民政协的统战属性始终没有改变，今后也不会改变，必须一以贯之。"做好人民政协工作，必须坚持人民政协的性质定位。"对我们来说，"懂政协"，一个重要的方面就是懂得人民政协是中国共产党领导的最广泛的爱国统一战线组织，必须坚持党对人民政协的领导不动摇；"不忘初心"，一个重要的方面就是不忘人民政协作为统一战线组织的初心；"牢记使命"，一个重要的方面就是牢记人民政协作为统一战线组织的使命。"悠悠万事，唯此为大。"

第三，人民政协是由众多界别组成的全国性政治组织，并且是唯一一个以非中共人士占多数组成的政治组织。人民政协以习近平新时代中国特色社会主义思想为指导，以宪法、政协章程和相关政策为依据，以中国共产党领导的多党合作和政治协商制度

214

为重要政治形式和组织形式，集协商、监督、参与、合作于一体，是与国家权力系统之外的社会政治组织和各方面力量进行密切的联系、实现广泛的团结的制度化平台；是各民主党派、各人民团体和各族各界人士发扬民主、参与国是、团结合作、凝聚共识的机制化渠道；是具有广泛代表性、巨大包容性和联系、整合各方面政治资源，协调各方面政治关系的政治组织。党领导的这一政治组织，既有利于防止由于政治参与的扩大化导致政治秩序弱化的倾向，也有利于防止由于政治参与不足导致体制外表达引发的问题；既可将多元化的诉求表达纳入理性化的程序轨道，又可以在沟通、交流中整合、凝聚共识，将这一制度安排的制度化优势转化为国家治理效能。因此，人民政协这一制度特色鲜明、优势独特，地位和作用不可替代。

第四，人民政协要强化做好统一战线工作的责任担当。统一战线工作涉及中共之外的各种关系，处理不好就影响大局，没有小事，必须掌握规律、坚持原则、讲求方法。这就是习近平总书记在中央统战工作会议上强调的三点：一是始终坚持党的领导，这是根本原则；二是正确处理一致性与多样性的关系，这是工作方针；三是善于联谊交友，这是具体要求。"做好人民政协工作，必须坚持大团结大联合，大团结大联合是统一战线的本质要求，是人民政协组织的重要特征。"人民政协与党委统战部门的统战工作，在根本原则和总体目标上是一致的，但在具体职能和工作领域、工作方式上又有不同。人民政协全面系统调整统一战线内部各方面的重要关系，有自身鲜明的特点和优势。人民政协以委员为主体，以界别为纽带，以协商为主要方式，以沟通交流为经常性做法，将统一战线工作寓于政治协商、民主监督和参政议政的职能之中，寓于"加强思想政治引领、广泛凝聚共识"的过程之中，从而肩负起把党中央决策部署和对人民政协工作要求落实下去、把海内外中华儿女智慧和力量凝聚起来的政治责任，为决胜全面建成小康社会、进而全面建设社会主义现代化强国作出贡献。

第五，人民政协在履行统战职能时，要始终高举爱国主义、社会主义旗帜，坚持团结、民主两大主题，加强思想政治引领、广泛凝聚共识。要充分认识人民政协既是履行政治协商、民主监督、参政议政职能的平台，又是学习实践习近平新时代中国特色社会主义思想的学校和沟通思想、凝聚共识、增进政治认同、夯实共同奋斗的思想政治基础的平台。要通过履行政治协商、民主监督、参政议政职能，努力画出民心民意的最大同心圆，找到全社会意愿和要求的最大公约数。要在人事安排上体现统战属性，使非中共人士在各级政协委员中占较大比例，以体现各方面都不可或缺和最广泛的代表性。要在各种协商议政活动中努力营造既畅所欲言、各抒己见，又理性有度、合法依章的民主氛围，使政协委员敢于讲真话、善于建净言。要发挥人民政协作为实行新型政党制度重要政治形式和组织形式的作用，对各民主党派以本党派名义在政协发表意见、提出建议作出机制性安排。要在日常工作中加强同各民主党派的沟通协商，建立各民主党派参加政协工作共同性事务的情况交流机制和开展联合调研、共同承办协商议政活动的机制。要尊重、维护和照顾同盟者的利益，帮助非中共人士排忧解难。

"纵横不出方圆，万变不离其宗。"对人民政协来说，这个"方圆"和"宗"就是统一战线组织的基本职能、基本属性。"欲效行致远，唯守正创新。"统一战线组织的基本职能、基本属性，是具有七十年悠久历史的人民政协在新时代扬帆再出发的基石。

（刊于 2019 年第 18 期《中国政协》杂志）

第 三 辑

岁 月 如 酒

曼妙从心

　　磨西镇位于四川省甘孜州泸定县南部，古道慢别院则在磨西镇中心区的古道旁。旅次磨西镇已然让人流连忘返，如再住古道慢别院几日，真是行旅中的诗意栖居了。

　　磨西镇因为长——历史悠久而留名，汉代时为磨岗岭古道，是唐蕃古道、茶马古道的重要驿站，清末民初格调的建筑鳞次栉比。因为古老，人们习惯称之为磨西古镇。磨西镇因为景——进入海螺沟冰川森林景区的沟口而知名，是领略低海拔现代冰川、大面积原始森林和冰蚀山峰的必经之路。磨西镇因为红——中国工农红军北上进入甘孜藏区第一镇，毛泽东主席在此召开"磨西会议"而著名，至今仍完整地保留着"磨西会议"旧址和毛泽东主席住过的房间。时至今日，说不清是海螺沟因磨西镇而暴得大名，还是磨西镇因海螺沟而声名远播，也许还真是难分伯仲、相得益彰。如同挥手告别古道慢别院时的惜别之情，说不清是因磨西镇还是古道慢别院而暗生情愫，或者二者兼而有之，或者根本就搞不清楚，也不必搞清楚。不过，有一点是肯定的，虽然摄人心魄的自然景观往往令人久久难忘，但真正长驻心里、心心念念的却是氤氲着文化底蕴的那一镇、那一院、那一屋。

雪峰、山峦、森林环抱着的，冰川融水滋润着的磨西镇，初春时节的和风下，民居与油菜花相连，古道与田埂相望。彝族、汉族、藏族同胞杂居，常住人口六千多人，"乡田同井，出入相友"，一派山地农居村镇风貌。关于磨西之名，有两种说法。一谓从古羌语而来，意为"宝地"。宝地之说，于古于今，于山于水，于人于事，倒是名副其实。但流传较多的第二种说法更加有趣。据说当初一支汉族商队路经此地时，请教偶遇的喇嘛此为何处，喇嘛因听不懂汉语，随即用藏语答道："磨西。"藏语中的"磨西"，在汉语中是"不懂"的意思。阴差阳错，错进妙出，外人不知何名的古镇，却因"不懂"而扬名立万。晨曦中、夕阳下，徜徉在保留较为完整的古镇老街区，行走在青石板铺成的古道上，用脚步丈量和探究着写满古朴风格的各式民居和街道的悠长历史，一派古色古香，是那么的深沉凝重，一切虽脉脉不语，却亘古不灭。三三两两身着民族服饰的居民，有的缓步走来，有的翛然安坐自家屋檐下，"终日澹无事，一窗宽有余"的悠然自得、安详舒缓、知足恬淡，散发出来的一阵阵人间烟火，真应了王国维先生的一句话，"淡语皆有味，浅语皆有致"。身临其境，人随之放下、放空、放平、放心、放手，"不知有汉，无论魏晋"，岂不可得乎？

古道慢别院，一经历沧桑的天津海归中年男子旅行至此，遇到了身心安放处，随即租用民居加以装修而成的小客栈。巧的是，古道慢别院与"磨西会议"旧址，以及由法国传教士始建于1918年的天主教堂融为一体，形成一个完整的中西合璧的院落。传统基因、红色元素、舶来宗教，在地老天荒之地和谐共存，韵味别样。古道慢别院，两层小楼，十来间散发着清清木香的客房

222

里，纯手工打制的木质家具，当地石材打磨的洗手池，桌子上放着一本磨砂皮封面《关于我们——漫漫古道》的书，一切的素与简、淳与澹，淡淡地浸润开去。主人的厨房就是客人的后厨，主人也时常与客人同桌而食。而且，意想不到的是，在这透着陈旧的中式厨房里，竟然只做西餐，给客人只供给西餐套餐。一百年前法国传教士带来的西餐，中国化后在古镇成为唯一。小院里，一盘石磨伴两个石臼，两挂秋千对几张木桌，咖啡、茶、冷淡杯随喜。一只对客人欢喜有加的肥硕纯白犬，或随着客人进出客房，或安卧门槛。"人生有味是清欢"，此情此景，一股返璞归真之感油然而生。

春意阑珊，夜凉如水。坐在小院的木桌旁，捧着一杯普洱茶，在澄明中眼前似乎出现了这样的一幕又一幕：毛泽东主席在此运筹帷幄，作出强渡大渡河战略决策，金戈铁马，挥师泸定桥天堑的壮怀激烈；天主教堂弥撒的圣乐和祷告的钟声，弥漫出原住民原始而朴素的信仰；日复一日、年复一年的日出而作、日暮而息，炊烟袅袅、鸡鸣村头的农耕生活场景；行旅绰约身姿、彝家少女轻盈步态的背影以及茶马古道上的马帮驼铃……时空交错，音像更迭，人事继替，这是怎样的一幅可以臆想而又无法落笔的画面。

古道慢别院，院子好，名字更好。主人介绍，古道慢别院 2015 年落成。建别院，不求顾客盈门，日进数千金，但求与需要身心安顿一时之人分享。为了同好之人，在相邻处再建两个别院，古道茶别院已近完工，古道花别院即将投建。三个别院，花开几朵，各具特色。主人说，来古道慢别院的人是主，不是客，欢迎来过的再来，没来过的多来。在这里，可以让你切换一种生活方式，可以让你把所有的情怀与想象落地。此话言近旨远，让我心动。在中国传统文化士大夫的心中、笔下，别院是住宅之外的偏院，为休憩、笔谈等的风雅之所。而此时，别院亦客栈，客栈亦别院，行旅几许，宿泊如许。"古道慢别院"五个字，"古道""别院"自不待言，"慢"字为"曼从心"。人生唯适意，如是我理解，曼妙从心，才能款款而来。

　　磨西镇与古道慢别院，曼妙从心。

（刊于 2018 年 6 月 2 日《人民政协报》）

规则左右着结果发展的路径

俄罗斯世界杯，从三十二强到十六强，从十六强到八强，从八强到四强，直到半决赛、决赛，真真是一出波谲云诡、峰回路转、跌宕起伏的大戏，既料不到过程，也猜不准结果。各支球队的拥趸，一忽儿天上，一忽儿地下，过山车一般的感受，时而仰天长啸，时而掩泪涕泣，时而开怀大笑，时而捶胸顿足，如疯如魔一般。估计，赌球者中，赔了夫人又折兵的也会不少。

但即使是一出充满了种种意外的大戏，仔细看来，还是有规律可寻的，还是能看出一条左右着结果发展的路径。可以说，俄罗斯世界杯裁判执法总体上宽松的尺度，从走向上左右了结果的发展。大体看来，这届世界杯裁判执法尺度是近几届中较为宽、松、软的，黄牌出得少，红牌基本不用，忙活的是视频回放。球场上身体对抗极为强烈，有的场景如同橄榄球比赛一般，有的拼抢如同玩命一般，人仰马翻平常小事，攻防转换电光火石。其结果，在所有进球中，精妙配合打进的与定位球打进的花开两朵，脚踢进的同头顶进的各表一枝。控制足球、技术流足球，在力量足球面前，屡战屡败，黯然神伤；人高马大、精壮彪悍者大行其道。君若不信，请细看各个阶段的比赛结果：十六强名单出炉

225

时，亚洲只有日本队硕果仅存，非洲队尽没，南美及中北美洲七去其三，欧洲球队大面积丰收，仅冰岛、塞尔维亚出局。八强名单出炉时，亚洲继非洲之后，也全没了身影，南美洲及中北美洲只剩乌拉圭、巴西。八强战罢进四强，则成了欧洲球队的天下，世界杯变成了欧洲杯。这也就不奇怪了，足球世界杯冠军奖杯的杯名，就叫大力神杯嘛！

播下的是龙种，收获的是跳蚤，这是例外。种瓜得瓜，种豆得豆，这是常态。裁判执法尺度的宽严，不能不说会左右胜利的天平、结果的走向。当然，足球还是足球，没有好的身体素质不行，没有技术也终究不行。好看的足球，应该是好的身体素质加技术，或者说技术加好的身体素质。也正因为如此，法国队、克罗地亚队身体素质好，足球水平高，再加上些许好运，最终行稳致远。到这个时候，对观者来讲，谁得大力神杯，既重要，也不重要，好看就行。

（刊于 2018 年 7 月 14 日《人民政协报》）

井陉怀古

　　井陉，河北省会所在地石家庄的一个郊县，控晋冀通衢要冲，襟太行山东麓，为太行八陉之第五陉，天下九塞之第六塞，史上为兵家必争之地。《太平寰宇记》称："四方高，中央下，如井之深，如灶之陉。燕赵谓山谷曰陉，下视如井，故为井陉。"井陉不仅形胜，而且历史悠久，建制较早。之前的不说，明洪武二年（1369）即设县治，为真定府属县。揆诸历史，井陉是一处写满汗青沧桑，承载着历史的长度、厚度和

宽度的地方。公元前 204 年，楚汉战争中，汉军大将韩信以不到三万人的兵力，背水列阵，以少胜多，一举歼灭号称二十万之众的赵军，在历史上留下"背水一战"的著名典故。"背水一战"，又称井陉之战。公元 755 年至 763 年，唐军将领郭子仪、李光弼消灭叛将安禄山、史思明，平定安史之乱，也与此地有关。公元 1900 年，清军将领刘光才在井陉抗击八国联军，此地为庚子大战战场之一。1940 年抗日战争期间，彭德怀、左权指挥八路军进攻和反"扫荡"日本侵略者的百团大战，井陉一带皆为战场。神游物外，而心与景接。历史的烟云，许多留在史书里，有的展现在文学作品和影视剧里，有的变成民间传说，有的消失在岁月的尘埃里，只有秦皇古驿站，历经千年风雨，仍深深镌刻在井陉的太行山石块上，清晰可见，亘古不灭。

惜乎哉！对井陉，估计少有人耳闻，甚至还可能有不少人读不准井陉的"陉"字。

存世的秦皇古驿道和古驿站，不知几何，但井陉的秦皇古驿道确实是完整的一部分。据说，机缘巧合，因修建公路改了道才得以留存。这里，既有古驿道的历史遗存、古驿站旧址，还有耸立在古驿道上、古驿站旧址旁的东天门，沐历史风雨，经朝代更迭，虽"伤痕累累"，不断修缮后仍屹立不倒。井陉秦皇古驿道，不失为怀古的一个去处。

秦皇古驿道坚硬斑驳的太行山石块上深深的车辙，记载着秦始皇横扫六合、兼并列国、使天下归于一统的雄才伟业。公元前 247 年，秦始皇即位；公元前 238 年，亲理朝政后重用李斯、尉缭；自公元前 230 年起，开始了长达十年东征西讨的统一韩、赵、魏、楚、燕、齐六国之战。统一六国后，秦皇开疆拓土，南征百越，北击匈奴，开发北疆，开拓西南，使中国形成了统一的多民族的大国。与此同时，修筑长城，迁卒戍边，使"胡人不敢南下而牧马，士不敢弯弓而报怨"。一时间，"溥天之下，莫非王土；率土之滨，莫非王臣"。秦始皇作为"千古一帝"，虽然毁誉集于一身，但作为中国历史上第一个统一王朝的开国皇帝，建立起以郡县制和官僚制为核心制度的统一的中央集权的国家，"分天下为三十六郡"，奠定了中国本土的疆域和两千多年政治制度的基本格局，对中国的历史产生了深刻而久远的影响。虽"秦皇汉武，略输文采"，仍能"秦王扫六合，虎视何雄哉！挥剑决浮云，诸侯尽西来"（李白诗）。从公元前221年秦始皇灭六国称帝到公元前210年病逝，从公元前210年胡亥（秦二世）继位到公元前207年被逼自杀，秦王朝不过十五个年头，不可不谓短命帝国。两千多年前的秦王朝虽然已经远去，但鉴往知今，它留下的政治遗产和历史文化遗产，有形的和无形的，有文字的和无文字的，不仅深刻影响着过去的中国历史，在某些方面时至今日仍然有其影响。秦王朝所揭示的中央集权的统一的多民族国家的治理规律和创立的制度，不因其王朝短暂而蒙尘，不因其年代久远而失色。

秦皇古驿道坚硬斑驳的太行山石块上或深或浅、似断还续的车辙，既是古驿道的真实所在，又是诉说两千年历史的载体。伫立在古驿道旁，眼前似乎呈现出历史上的一幕又一幕。那呼啸而来、绝尘而去的驿车或驿马，马喷着响鼻，驿卒挥汗如雨，天下甫定，传檄四方的场景；那金戈铁马、烽火连天，军情十万火急，士卒重装向前，辎重源源不断的战争场面；那东来西往的商贾不绝于道，游学四方的士子行吟春秋，或逃难流亡的百姓哀鸿声声，饿殍路倒的凄凉悲惨，等等，不同时间、不同背景下都在这条驿道上演绎过。一朝一代可能在歌舞升平中发展，也可能在歌舞升平中衰落，但历史不只会在歌舞升平中前进。刀光剑影、鼓角铮鸣，似乎更能诠释历史发展中的曲折和艰辛。这被车辙压得断断续续、沟壑皱褶相交的古驿道，不就是历史波浪式发展的微缩景观吗？不就是在诉说历史发展、社会兴衰的规律吗？

春秋时期，周天子逐渐失去了"天下共主"的地位；战国时期，周室更是日益式微，诸侯国不断有"问鼎中原"的觊觎。战国初年人子思所著《中庸》曰："今天下书同文，车同轨，行同伦。"在子思所处时代，这实际上只能是一种理想，真正实现天下"一法度衡石丈尺，车同轨，书同文字"等，肇始于秦始皇。这"三同"是我国历史上一次伟大的改革，是人类文明进步的一个重要里程碑。自公元前 220 年起，秦王朝陆续修建了以咸阳为中心的三条驿道，一条向东到过去的燕、齐地区，一条向南达过去的吴、楚地区，一条向北直抵九原，以供防御匈奴之需。井陉秦皇古驿道一段，是否属于秦王朝向东驿道的一部分或者是其支线，不得而知。但作为进出太行山的交通要隘，无疑具有十分重要的军事、经济、文化价值。因其历史久远，世界文化遗产协调官员亨利·克利尔考察后称，这一古道比罗马古道至少要早一百多年。历史的厚重，浓缩在了与现代高速铁路、高速公路、高等级公路相比微不足道的古驿道上。

秦皇古驿道旁一个不起眼的平台，在夏日豪雨过后，氤氲开去一个皇位更替、宫室外臣争斗，波谲云诡、充满腥风血雨的大戏。秦始皇有名字记载的四个儿子中，长子扶苏，幼子胡亥。秦始皇第五次东巡时，左丞相李斯、中车府令赵高以及胡亥随行，扶苏留守咸阳。秦始皇巡游至沙丘宫（位于今河北邢台广宗县）时因病驾崩。李斯"为上崩在外，恐诸公子及天下有变，乃秘之，不发丧。棺载辒凉车中，故幸宦者参乘，所至上食。百官奏事如故，宦者辄从辒凉车中可其奏事"。因天气炎热，遗尸发臭，为掩人耳目，乃"令车载一石鲍鱼（湿的咸鱼），以乱其臭"。其间，赵高、胡亥胁迫李斯，"阴谋破去始皇所封书赐公子扶苏者；而更诈为丞相斯受始皇遗诏沙丘，立子胡亥为太子。更为书赐公子扶苏、蒙恬，数以罪，赐死"。回到咸阳，胡亥继位，是为秦二世。"朕为始皇帝，后世以计数，二世、三世至于万世，传之无穷"，历史没完全按照秦始皇的设计走下去，只到二世并仅历时三年而斩，轰然倒塌。历史就这样发生了，历史就这样改变了。

徜徉在秦皇古驿道旁，流目所及，古驿道旁一处不大、既不太平整也不那么起眼的地方，却是秦始皇歇灵台。这一个如无人指出，游人往往一带而过的石台，浓缩了一段历史，留下了历史的痕迹和记忆，成为一本无字的书。历史就是如此，往往由一件小事生发开去，往往由一件小事铭记下来。

身临秦皇古驿道，让人凭吊、遐思、联想。秦王朝"隳于何人？败于何事？消于何年？止于何地？"一条秦皇古驿道，发生了什么？记载了什么？昭示了什么？留下了什么？秦王朝倏然而来，忽焉而去，其动也天，其静也地。历史，对旁观者是一段故事，对后来者是一个殷鉴。蓦然，想起了唐朝章碣《焚书坑》一诗：

竹帛烟销帝业虚，关河空锁祖龙居。
坑灰未冷山东乱，刘项原来不读书。

231

古人崇尚读万卷书，行万里路。我以为，只要用心，行路亦是读书，亦可怀古。告别秦皇古驿道时已是夕阳西下，我随手在手机备忘录里写道：古道遗千年，沧桑人世间。多少兴亡事，凭吊夕阳天。是为小记。

（刊于 2018 年 9 月 8 日《人民政协报》）

愿书香常伴左右

信息网络化、娱乐多元化、时间碎片化、节奏多样化，往往使一册在手、书香常伴左右成为一种奢望。曾几何时，那有限的几本书外，其他都成为"封资修""四旧"的毒草，因无书而无奈。时至今日，书可谓汗牛充栋，家中、办公室中若干书，却又平添少暇亲炙的烦恼。无奈与烦恼，同样使人唏嘘。九百多年前的宋人苏轼说过："昔日君子，见书之难，而今之学者，有书而不读。"真不幸而言中？

网络上有一篇《我国与世界各国人均读书量差多少》的文章，列举了若干"中国人不阅读"的数据。如，我国公民每年人均阅读图书4.35本，而韩国是十一本，法国是二十本，日本是四十本，以色列是六十本；日本企业家一年读书五十本，中国企业家是0.5本；年人均购书量，以色列六十四本，俄罗斯五十五本，美国五十本，中国不足五本。数据如何统计的，准确度如何，不去深究，但我们人均阅读量小，却是不争的事实。

针对世界性问题，1972 年，联合国教科文组织向世界发出"走向阅读社会"的号召，要求社会成员人人读书，图书成为生活的必需品，读书成为每个人日常生活不可或缺的一部分。1995

年，宣布 4 月 23 日为"世界读书日"，又称为世界图书与版权日，希望在世界各地的人，无论是年老还是年轻，无论是贫穷还是富有，无论你是患病还是健康，都能尊重和感谢为人类文明作出过巨大贡献的文学、文化、科学、思想大师们，都能保护知识产权。

针对领导干部的问题，想来也应包括公务员的问题，习近平总书记强调："书籍是人类知识的载体，是人类智慧的结晶，是人类进步的阶梯"，"要爱读书，要读好书，要善读书"。读书学习是"加强党性修养、坚定理想信念、提升精神境界的一个重要途径"，"读书学习水平在很大程度上决定着工作水平和领导水平"，"中国共产党人依靠学习走到今天，也必然要依靠学习走向未来"。

针对社会公众的问题，在今年的政协全国委员会第十二届三次全体会议上，朱永新常委第十一次提出设立"国家阅读节"的提案，为推动全民阅读鼓与呼，并得到一些委员的附议。

联合国教科文组织用心良苦，习近平总书记言之谆谆，有识之士建言献策，等等，意欲何为？意在书香社会、学习型社会、良好社会风气的建设。至此，不由得想起清朝大学士张英在《聪训斋语》一书中的一段话和自书在书房中的一副对联。书中写道："闲适无事之人镇日不观书，则起居出入身心无所栖泊，耳目无所安顿，势必心意颠倒，妄想生嗔。"对联为："读不尽架上古书，却要时时努力；做不尽世间好事，必须刻刻存心。"古人之明训，亦应谨记。

作为政协的工作人员，要做好对委员的沟通、协调、联络和服务工作，要为政协履行政治协商、民主监督、参政议政职能服务，在政治合格的基础上，自身的学养、修为十分重要。读书使人睿智，使人和顺，使人优雅，使人高贵。读书关乎党性修养、理想信念、精神境界、道德情操和思想方法、工作艺术。让委员同政协工作人员接触时，感到如沐春风、如饮醇醪，使我们的工作更能春风化雨、滋润心田。爱阅读、善阅读、潜心阅读，应是对政协工作人员的一项要求。

求木之长者，必固其根本；欲流之远者，必浚其泉源。至乐莫如读书，愿书香常伴左右，让阅读点亮更多人的心灯。

（刊于 2015 年第 24 期《中国政协》杂志）

坚守使命　勇敢担当

　　我与永新相识于20世纪90年代，由相识而相知，进而成为好朋友，缘于工作，更缘于对永新学养、修为的钦羡与推崇。正因为如此，当永新说"每年的《我在政协这一年——一个民主党派成员见证的中国民主政治进程》结集，都要请一位朋友作序，今年轮到你"时，我不惮佛头着粪之讥受命了。序言者，引言也。永新书中的内容，读者自会阅读体会，毋庸我画蛇添足。我只将我眼中的永新讲出来，权且为序。

　　永新是一个学和仕皆优的人。《论语》有言："仕而优则学，学而优则仕。"初识永新时，他刚由苏州大学教授而任苏州市副市长不久。苏州物华天宝，人杰地灵，山清水秀，典雅园林孕育的姑苏文化，涵养的文人墨客灿若星汉。永新由研究教育起步，教授而博导，而中国教育学会副会长、中国叶圣陶研究会副会长兼秘书长，新教育实验发起人，等等，在教育界、学术界名声日隆。知识分子达则兼济天下，永新以学术为根养，仕途也风生水起，堪为人道。永新的仕途由苏州市政府起步，副市长而民进中央副主席兼秘书长，而全国人大常委、全国政协常委兼副秘书长，一路走来，雪泥鸿爪、梅花间竹，建树颇丰。学而优则仕，有的人及仕之后，往往断了学术的血脉；仕而优则学，到学校弄个博士、挂个教授，也不乏徒有其名、金玉其外者。而永新亦学、亦教、亦官，立足专业参政议政，于学术与为官，鸾凤和鸣，相得益彰。见天有博文更新，旬日有文章发表，终年有著作付梓，我问："著作等身否？"永新笑而不答，不答就是回答。与此同时，永新参政议政、建言献策，真知灼见频出，意见、建议、提案采纳率高，许多已见成果，已造福社会。学与仕皆优，鱼与熊掌兼得，永新之谓也！

永新是一个有使命担当的人。永新在书的副标题中自谦为一民主党派成员，并将自己放在一个见证者的位置，实则不然。作为全国政协常委、民进中央的领导人之一，为坚持和完善中国共产党领导的多党合作和政治协商制度，为推进社会主义民主政治建设作出贡献，认真履行政治协商、民主监督、参政议政职能，代表和反映包括民进成员在内的一部分社会阶层和群众的合理利益、合法诉求，是天经地义的。但十根手指有长短，莲花出水有高低。思想境界、使命感、责任担当不同，结果大相径庭。在社会主义民主政治建设中，在协商民主的推进中，永新是见证者，更是参与者、实践者。永新将自己的使命担当，集中反映在他的书中，在他一年多少次的深入基层调研中，在他经年累月黎明即起的伏案疾书中。不敢说永新书中句句得来皆辛苦，但哪些观点、哪条建议、哪个批评不是"吟妥一个字，捻断数茎须"的结果。古人讲诗文从马上、枕上、厕上"三上"得来，如今，永新的这些成果何尝不是飞机上、汽车上、案头上"三上"得来，何尝不是少些觥筹交错，少些娱乐休闲得来。我以为，永新作为统一战线中的一员，作为参政党中的一员，作为共产党的挚友、诤友，其忧比任重，其责比位高。永新有古人"些小吾曹州县吏，一枝一叶总关情"的家国情怀，更有谔谔一士，仗义执言，不轻信、不盲从、不出甘词的精神气概。永新敦厚重文，以建言谋策为使命担当，秉持"未曾懈怠，努力依旧，不改初衷"的修为，"具有理性精神和道义担当，更有建言社会参与公共事务的自觉性"。清人沈德潜说过："有第一等襟抱、第一等学识，斯有第一等真诗。"永新此书，是"真书"。

永新是一个有梦的人。无梦之人，平淡一生；有梦之人，一生追求。永新痴情于教育，梦在教育，念兹在兹，一直走在教育的路上。事不避难，义不逃责，几十年耽于教育事业，复何他求？十六卷的《朱永新教育作品》《给中国教育的100个建议》，在众多提案、调查报告、文章言论中，几乎都离不开教育问题。还应该说的是新教育实验，由永新而起念，并系统地阐释了其理想和实践，而今蔚为大观，已发展成为十几万一线教师起而践行的行动。一个人做点好事并不难，难的是做成一件影响广泛而深远的事。"沉浸沉郁，含英咀华"，永新对教育的努力还有竭力倡导建立"国家读书节"，推动书香中国建设，加强中小学图书馆建设，等等。永新在教育领域的贡献，"铢积寸累，受之以虚，得之以勤"，不胜枚举。

记得多年前永新曾讲过的一段话："参政议政要做到三个立足：第一，立足于专业背景，将学术研究、本职工作和参政议政结合起来，以学术研究促进本职工作，从本职工作中挖掘提案参政议政。第二，立足中国国情，将报国情怀、民主监督、建言献策统一起来。第三，立足民间社会，将国家大事、百姓生活、网络民生整合起来，把个人的行为和思考与继承民进的优良传统，与民主党派在新时期的政治责任联系在一起。"在永新《我在政协这一年（2014）——一个民主党派成员见证的中国民主政治进程》一书中，读者可以体会出"三个立足"的个中三昧。民主党派的老前辈、教育界的老前辈陶行知先生毕生以"捧着一颗心来，不带半根草去"的情怀致力于中国教育事业，作为后学后辈，永新在紧追先哲！

上述几点，了解永新的人，一定会与我同感；不了解永新的人，或可作为了解永新、读永新书的一个参考路径。

（刊于 2016 年 3 月 9 日《人民政协报》）

老年唯自适

古罗马政治家西塞罗讲过一段话："人生的跑道是固定的，大自然只给人一条路线，而这条路线也只能够跑一次。人生的各个阶段，都各自分配了适当特质——童年的软弱、青春期的鲁莽、中年的严肃、老年的阅历，都各自结出自然的果实，须在它当令的时候予以储存。每个阶段都有值得人们享受爱好的事物。"在观看全国政协机关老干部的书画摄影作品展时，我依稀想起西塞罗的这段话。观看之后查明这段话原文时，我很自然地想到老同志们的一幅幅作品，像过电影一样，时空交替、抽象与具象重叠，不由得有如下感慨：

其一，"欲知除老病，唯有学无生"（王维诗）。按一般规律，年逾花甲，多为病找人的时候。长期繁忙的工作告一段落，绷紧的弦一旦松弛下来，如无有效的调适，心绪无所寄托，往往容易出问题。此时，拾起过去无法投入较多精力的爱好，或者培养新的兴趣爱好，在琴棋书画摄影旅游上下点功夫，既丰富了退休生活，使生活丰富多彩；又使精神轻松愉快，有益于防病祛病。一举双得，何乐而不为？活到老，学到老，学以除老病。离退休老同志深入现实生活，结合个人实际，参与书画摄影创作，对改造主观世界来说，是一个再学习、再提高的过程；对改造客观世界来说，是一个再发现、再实践的过程，是用实际行动来"除老病"，值得终将加入退休人群的我们认真考虑。

其二，"都无晋宋之间事，自是羲皇以上人"。这是辛弃疾《鹧鸪天·读渊明诗不能去手，戏作小词以送之》中的两句，说的是陶渊明和友人们共沐没有战乱、没有世俗名利之争、如同远古羲皇时代纯朴人民一样的无忧无虑、恬淡自然生活的情景。躬逢盛世，在我们距离实现中华民族"两个一百年"奋斗目标最近的时候，在享受美好生活的同时，用笔墨镜头反映美好生活，用笔墨镜头为创造更美好的生活增添正能量，自娱、娱他、独乐乐、众乐乐，不以善小而不为，终为大善。固然，在走向更新更美好生活的道路上还会有这样那样的困难和问题，但只要永远在路上，只要始终秉持追求美好的努力，终将不负初心。

其三，老年唯自适。"碧树凋余老更红"，这自然是很好的，但"强将颜色慰飘蓬"，则又未必是件好事，毕竟过犹不及。步入老年，一种爱好，作为晚年生活的一抹亮色，陶冶情趣，丰富人生，交流同道，快慰之极。但要"强将"达到相当高的高度孜孜以求，甚至进入痴迷、废寝忘食、殚精竭虑的程度，对大多数离退休的人来讲恐怕不太有益于身心了。"唯自适"之意在于掌握好度。"知天命"者，了解、掌握规律是也。每次欣赏老同志的书画摄影作品，总有这样一种感受：不刻意追求但在意表达，而表达恰恰又同经历、阅历相辅相成，因而很是惬意、适意。

（刊于 2017 年 4 月 8 日《人民政协报》）

漫步于哈瓦那的清晨

　　5 月的哈瓦那清晨，漫步于离全国政协访问团驻地古巴国家饭店二百多米远的海滨大道，放眼望去，天澄如洗，海平如镜，初暾如轮。海滨大道上行人稀少，不时驶过色彩艳丽的老爷车，一天的开始是那样的闲静、悠长。这对我们来说，恍若时光交错，有隔世之感。在海边驻足停留，一艘客轮在晨曦下由南往北驶过，与客轮身后冉冉升起的旭日形成一个有趣的切面：客轮离光晕的中心越近，轮廓越模糊，亮光下的物体阴影更重。

　　哈瓦那与北京有十二个小时的时差，作息相错，晨昏颠倒，清晨本应空灵的大脑，却时而清澈，时而混沌，但并不妨碍到古巴两天多来的所见、所闻、所想，相拥而来……

　　在古巴期间，听得较多的一句话是：古巴正在进行经济社会模式更新。具体更新内容，据了解主要是三个方面，一是古巴全国人大通过《外国投资法》，鼓励外资进入除医疗、教育、国防之外的领域；二是承认非国有经济是国民经济的重要组成部分；三是认识到市场对经济发展的作用。古巴在 1959 年 1 月 1 日卡斯特罗领导建立革命政府后不久，即受到美国的经济、贸易、金融封锁和制裁。几十年来，风雨如磐，筚路蓝缕，加勒比海畔的一盏明灯始终不息，其坚韧、倔强令人感佩。古巴在抵抗封锁制裁、坚持自己发展道路的同时，本世纪以降，也顺势开始了内部政策的调整和经济社会模式更新。这个调整和更新，是发自内心的、自觉的。世界是多元的。在多元世界里，古巴坚持走适合自身特点的道路，走本国人民认为合适的道路，为多元世界的琳琅满目、百花齐放奉献自己的一抹亮色。古巴的色彩是斑斓的，古巴的文化是多元的，经济以计划经济体制为主，政治上实行一党制，而这个以天主教信仰为主的国度，又允许有的信教者加入古巴共产党。古巴奉行尊重各国主权和领土完整、尊重民族自决权、反对干涉别国内政的外交政策，而关塔那摩海军基地迄今仍被美军占用。相互矛盾而又和谐共存。存在决定意识，一元基础上的多元及多元和谐共生，确是大千世界的不二法门。

　　古巴真是老爷车的俱乐部。各式各样、色彩各异的带有浓郁汽车废气的老爷车，或呼啸而过，或优雅缓行，或驻足待客，这真正构成了美丽哈瓦那的一道亮丽的风景线。抽暇在路边举着相机拍一会儿，就能拍到不少不同款、不同色的老爷车，而且多数还是敞篷的。不过，发动机的轰响、呛人的尾气，还真有点受不了。老到 20 世纪四五十年代的汽车，许多竟然还能在路上行驰，说明许多事情都有两面性，有所取必有所舍，有所禁必有所宽，封锁制裁的结果，关上了一扇门，必然打开一扇窗；说明古巴有不少良工，良工必有所成，修旧、复旧的水平可以化腐朽为神奇；说明古巴人天性之乐天知命，给点阳光就灿烂。迷人的热带风光，老爷车载着衣着轻薄、短小、时尚、光鲜的游客驶过海边，穿梭于老城区的古老文化和新区的现代化建设浑然一体的街区，说不出乘车者是怀旧还是追求混搭，说不出是谁打翻了调色

243

板，还是本该如此。也许，这就是各美其美、美美与共。

古巴有两个产品是世界知名品牌，一是雪茄烟，因为有名，离境时一个人只能携带五十支，若超过五十支，则需有正规商店出具的发票及副本，否则一律没收。二是朗姆酒。因戒烟已久，不能"复辟"，古巴之行没有购买也没有品尝雪茄烟，朗姆酒倒是与几位同道自费小试了一下，特别是经勾兑的一款"自由古巴"，构成别有意趣，味蕾反响多样，入口感受自知。"自由古巴"以朗姆酒为基酒，兑上可多可少的有美国文化符号的可口可乐，配以薄荷叶即成。古巴为主，美国为辅，世界通用的薄荷叶提味，是"自由古巴"还是"古巴自由"？酒乎？文化乎？抑或仅仅是酒吧调酒师一次无意之作，结论不得而知。酒有三德，曰明心，曰去伪，曰发精神。三五知己，一杯在手，或酒酣耳热，或酒至微醺，是什么、为什么已不重要，重要的是心情、是体味、是感触、是交融。

有人言，大多数人因为看见而相信，只有少数因为相信而看见。在古巴的所见、所闻、所想，不知属于多数人还是少数人。

（刊于 2017 年 6 月 17 日《人民政协报》）

有感于蒙得维的亚的"蒙"

蒙得维的亚，乌拉圭东岸共和国首都，位于南美洲东南部，濒临大西洋，可以说是离我国最远的一个国家的首都了。随全国政协代表团访问乌拉圭，从北京到西班牙马德里，飞行十一个半小时，到古巴哈瓦那，飞行九个半小时，经秘鲁首都利马转机飞行五个半小时，再飞近五个小时方才到达，全程三十多个小时。"坐地日行八万里，巡天遥看一千河"，那是何等气壮与豪迈。但连续乘坐飞机，天上地下，白天黑夜，真"蒙"了。而真正的"蒙"，却是到了蒙得维的亚的"蒙"。

出访前做功课知道，乌拉圭国土面积 17.62 万平方公里，人口 346.7 万，其中白人占 91%，66% 的居民信奉天主教。乌拉圭实行自由经济政策，农牧业较发达，工业以农牧产品加工为主，服务业占国民经济的比重较高。2015 年国内生产总值 549.7 亿美元，人均 16092 美元。城镇化率较高，城镇人口占总人口的 92% 以上。政府对失业、退休、残疾、妇孺、工伤、疾病等均提供福利补贴，并实行满三十年工作退休制，实行免费义务教育。乌拉圭还是联合国十大维和人员派遣国之一，有两千五百多名士兵在海外执行任务。乌拉圭人称自己为"伟大的肉食主义者"，是世

界上人均消费肉类食品最多的国家之一，是南美著名的旅游度假胜地，被称为"南美瑞士""钻石之国"。这一系列耀眼的数字、称谓和头衔，使我对乌拉圭这个经济社会发展进入"发达状态"的国家之行，有相当的期待。

结果，想象很丰满，现实有丰满但更骨感……

清晨抵达蒙得维的亚，连续的飞行，头脑是"蒙"的。开展考察访问后，蒙得维的亚真正使我有点"蒙"了。

其一，所见到的城市建设、公共设施等，如同碰到的蒙得维的亚的清晨，有些灰蒙蒙的，难得有亮丽闪过，似乎没有身在"发达状态"而是"发展中的状态"。问为何如此，答：政府积聚在手中的财力有限，相当一部分开支用于文教卫生领域了，难以调度更多的资源开展成规模的公共设施建设。又言：一届政府为政一时，难以在周期长、见效慢的项目上投入更多精力。解答似乎说得过去，但仍觉得不够明晰，有"瞻之在前，忽焉在后；瞻之在左，忽焉在右"之感。

其二，有道是富观其养，富观其所与，看到街上很少名牌车、豪华车的状况及较为朴素的民居房时，以为政府财力有限，民间财富应该丰沛的臆想有了误区，种种表象体现不出人均 GDP 达一万六千多美元的水平。一切使人有说不清、道不明之感。在询问探讨时有多种回应，有一种很现实：乌拉圭人力成本较高，物价水平较高；有一种很有喜感：乌拉圭人生活压力小，无忧无虑、幸福感高，容易满足。回应似乎答非所问，似乎又藏有玄机，妙哉这些回应。不过，以"伟大的肉食主义者"自诩的国家，确实遇见大腹便便者不多；除路上的车开得急吼吼之外，多数行人闲庭信步，优哉游哉，少见行色匆匆者。

其三，乌拉圭教育、医疗免费。九年义务教育免费，公立大学和专科学校免收学费。因时间有限，实际教育、医疗免费情况了解不多，情况是模糊的。只是听说，质量和服务水平等有待提高。在公共医疗机构就医有时排队等候时间过长，极而言之，有的排上时人已归西。其余"蒙"的事还有，居民信奉天主教的占多数，但沿途没见到一所教堂，是因为其在南美属世俗化程度较高的国家吗？乌拉圭足球在世界足坛享有盛名，是第一届世界杯冠军获得者，之后又捧回一次大力神杯，还两夺奥运会足球金牌。但一路走来，鲜见足球场和踢球的孩子。

"远近青山画里看，浅深流水琴中听。"在领略南美迷人的风情、蒙得维的亚的朦胧印象之后澄静下来，却对蒙得维的亚的"蒙"有了一些新的感悟：蒙得维的亚的"蒙"是"萌"而非"蒙"，"萌萌哒"的"萌"。远近高低，角度不同，感受不同，如饮胡安尼克老酒庄的葡萄酒一样，味蕾打开，单宁、花香、果香等才能慢慢品鉴；对国家来说，GDP 的量级很重要，决定着在世界的排位，但同样重要的是老百姓是否都"与有荣焉"，获得感与幸福感如何；教育、医疗免不免费，关键看老百姓得到多大的实惠。回过头来看，作为发展中国家的我们，在许多地方、许多方面，实际已体验到了"发达状态"的获得感与幸福感。我们有充分的理由信心满满地走向未来。

（刊于 2017 年 6 月 17 日《人民政协报》）

"时间开始了"

1949 年 10 月，沉浸在新中国开国大典澎湃心情中的诗人胡风，用饱蘸深情的笔触，写下了《时间开始了》的组诗。诗中吟诵道："跨过了这肃穆的一刹那，时间！时间！你一跃地站了起来！毛泽东，他向世界发出了声音。毛泽东，他向时间发出了命令——进军！"胡风用诗人的语言，用这首献给新中国的"开国绝唱"，赞美"新政权的时间开始了"。

每个重要的时间节点，每个重要的历史交汇点，总有新时间的开始。

党的十九大确立了习近平新时代中国特色社会主义思想的指导地位，作出了中国特色社会主义进入新时代等重大政治判断，开启了进行伟大斗争、建设伟大工程、推进伟大事业、实现伟大梦想的新时代，吹响了决胜全面建成小康社会，加快推进社会主义现代化，实现中华民族伟大复兴百年梦想的集结号，发出了动员令。

2018 年，是贯彻党的十九大精神的开局之年，是改革开放四十周年，是决胜全面建成小康社会、实施"十三五"规划承上启下的关键一年，是打好防范化解重大风险、精准脱贫、污染防治三大攻坚战十分重要的一年。2018年，决胜全面建成小康社会的总攻时间开始了！

人民政协作为中国人民爱国统一战线的组织，中国共产党领导的多党合作和政治协商的重要机构，是我国政治生活中发扬社会主义民主的重要形式和社会主义协商民主的重要渠道、专门协商机构，是具有中国特色的制度安排和国家治理体系的重要组成部分，在党和国家大局中的作用不可替代，在决胜全面建成小康社会的伟大进军中不能缺席。

政协委员和政协机关工作人员，理所应当要按照习近平总书记2017年12月29日在全国政协新年茶话会上所要求的那样，"把新时代中国特色社会主义思想作为统揽各项工作的总纲，把坚持和发展中国特色社会主义作为巩固共同思想政治基础的主轴，把为决胜全面建成小康社会、夺取新时代中国特色社会主义伟大胜利献计出力作为工作主线，充分发挥作为社会主义协商民主的重要渠道和专门协商机构作用，携手新时代、贯彻新理念、聚焦新目标、落实新部署，促进各党派团体、各族各界人士的大团结大联合，共同为实现中共十九大确定的目标任务而奋斗。"

政协委员和政协机关工作人员，理所应当要积极响应俞正声主席"以奋发有为的精神状态、脚踏实地的工作作风，积极投身到贯彻落实中共十九大决策部署的伟大实践中去"的号召，同德同心、同心同志，振衣而起、撸起袖子，灯亮一盏、光洒一片，众志成城、惟日孜孜，专心致志以事其业。

习近平总书记在新年茶话会上强调："时间不等人！我们必须走在时间前面，成为时代的弄潮儿。"在中华民族伟大复兴的巨轮上，每一份力量都不可或缺，当以己力报国家；每一寸光阴都弥足珍贵，我不误时，时亦不误我。正是新年风景好，时来天地皆同力。时间开始了，重装上阵，我们携手再出发！

志之所趋，无远弗届；志之所向，无坚不入。努力如是之者，成功其庶几乎？

（2018 年第 1 期《中国政协》卷首语）

小岛上的坚守

全国教育大会甫结束，第三十四个教师节刚过，参加全国政协教科卫体委员会教师节慰问活动的政协委员一行，即抵达烟台市长岛县的砣矶岛中心小学。

走访、看望、交谈……短短的一个下午，我的脑海里填满了一个词：坚守。

砣矶岛中心小学占地七亩，建筑面积三千多平方米，而目前全校仅有一年级、三年级、五年级三个班级及一个学前班，各班级学生分别为六名、十名、四名、十名，共三十名学生及幼儿。由于一年级时招生太少，只能隔一年招一次，因而没有二、四、六年级。在编老师、支教老师、代课老师加起来共八名，全为女性。空旷的教室、操场在悄悄地诉说着砣矶岛中心小学的前世今生，诉说着她曾经的辉煌。曾几何时，学校作为集小学和初中于一体的九年制义务教育学校，在校生达八百多人。那时候，琅琅的读书声，弥漫在校园里，洋溢在海岛上。

长岛县是山东省唯一的海岛县，从蓬莱阁乘船航行四十多分钟方能到达，从长岛县城到砣矶岛，则需航行一个半小时左右。砣矶岛原住人口曾达一万五千多人。城市的虹吸效应，抽水机般

地将青壮年、大中专毕业生抽离出去。有些人虽然还是砣矶岛上的居民，但仅是户籍上的意义，人户分离，成为时下一些乡村普遍的现象。人们对美好生活的向往及有些地方对美好生活供给不平衡、不充分的情况，促进了人口的流动。

家长流向城市，子女也随之而行。一登黉门，虽不都是"天子门生"，毕业以后，也往往择高枝而栖，几乎没有回海岛的。但生活还得继续，总有一些人因这样或那样的原因，不论被动还是主动，仍坚守故土。所以，砣矶岛上仍有四千多居民。

有居民就有孩子，有孩子就要有教育。这就是砣矶岛中心小学老师们的坚守，这就是教育的坚守。

砣矶岛中心小学老师们的坚守是什么？我们从老师们的眼神里、脸庞上读到了——那就是对教师这份事业像信仰一般发自内心的热忱；那就是不论在什么条件下，不论学生的数量是几百、几十还是只有个位数，为了不让一个孩子辍学、失学、无学，"渔家儿女在哪里，老师就到哪里"的情怀；那就是对三尺讲台的执着，"坚守岁寒，青不改色"，安教乐教，永不放弃，行之有恒的价值追求。"心系海岛读书娃，甘把青春献渔家。"平凡的人，坚守着天底下崇高的事业。她们用实际行动，诠释着习近平总书记在全国教育大会上对教育工作者的深情寄语："做老师就要执着于教书育人，有热爱教育的定力，淡泊名利的坚守。"

砣矶岛中心小学老师们的坚守是什么？我从在编老师、支教老师、代课老师对名师的仰慕，对教学知识、经验的渴求上看到了——"敬业者，专心致志以事其业也"。在编老师的工作和待遇是稳定的，代课老师是临时聘用的，报酬每月不到两千元，支教老师在校的时间是短暂的，但她们无一不对提高自身教学水平充满渴望，无不抓住一切机会，向参加慰问活动的专家名师请教，"无一事而不学，无一时而不学，无一处而不学"。珍惜教师这份荣誉，珍爱教育这项事业。"明心见性"，那种发自内心不断提高、完善自己的向前、向上、锐意进取的本心本性，不因小岛的寂寞而消沉，不因学生的稀少而放松，不因待遇的微薄而懈怠，不因时间的短暂而停滞。她们用对三尺讲台的坚守，用对不断提高、完善自己的坚守，春风化雨，布叶流根，辛勤开拓着学生们美好的未来世界。

坚守是一种信念，一份责任。人生在世，总得有所坚守。坚守有大有小，有公德私节。坚守需要毅力，需要奉献。平凡可因坚守而不平凡，坚守可因信仰而更坚守。你坚守什么，坚守便回报你什么。坚守如是之者，可心安、心定，可心宽、心广，可心纯、心洁，可心美、心满。坚守如是之者，教育发展其庶几乎？

　　登上渡轮，离开小岛时，看岸边礁石的嶙峋，那是一种风骨；听拍岸浪花的声响，那是一种礼赞。我忽然想到，砣矶岛礁石的坚守，就像礁石永久承接日出日落一样挺拔，就像海水对海岸永久依恋的万般柔情。因敬守而坚守，因坚守而敬守，循环往复，生生不灭。教师节虽然已经过去，但我依然要以一个曾当过学生，曾受过小学、中学、大学老师教诲的老学生的名义，向在砣矶岛上坚守的老师们致以诚挚的、崇高的敬意！

　　　　　　　　　　（刊于 2018 年 9 月 19 日《人民政协报》）

美林谷的秋天

　　美林谷的秋天，真的难以用一两句话来形容。美林谷，名美，景色更美。冬滑雪，夏避暑，春赏花，秋览胜，四时风光，各美其美，而尤以秋季为最，是愉悦身心的最佳去处。也正因为如此，惹得人不止一次地于仲秋、暮秋时节亲近之。

　　美林谷的秋天是多彩的，多彩的不仅是几种色彩的任意涂抹，更是其构成秋景元素的丰富多样。

　　美林谷的多彩，是在一个环形约三十七公里、面积约一百二十平方公里的谷里由上苍和人们合作而成的一幅巨大油画。这里汇集了起伏的山谷，潺潺的小溪，次森林中松树的青、白桦树的黄、枫树的红，几片不大不小的草地，薰衣草、向日葵、格桑花以及散牧的牛、羊、马点缀其间；在有限的调色板上，浸润开去的五颜六色和各种自然元素。天然的山谷、小溪、森林和非天然的薰衣草、向日葵、格桑花，交融得那么自然，那种无须言说的默契，渲染得使人有一种我就是秋天、秋天在我心中的契合与互补、互动。在这里，真真有一种一转身，我融进了秋天；一回眸，秋天为我而生之感。

　　美林谷的多彩，给予游人以多样的选择与体验。在这里，不仅可以投闲释怀、健身娱乐、感受自然、野外拓展，而且，朝晖夕阴，各得其趣。给予是多样的，主观的感受自然就丰富多彩。来到美林谷，可住四星级酒店，可到农家乐住宿，可将房车开进营地，也可在白桦树下、草地上支起帐篷，各取所好，各得其乐。对摄影爱好者来说，人在画中游，大景小品，移形换步，移步换景，信手可得。当年，由著名音乐家王立平老师作词作曲、郑绪岚演唱并风靡全国的《太阳岛上》一歌中唱道："明媚的夏日里天空多么晴朗，美丽的太阳岛多么令人神往，带着垂钓的鱼竿，带着露营的篷帐，我们来到了太阳岛上……"如将这句歌词稍作调整，将《太阳岛上》换为《美林谷中》，将"夏日里"改为"秋日里"，将"带着垂钓的鱼竿"改为"带着手机自拍杆"……一定会有"同曲异工"之妙。

美林谷的秋天是静妙的，静妙的不仅是大自然的神奇造化，更是大自然与游人内心的呼应以及这种呼应带来的守虚处静。

美林谷的静妙，是临秋光而得雅意。秋色的空灵，人随景静，景引人空。放眼皆风景，心中无尘埃。放开身心，置身其中，只觉得心静、心净、无俗、无争，了无尘忧，有悠闲自得的清欢和怡然，有"此心不动，随机而动"的宁静和淳澹。清清的草香，漫撒的落叶，如影随形的

秋阳，使时光温润。正如古人范仲淹在《岳阳楼记》中所言："登斯楼也，则有心旷神怡，宠辱偕忘，把酒临风，其喜洋洋者矣。"美林谷的酒杯，完全可以浇融游人心中的块垒。

美林谷的静妙，不仅是空寂，更是"蝉噪林逾静，鸟鸣山更幽"的静好。穿行谷区的公路两旁，有几条进入各种景区及营地的便道。车辆、游人一下道，便如秋叶入林般化入桦树林、草原、山谷之中，静静地，了无喧嚣、曼妙天成。林间鸟鸣清脆，树上、小道上蹿上蹿下、蹿来蹿去的小松鼠，对陌生的游人并不惊诧，依然故我。冷不丁扑腾腾飞起的彩雉、投林的飞鸟，瞬间又将动与静闪回。人与自然的静处与和谐，不时展现眼前。

美林谷的秋天是有烟火的，这个烟火不仅是人间的，也是心间的。

美林谷的人间烟火，是星罗棋布、点缀林边和山谷中的农舍。晨曦中、夕阳下村头袅袅升起的炊烟，如诗如画。悠然自得的牛、羊、马，鸡鸣村角、犬吠树下，是怎样一幅乡井生活画图。农家乐中，铁锅炖公鸡、土豆焖豆角，料真味正；来自山中的蘑菇，或炒或炖，清香自然。回味就是回忆。"人间最有味的，就是这清淡的欢愉"，信然。

美林谷的心间烟火，是"行人无限秋风思，隔水青山似故乡"清虚淡远的情致。青少离家，上山下乡当知青，外地求学、工作，与父母、家乡聚少离多。不记得是谁写过的一段话，大意是，人因为走得远，所以才要回。人回得最多的地方其实不多，就那么一两个，最多的就是故乡。因为未来，远离故乡；因为未来，怀念故乡。触景生情，遥远的记忆，淡淡的乡愁，氤氲在美林谷的秋天里。那一种似是而非和似实而虚的农耕文明、游牧文明、乡田同井的生活，在绚烂可人的秋色中，静静地归于平淡，水波不兴，风息澜安。

美林谷位于北京东北方向三百多公里处，属内蒙古赤峰市喀喇沁旗，沿京承高速出承德继续东北向，再行一百多公里即可抵达。仲秋时节的美林谷，秋山清朗，多彩如许。落叶一季秋，万千白桦树叶的黄，枫树叶的红，随风飘移，撒地成金，撒地成丹；啁啁鸟鸣，风穿丛林，声声几许总关情。到美林谷，堪可满足你对秋天的想象和向往；到美林谷，"我觉秋兴逸，谁云秋兴悲"……

（刊于 2018 年 10 月 20 日《人民政协报》）

诗意的康巴牧人小木屋

正是人间四月天，与友人自驾到四川康巴藏区放松身心，拍摄美景。薄晚时分，在甘孜州道孚县八美镇塔公草原，沿着一条村村通的路，几乎行驶到一条沟的尽头，在海拔三千八百四十多米处，终于找到了在"驴友"中颇具口碑的小客栈——康巴牧人小木屋。

一栋二层小楼，一栋与小楼相连的小平房的纯藏式民居，外加一个小温室，就组成了这一小木屋。从外看，小木屋是藏区传统的石结构，木屋不知从何说起？进小木屋与到别的藏民居不同，从入门的过厅处换上拖鞋方能入内，不能随意登堂入室，更使人有一种别样的感觉。入内方才看到，小木屋石材其外，木材其内，外面粗粝，内里精致，加上招呼客人的外国女主人，初时的不解与别样的感觉有所释然。而这种释然，在两晚的住宿和早、晚餐及与女主人、其女儿、亲友的交谈中，"当时只道是寻常"，逐渐变成了有诗意的感觉。

一次邂逅，成就了诗意的结合。女主人一边操持着晚餐，一边招呼着客人，爱聊也会聊。小木屋的男主人是土生土长的康巴汉子，女主人祖上是匈牙利人，经意大利后移民至美国，定居在科罗拉多州。匈牙利主要民族是马扎尔族，也就是匈牙利族，与中国藏族中的一支——康巴藏族，族际关系是如此的遥远，语言、风俗、文化、生活习惯是如此的不同。人生不相见，动如参与商。邂逅相遇，适我愿兮。如果没有对生活诗意的憧憬，如何能走到一起呢？其实，他们走到一起的过程，也充满了烂漫的诗意。

2002 年，刚二十岁出头、在重庆做志愿者的女主人与三位女友结伴到"跑马溜溜的山上，一朵溜溜的云哟"的康定旅行。向在康定街头设摊的康巴小伙购买藏式小吃后准备寻找晚间落脚点时，康巴小伙邀其四人到家中借宿，称不必再花住宿的钱。女主人用别有韵味的川音普通话娓娓说道，他家一个姐姐，两个妹妹，就他一个男孩。晚上，我们打地铺，只有他独享床上。第二天，他约我们以后再到康定，随他们家到牧区住帐篷，体验游牧生活。第二年我们应约到了他们家放牧的地方，住进了他们的帐篷。有一天，遇到有些人来抢东西，他姐姐和妹妹负责保护孩子，男人们则掷石块抵御，最终有惊无险。女主人脸上洋溢着甜蜜说，我认为他们一家人都很好，他很勇敢，就喜欢上他了。情动于中而行于言，女主人有些得意地说，是我追的他，将他追成了老公。我追他时，他对我说，我听你的。话说到此，一串银铃般的笑声相随，将一段故事画上了句号。

本来还想同女主人再聊聊"然后呢"，话到嘴边又咽了回去，"然后"的答案都写在女主人满是笑意的脸上，写在她身边那位在此出生、已十岁左右、生性活泼的女儿身上，写在她在此一待已近二十年的时间上。何必多此一问呢？还是同行的一位有趣：你的康巴汉子呢？晚上我们请他一起喝酒。女主人放下炖好的牦牛肉锅后回答，他在牧区回不来，我们家有一百六十多头牦牛，由他负责放牧和管理，我负责管小木屋和家。然后放低声音说，不能让他喝酒，喝多了我就掌控不住他了。虽然女主人给我们留下了一个谜，一直没见到她老公，但沉浸在故事的温馨里，我不禁想到一个不太贴切的描绘，女主人演绎着诗，男主人演绎着远方。他们就是诗和远方的结合。人是四方人，客是过路客，我们几个过客就负责分享吧！

康巴牧人小木屋孤独地伫立在山脚下，前不着村，后无近邻，不论远观还是近瞧，似乎总有两种观感并行不悖又相互交织，既自得于孤独的美，又与周遭浑然一体；既隐于山间，憩于雪与云，又结庐在人境，结缘有缘人。此一时彼一时，此彼又成一时，头绪理不清了。人心所动，物使之然也，头绪理不清也不用理了。康巴牧人小木屋是女主人到塔公草原后，2014 年与丈夫合力建成并开始经营的。二层小楼，一层起居室、餐厅、厨房为一体，并隔出一部分为主人用房。二层有比三星级酒店设备还好些的四间客房，可供八人住宿。小平房里有专为真正"驴友"预备的十人通铺。小木屋早餐为西式，中、晚餐为藏式，按先客后主顺序用餐。一个开放式吧台，里面由女主人操持饭菜，外供客人歇息。一个围炉，几块木柴，解决一楼和二楼的取暖；一张木儿，几个藏式沙发，墙壁上挂着几顶藏族毡帽、几套藏族服装和藏族人家常有的一般饰品，看不到来自西方的摆件，也没有电视、音响，只有可供九人使用的移动信号。照明用自家安装的太阳能，肉食来自自家牧场，蔬菜取自自家小温室，似一座完全自给自足的孤岛。一切的一切，是那么的纯简自然，舒心随性。身临其间，真有些返璞归真、半仙半俗之感。唯淡唯和，乃得其养。清简蕴藉，殊有别趣。

晚餐后，一行中的女性帮着女主人收拾利索，慵懒地围炉而坐，喝着自带茶冲泡的水，无电视可看，无音响可听，手机也不看了。茶水没了再续，茶淡了重泡。用眼、用耳、用心体会这一特殊木屋中有形与无形的韵味。藏语讲得比普通话还好的小女主人，一直赤着脚，着短袖 T 恤衫，像穿花蝴蝶一样，与她的表哥、表妹，忽悠而来，忽悠而去，在不断的笑声中用藏语表达着孩童的天真。除小女主人十九岁的表哥外，两个小女孩，还不时地掺和女主人做些帮忙中添乱、添乱中帮忙的事。其一家人，不论客人是谁，都不生分见外；不论何时何事，都散发着悠悠的亲情、浓浓的世味。我逮住十九岁的小康巴汉子聊天时，有意问，你怎么称呼你舅舅的夫人时，很诧异他的说法：在我们这里，嫁入的没有血亲关系的不算亲戚，我只叫她的名字。女主人调侃了一句，这种风俗文化不太好。小康巴汉子紧接着补了一句，只要是一家人，称呼什么并不重要。一下子，我似乎又想再聊，又不知道聊什么了。俄而我想到，不同国别、遥远的族际、不同的文化原色，如此和谐地融为一体，其在人类学、社会学中，应该是一种什么样的标本呢？

康巴牧人小木屋，在被称为神山的雅拉雪山宽广怀抱里，客房的床头正好向着神山，似乎可以头枕神山而眠。晚十时许，风静澜安，窗外开始飘起稀疏的雪花。虽海拔颇高，但有神山和雪花相伴，仍然安然入梦。

一觉醒来，步出室外，发现昨夜飘洒的雪花，已变成了清晨断断续续、只感觉到有些湿而没有淋雨和凄冷之感的牛毛细雨。离开时，烟暝的塔公草原、云雾缭绕的雅拉雪山，随着我们向前的车轮渐行渐远。女主人告别时"欢迎再到康巴牧人小木屋来"的一句话，语淡而味不薄，引起了我的遐想。人生不知要有多少次旅途。旅途中如遇一个适意的落脚点，这次旅行一定是惬意的。如果再加上"一旦灵台清明，一切都是美好"，并由此从内心发出真正的淡定与从容，那就不仅仅是惬意了，应该还有诗意。

车上高速行驶平稳后，我检审相机中的照片，当目光停留在离康巴牧人小木屋十几米远的地方拍下的小木屋照片上时，我默默地吟诵：旅次客民居，心意欲何依？一饭蔬与茶，欣然已忘机……一次邂逅，花开异国情缘；一次旅行，只见诗意阑珊。还有思绪想表达，但码不成五个字一行的了，就此打住吧！

（刊于 2019 年 4 月 29 日《人民政协报》）

一份沉甸甸的履职报告

——读朱永新《共识凝聚力量——一个政协委员的履职报告》有感

　　拿到朱永新同志的新作《共识凝聚力量——一个政协委员的履职报告》一书后，不忍释手，很快读完。读到书中许许多多熟悉的人，许许多多与永新共同经历的事，当然，更多的是未曾参与、未曾听闻的事，我陷入了沉思，很多想法在脑海里萦绕，想要表达倾述，但又迟迟理不出头绪，真有一种心有千万言、纸上落笔难之感。隔了一段时间后，灵光乍现，想要表达倾述的感悟一下子涌向笔端。

一、"时光从不辜负任何真诚的努力"

　　"时光从不辜负任何真诚的努力"，这是永新写在书的前言中的一句话，也是全国人大常委会副委员长、民进中央主席蔡达峰同志为该书作序时引用的一句话。言为心声，行为心表。这句话打动我的不是文字本身，而是文字背后永新一直以来"以耳知事，以目明事，以心决事，以手行事"的执着追求和不懈努力。永新一身兼有多种社会角色，从专业和学术角度看，是"痴心最爱是教育"的教育家；从民进中央副主席、全国政协常委的角度看，是登高望远的政治家；从社会活动和社会影响看，是涉猎广泛的社会活动家。多种社会身份并行不悖，相辅相成，相得益彰，原因何在？"时光从不辜负任何真诚的努力"是最好的诠释。对《共识凝聚力量——一个政协委员的履职报告》这本四十八万多字的书作一粗略统计，在 2018 年不到一年的时间，永新写下了"两会"手记十六篇、政协提案十三份、参政之声三十三篇、调研随笔三十五篇、调研报告八篇、议政网事四篇、媒体采访和关注三十六篇（媒体采访、审稿也是需要时间的），共一百四十五篇。一年三百六十五天，平均两天半一篇。真是不算不知道，一算吓一跳，这是何等之勤奋啊！"坚持每天五点左右阅读写作"，无论寒暑，从不间断，这是何等的不易啊！"勤为万德之根、万艺之本。"更为难得的是，这些手记、提案、参政之声、调研随笔、调研报告及议政网事，都不属于"口水话""心灵鸡汤"之类，而是我手写我心，是在深入社会、深入生活，经过反复思考后诉诸成文的，是在洞察幽微、剖陈利害，是在践行着他"自己的科研和书籍文字如果不能影响生活，就一文不值"的承诺。也正因为如此，永新的许多成果得到重视和采择。永新用"文字的脚印记录参政议政之路"，

265

他一年履行政治协商、民主监督、参政议政职能的丰硕成果镌刻在这本书的字里行间。这本书，既是向执政党、向全国政协、向民进中央交出的一份合格的履职答卷，也生动展示了一位改革开放以后成长起来的中年知识分子的家国情怀、使命担当。

二、"在两会的舞台上，需要我们起到上传下达的作用"

人心是最大的政治，共识是奋进的动力。习近平总书记在中央政协工作会议暨庆祝中国人民政治协商会议成立七十周年大会上的重要讲话中，要求人民政协把加强思想政治引领、广泛凝聚共识作为中心环节，担负起把党中央决策部署和对人民政协工作要求落实下去、把海内外中华儿女智慧和力量凝聚起来的政治责任。在全国政协十三届一次会议闭幕会上，汪洋主席对政协委员提出了完成好年度"委员作业"，以实际行动提交一份好的履职报告的要求。永新对自己 2018 年的"委员作业"画龙点睛，题名为"共识凝聚力量"，并在书的前言中写道："我们虽然代表着各种人群的利益诉求，但是共和国的整体利益是我们的最大利益，画出最大同心圆是我们共同的心声。在'两会'的舞台上，需要我们起到上传下达的作用，需要我们通过协商达成共识，需要通过共识来凝聚力量。委员的使命之一，正是以形成共识为己任。"永新还写到，汪洋主席完成好"委员作业"这句话，对委员来说，不仅是外在的号召，更应是自我的要求。通过这本书可以看出，永新是用心、用力、用情来完成"委员作业"的，是用他"察实情、讲实话、谋实策"做"三实"委员的要求来完成"委员作业"的。理从事出，情深意浓，永新的答卷自然是优秀的。

新时代，进一步明确凝聚共识是人民政协的新职能、新任务。这既是人民政协理论、政策、实践的新发展，也是时代的呼唤。履行好人民政协凝聚共识的职能，一方面要畅通渠道，创新形式，完善机制，提高质量，引导各界委员有序表达意见诉求，积极建言资政；另一方面要各界委员协助党和政府多做宣传政策、解疑释惑、理顺情绪、化解矛盾、凝聚共识、汇聚力量的工作。在人民政协履职过程中，各党派团体各族各界的政协委员接受党的正确主张，是凝聚共识的一种体现；政协委员的意见和建议得到党政部门的采纳，也是凝聚共识的一种体现。政协委员通过协商议政，在一些问题上缩小认识差异和分歧，增强了认识的一致性，是凝聚共识的一种体现；政协委员帮助所联系的阶层和界别群众正确理解党的方针政策，消除误解和疑虑，也是凝聚共识的一种体现。政协委员不代表所联系界别群众发声，是一种缺位；政协委员不协助党和政府做好界别群众工作，是一种失职。"上下同欲者胜"，上情下达，下情上传，才能有效地形成同频共振。永新用自己模范的行动践行着上述思想和观点。透过阅读永新一年的履职成果，我亦加深了对凝聚共识的认识和体会。

三、"见证十年"

读永新的《共识凝聚力量——一个政协委员的履职报告》一书，不能不提到永新的另一部作品：十卷本的编年体个人参政议政实录——《见证十年——一个民主党派成员见证的中国民主政治进程》。这是一部被称为"民间两会史""代表委员的履职教科书""通过一个人的窗口，可以看到一个世界"的几百万字的鸿篇巨制。

全国人大、政协五千多名代表、委员中，从 2007 年到 2017 年，从亲历者的视角，如此深入细致观察、思考、体认并记录"两会"会议及履职过程的人和书，我没看到第二人、第二本。永新十卷本的编年体个人参政议政实录，我只读了其中几本，没有通读，其中 2014 年这一本，应永新之邀不揣冒昧写了一篇序言。我在其中写了这么一段话："永新在书的副标题中自谦为一民主党派成员，并将自己放在一个见证者的位置，实则不然。作为全国政协常委、民进中央的领导人之一……在社会主义民主政治建设中，在协商民主的推进中，永新是见证者，更是参与者、实践者……永新作为统一战线中的一员，作为参政党中的一员，作为共产党的挚友、净友，其忧比任重，其责比位高。"朋友之间，有时难免爱屋及乌，但更需要推诚相待，讲真心话，我以为这样的评价对永新来说，是准确的、客观的。

人民政协已经走过了七十年的光辉历程。七十年来，在中国共产党的领导下，一届又一届政协委员接续奋斗，积极投身建立新中国、建设新中国、探索改革路、实现中国梦的伟大实践。回顾历史，我们充满了敬意，有太多的人物值得我们去怀念，有太多的往事值得我们去追寻。新时代，新使命，新担当，人民政协事业守正出新的新画卷，需要参与者，也需要书写者。在永新的履职实践中，我们能真切感受到什么是不忘合作初心、继续携手前进。先辈李大钊同志曾经讲过这么一段话：凡事都要脚踏实地去作，不驰于空想，不骛于虚声，而惟以求真的态度作踏实的工夫。以此态度求学，则真理可明；以此态度作事，则功业可就。

永新说"明天的责任在今天你我的肩上"。只争朝夕、责无旁贷，日拱一卒、功不唐捐，永新在继续努力着！

蔡达峰同志在为永新《共识凝聚力量——一个政协委员的履职报告》一书所写的序言中表示："我很容易理解他为事为文的不易，很感佩他出色的能力和成果，我是要向他学习的。"示范是最好的引领，行动是最好的语言，我深有同感。

（刊于 2019 年 10 月 21 日《人民政协报》）

269

在茶香中荡漾开去……

晚七点四十分许，考察团、调研组惯常的茶叙就要开始了。自带茶具，自备茶叶茶点，自己泡茶，考察团、调研组的领导与政协委员、工作人员围坐一起，一盏暖心的茶，一份知己的情，政协情缘、政协友谊、政协语景、政协话语从茶香中飘溢出来，荡漾开去……

茶为何物？茶为何事？泡茶、懂茶者在自问后娓娓道来：神农尝百草，日遇七十毒，茶以解之，茶是健康的良药；品茶而能静心，静心而能自省，自省而能觉悟，茶是平心静气、修身养性、涵养文化、促进和谐的良媒；一片小叶子，位居柴、米、油、盐、酱、醋、茶开门七件事之列，从种植到采摘，从制作到饮用，再到衍生出的诸多产品，产业链很长，小茶叶，大民生，茶是造福百姓的

良方。听者中，醍醐灌顶者有之，欣然一笑者有之，欲起而附和呼应或再作辨析者亦有之。其实，关键不在于为茶做什么注解，而在于"人人相善其群"。有人说，饮茶以人少为贵，众则喧，喧则雅趣乏矣。文人雅士，竹映窗纱，红泥小炉，独啜为幽，二人为胜，三四人为趣，固然雅致，但属于内向的，追求的是自我的享受、观感及修为。而对致力于找到社会意愿和要求的最大公约数、画出民心民意最大同心圆的人民政协和政协委员来说，在追求内向、惕厉自省的同时，也应是外向的，通过沟通交流，如切如磋、如琢如磨，从而形成共识、凝聚共识、深化共识、扩大共识。在这一过程中，包容能得众，交融有气场。得众、有气场则得情、得势、得根本。一茶在手，闻香品尝固然很重要，但不一定时时都很重要，更重要的是茶承载着的人文之"道"。道者，心也。这就是在茶叙中自觉、觉他，这就是人心、人气。于是乎，品茗而论道得道，一人吟诵，饮者中多人时断时续地合诵着唐代诗人卢仝的七碗茶歌："一碗喉吻润。二碗破孤闷。三碗搜枯肠，唯有文字五千卷。四碗发轻汗，平生不平事尽向毛孔散。五碗肌骨清。六碗通仙灵。七碗吃不得也，唯觉两腋习习清风生。"一碗至七碗，不必一律，各得其乐而至众乐乐，岂不美哉！所以《神农食经》有言："茶茗久服，令人有力悦志。"

"功夫"在茶外。茶叙之趣，在品茶中，也在品茶外。茶中滋味小，茶外滋味大。一杯香茗入喉，顺滑如丝、幽香满腔后引发的话题、交流的情感、触发的思考，经历了一个由物质变精神又从精神变物质的过程。据说，昔日赵州柏林禅寺住持禅师对来寺庙里释疑解惑的人，一概劝之"吃茶去"，意在让来人在吃茶中自觉。为此，赵朴初先生还曾赋诗一首："七碗受至味，一壶得真趣；空持百千偈，不如吃茶去。"考察、调研之余，坐在一起茶叙，可为委员们提供一个平台，将考察、调研中的所见所闻、所感所悟，相互启发，小中见大，见微知著，见识由一变二，二变三，三变无穷，思考、认识、体会逐渐丰富和升华起来。自然，此举可促使委员对考察、调研报告加以研讨，各抒己见，群策群力，不遗珠玑，"一枪试焙春尤早，三盏搜肠句更加"。茶能静心也能净心，有利于委员们抚平白天奔波的疲惫，放松五感，慢慢地身心为之一轻，精神为之一爽。慢品怡性情，茶香养精神，相遇贵相知，相知贵知深。其乐融融，其情陶陶，团结合作、凝聚共识，在茶叙中时雨润物，自叶流根。

一杯清茶香，共叙政协情。两个小时左右的茶叙，有热情而无喧嚣，有平静而无沉寂，胜过觥筹交错、酒酣耳热。君子之交淡若水，联谊交友贵在真。茶叙是新形势下人民政协加强联谊交友的有效方式之一，这是参加考察、调研中茶叙活动的委员和工作人员的共识。

其实，从茶香中荡漾开去的何止这些。茶韵悠长，耐人回味，会在不知不觉中给人以启迪和滋养。

有人说，茶分两种，一种是可以"将就的"，一种是可以"讲究的"。要我说，还有一种，考察团、调研组的这种茶叙，是可以"讲求的"。

（刊于 2019 年 11 月 4 日《人民政协报》）

记忆别裁

三十年前的大学生活，像一坛陈酿，偶尔打开，摩挲着老照片，伴随着"眼前的事记不大清，过去的事还挺明白"的中老年人心态，浅尝低吟，或醇厚、辛辣，或隽永、青涩，五味杂陈，使我醺醺然。

2012年2月，是毕业离校三十周年的日子。错过今年春节初五同学毕业三十周年聚会后，择日到成都，与部分在蓉同学一聚，历史系教室、图书馆、57号寝室、运动场、郊外踏青寻秋，三十年前同学的欢声笑语，在酒酣耳热中闪回、穿越。心醉伴酒醉，酒醉催心醉，夜半而席散。喧嚣过后，当动笔将记忆变成文字时，一时竟无从下笔，颠来倒去，为避免"世界大同"，对大学四年多彩的记忆，弱水三千，我独取一瓢，只表校排球队段，是为别裁。

误打误撞进了校排球队

入校不久的一天下午，从教室回寝室路经运动场，以系为单位的排球赛正在进行中。七七级作为"文革"后第一批考试入学

273

的学生，当时在校就读的还有七五、七六两届"工农兵大学生"。作为历史系一年级新生，系排球队轮不到我，况且我也没有"露一手"。驻足一看，历史系队输得有些不堪，按捺不住了，遂对督战的辅导员说，我上去试试。运动衣也没换，撸起袖子就上场了。比赛结果没有改变，孔夫子搬家尽是书（输），但我打得有板有眼，将少年体校练过的底子展示了一番。比赛结束后，拎起书包准备回寝室，一位老师走过来说，明天你到排球队来，参加课余训练。我有些不知所以，没有接话，晕着就走了。

事后知道，这位老师是川大男排教练肖学渊老师。我原以为肖老师是随意一说，或者也就是个"海选"，认为自己不大可能进入校队，所以第二天没有按要求到排球队报到。之后几天，又在路经运动场时被肖老师逮到，就这样误打误撞进了校排球队，穿上校队衣服。不久，还成了主力二传手，直到毕业离校。

那时的大学生，充满了对知识孜孜不倦的追求、对理想无限美好的憧憬。每个同学都十分珍惜来之不易的学习机会，说是惜时如金，一点也不过分。大学四年，在紧张的学习之余，将课余时间交给了排球，不仅见识了很多书本、教室之外的东西，有了竞争、拼搏意识的历练，同时也给大学生活打开了另一扇窗，给单一的生活抹上了一道亮色。并且，以学习为主，兼及体育，亦合张弛之道。

谁说"好男不跟女斗"

课余训练期间，也许是为了检验训练成果，也许是为了调动大家的积极性，也许还有其他考虑，肖老师时常联系让我们同四川省女排或成都市女排比赛。比赛有时在女排的专业训练馆，更多时候是在川大的室外球场。

　　都说"好男不跟女斗"，而男大学生同专业女排的靓女们斗，看点是很多的哦。自然，在川大比赛时，观战的男女同学尤其多了。比赛时将网高由男子用的 2.43 米降到女子用的 2.24 米，对我们来说好打多了。特别是同女排的靓女们打，又有那么多的男女同学观战，肾上腺素狂飙，人人兴奋得像打了鸡血一样。主力队员在场上充分表演，展现出良好的技术和战术组合，如直接将对方的进攻拦死、漂亮的鱼跃救球、四两拨千斤的吊球、复杂的技术组合最后一锤定音，等等。男女搭配，干活不累，真理啊！

　　事后知道，同女排比赛，我们十二名队员心怀各异。比如，主力队员希望不被换下场，而且不论输赢，最好打出高分、打满五局。有的队员希望出现有争议判罚，借机同对方队员搭讪，打嘴仗。有的队员希望演一出球往女同学集中的地方飞去，自己纵身一跃，在"花丛"中将球救回的惊喜戏。遗憾哪，事先没有沟通，没人做局，没机会演出。替补队员没有上场表现的机会，着急啊，正应了电影《南征北战》里的一句话："看别人打仗比什么都难受。"有人坦白，希望场上主力队员受伤、换我上去的歹毒之心都有了。

同专业女排比赛多次，没有留下佳话，更没有传出绯闻，倒是留下了一些赢了正常、输了丢人的谈资。

寝室里的地下加餐

集中训练迎接各类正式比赛，是我们队员及寝室里几个同学比较期盼的事，因为有"伙食"了。球队训练后管晚饭，而且油水较大又不用交钱。

20世纪70年代末80年代初，国家百废待兴，人们生活水平较低。那时规定，参加工作五年以上者可以带薪学习，而带薪学习的同学多数拉家带口。我们刚洗脚上田的知青和其他应届毕业生的读书费用，靠家里资助或靠助学金，一般每月十五元左右的生活费，不能经常吃肉，尤其是不能尽情地吃肉，真是符合多素食、少荤腥的要求。偶尔周末溜到校门外的面馆里，来一大碗肉臊面，已感叹"美味不可多得"了。而今已成为著名学者的一位同学，当年多次在寝室里声情并茂地吟哦："回锅肉啊，我心中的肉！"有组织上安排的晚饭，队员们从心里往外冒着喜气。训练一结束，洗完澡，拎起饭盒就往食堂冲。饭饱汤足之后，再将残羹冷炙扫荡回来，寝室几个同学偷偷点上煤油炉，或加上面条，或加上点青菜，来个大杂烩，加一顿餐。小锅咕嘟着，红油翻滚着，就着热乎劲儿吃下去。正惬意地摸摸肚子，不知谁嘟囔了一句，"再有点小酒就更好了"，咣当一下，又回到现实中，抓紧收拾，不留痕迹，偷偷一乐，上自习去也！现在已人前富贵、功成名就的同学，当年多不是"完人"，也难免小小的违规，如在寝室私用煤油炉等，只要无伤大雅，不要出格，都属正常。谁

276

没有年轻过呢？我想，说说当年的"糗事"，各位同学只要不"装"，都是可以抖搂出来一些的。

当时，学校生活比较清苦，但清苦并快乐着；学习压力较大，但压力大并享受着；排球队训练任务重，任务重并积极参与着。幸福指数低未必不好，指数低了容易满足，给点阳光就灿烂。管晚饭要训练，不管晚饭也要训练。寝室里没有地下加餐是欢快的，有地下加餐更欢快。

缺失的记录

1980 年暑期，川大男排以四川省第一名身份到大连海运学院，参加全国大学生"三好杯"排球赛大连赛区预赛。我们在比赛中个别关键场次没有把握好，比赛跌宕起伏，一波三折，最后终以赛区第二名出线，到青岛海洋大学参加决赛。最终川大男排排在复旦大学、北京大学、华南理工学院之后，位列全国第四名，创川大球类项目全国比赛最好成绩。遗憾的是，一同参赛的重庆大学女子排球队，大连赛区没有出线。

打小就对北京、对天安门广场充满了向往，到大连、青岛比赛，使我第一次有机会到了北京，而且第一次见到大海、第一次乘坐渡轮，兴奋啊。十几个人只有一台海鸥牌相机，在天安门、故宫、海边、旅顺港、海轮上一通狂拍。现在翻看那两寸见方的黑白照片，特别是在天安门广场的合影，回想第一次到天安门广场的情景，对照毕业后分配到北京，工作单位和家就在中南海附近，晨练、晚饭后散步就到天安门广场的情景；回想当年还算矫健的身手，现在挺着中部崛起的身躯、顶着"一穷二白"的头发，感慨时间造化，别有一番滋味在心头。

决赛获得第四名之后，发了一枚铜牌、一个搪瓷杯，杯上印着"全国大学生'三好杯'排球比赛决赛纪念"，铜牌至今保存，搪瓷杯送给了当时的女朋友、现在的夫人。而今人没变，杯却不知所终。另外，从海边带回几个贝壳、海螺，送给同学，以为纪念。

比赛回到学校后，还真风光了一会儿。校长康乃尔接见、合影、宴请，在全校运动会上进行表彰，不仅精神褒奖，还有物质奖励，每个队员获赠一套当时较为高档的"梅花"牌运动服以及一点奖金。我第二年忝列"成都市新长征突击手"，不知是否与参赛有关。但后来确实听说，毕业时将我向招收单位推荐、介绍的材料中还有一句话，作为川大男排的主力队员，为学校争得了荣誉。逝水流年，时过境迁，浏览学校百年校庆画册时无意发现，在介绍川大文艺体育活动的篇章中，对在省内比赛的其他球类的成绩有记载，却对男排获全国大学生赛第四名一事，不着一字，不知何故。也许，历史就是选择性记忆。如同我的上述文字，也是选择性的。但不论如何选择，不变的一句话是：三十年前的大学生活，真好！

（本文为 2012 年为四川大学历史系七七级毕业三十周年所写，编入《逝者如斯——四川大学历史系七七级毕业 30 载》一书）

278

备考在放羊中　录取在修车时

四十年过去了，回首 1975 年 9 月下乡当知青，1977 年 12 月参加高考，1978 年 1 月当汽车修理工，2 月底拿到大学录取通知书，三个多月内由知青而工人，由工人而大学生的人生经历，命运造化，跌宕起伏，峰回路转，仍然那么清晰，不能忘怀……

1975 年高中毕业，十八岁的我即抱着"广阔天地，大有作为"的豪情，扛着行李，成为"走与贫下中农相结合的道路""扎根农村干革命"的千千万万知识青年中的一员，下乡插队落户当知青了，从此与特殊年代的一个特殊名词——知青，结下了不解之缘。

我插队落户的生产队挂在半山腰上，可与县城遥遥相望，因山高沟深而不通公路，不通电。三十多户人家，一间昏暗教室、一个代课老师、几个年级混在一起上课的村小。如仅是路过，山村有茂林修竹、潺潺流水、梯田蛙鸣，很有一些田园牧歌的气象。但身在其中，周而复始的春耕、夏种、秋收、冬藏，原始的耕作方式，承袭下来若干年的粗放生产，许多时候日不出已作、日已落而不息的劳作，一个全劳动力每天十二个工分，值一毛一分钱，人口多点的家庭，年底分红时还会倒挂（欠生产队的钱）

的现象，几个知青对此也难以有所改变的现实，不断消磨着刚下乡时的豪情。

日复日，月复月，年复年，简单重复吃力繁重的劳作，心里有了四盼。一是盼有时间、有书可看。收工吃完晚饭以后，虽然肢体很累，但想看点书的精神追求还是有的。为抵御蚊虫肆虐、终风苦雨，躲进蚊帐里，将衣服被子裹成一筒，点亮插在玻璃罐头瓶里的蜡烛，抓起能找到的书或有文字的东西看。特别是收到半个多月一次乡邮递员路过时留下的过期报纸和《诗刊》等刊物，那就是文化大餐了。鲁迅先生曾写过这样的诗句："躲进小楼成一统，管他冬夏与春秋。"我们则是"钻进蚊帐裹一筒，熬过冬夏与春秋"。二是盼放假赶街子。除抢种抢收时节之外，十天左右有一个有点"资本主义的尾巴"味道的街子天（北方叫赶集）。街子天时，县城附近的山村村民带上积攒的鸡蛋、山货或一挑木柴到县城出售，换回生活所需的盐、布、煤油等。而我们知青，则利用这个机会到县城的工农兵食堂打一次牙祭，改善一下少油缺肉的茹素生活。三是盼看电影。在山上，傍晚可以看到县城放露天电影时挂出的白色幕布，夜晚可以看到稀落的灯火。即使当时放的电影被戏称为"中国是新闻简报，朝鲜是哭哭笑笑，越南是飞机大炮，阿尔巴尼亚是搂搂抱抱"，只要看到白色幕布挂出，只要收工后时间还来得及，我们放下劳动工具，胡乱填补点东西后就往县城赶，以调剂一下枯燥单一的生活。当然，看场电影的成本很高，下山、过河、爬坡上坎，单程一个多小时的山路，看场电影来回四个多小时，就这样还乐此不疲。如天气好时，月光如水、星斗满天，几个年轻人走在山间小道上，有说有笑，追逐打闹，还觉得很惬意。四是逐渐滋生的早点离开农村

的期盼。特别是当知青年满两年以后，盼着早点被推荐为工农兵大学生去上学，或盼着招工、参军。但苦闷、彷徨中那么一点点的希望，即便是那么的渺茫，也遥不可及。表面上还要表现出扎根农村的样子，对当知青没有怨言，心底里却巴不得早点离开。说来很惭愧，真不厚道，但确实是当时的真实感受。

1977年10月下旬，在昏暗的烛光下看到了《人民日报》刊发的全国即将恢复高考的消息，消息中特别说到工人、农民、上山下乡和回乡知青、复员军人、干部和应届高中毕业生都可报名参加高考，而且年龄放宽至三十岁左右，婚否不限，自愿报名，统一考试。翘首期待良久，当工农兵大学生、参军或招工而不可得，骤然间却是天大的喜讯降临，惊喜莫名，用现在的网络语言讲，那真是"喜大普奔"啊！现在回过头来看，都说1977年恢复高考改变了一代人的命运，而这一代人又影响了中国社会的进程，这个判断没错。而我认为，其关键在于分数面前人人平等，"有教无类""英雄不问出处"。不论你什么社会身份、什么经历，只要成绩合格，就有接受高等教育的机会，高等教育向成绩合格者敞开大门，拥抱十年沉淀下来的莘莘学子。其核心意义在于，以高考制度改革这一深得民心的举措为先导，推动了经济、政治体制等各项改革措施的相继出台。高考制度改革，是十一届三中全会以后我们党和国家一系列重大改革的探路者、试水者，不仅功在当时，而且惠及今日。

喜出望外之余，接踵而来的是如何面对高考，"我行吗""来得及吗""我怎么办"等不安与烦恼。"每临大事有静气""骤然临之而不惊"，还真不好做到。

冬季在南方农村没有"猫冬"之说，送公粮到县城入库、兴修水利、平整田地、积肥等劳作依然没完没了。委实放不下的上大学的想法，促使我厚着脸皮向生产队请了十天假回家找书备考。路上来回四天，六天时间找书，请教母校——地区一中的老师如何复习，找同学交流备考措施，然后抱着一堆书回到生产队。回到生产队后，我做了一个有助于改变命运的决定，申请作为生产队的羊倌去放羊。当时生产队有大大小小六十多只山羊，需要一人每天早晨将它们赶到山上，傍晚再如数赶回入栏。这个活太孤单，许多人不愿干。田间地头的劳动工具不离手，中间休息一会儿也是吸草烟、吃干粮的时间，无暇看书复习。放羊则不同，虽然一天爬不少山路，但一个人、一群羊，有若干个时间片段可以看书。因为羊吃草时，一般随着领头羊顺着走，如前面没人吆喝或没有不能逾越的障碍，就直行下去。将羊从山这边赶进去，绕到山另一侧等着，就有一段时间看书了。一把砍柴刀、一个装书的军挎包、一群羊，饿了吃点干粮，渴了有山泉水，一个月左右的放羊经历，让我获得了除挑灯夜学之外的不少复习时间。这就是我的备考，备考在放羊中。1977 年 12 月 9 日，我交出羊群，赶到县城，参加 10 日开始的高考，成为是年五百七十万考生中的一员。这一"交"一"赶"，便开启了我新的人生经历，若干年后，我曾对人戏说，我的大学录取通知书是放羊放出来的，我之后的经历和生活，是放羊打下的基础。

几乎在复习、参加高考的同时，招兵、招工也开始了。二十岁的年龄，当兵晚了些，加之从小就生活在军营里，对部队有"曾经沧海难为水"的熟悉，没了新鲜感，所以报名参加招工。高考成绩如何，能否如愿以偿，实在没底。那个时候没有"底线思维"这一说，只觉得能离开农村，当上到点上下班、听钟声吃饭、每月盖章领工资的工人就相当不错了。因此，经生产队推荐，大队、公社、县知青办分别考察、鉴定、审批，几道关下来，1977 年 12 月下旬我被招工录用进地区粮食局汽车队当修理工。几天之间，收拾行李，将按工分分给自己的谷子、玉米按规定卖到县城粮库以后，用卖粮的钱买张公共汽车票离开生活了两年多的农村回家了，1978 年元旦后正式上班，成为工人阶级队伍中的一员。虽然学徒工的工资每月只有十几元，但与知青生活真不可同日而语。不过工作、生活好则好矣，难以对人言说的问题是对上大学的期盼，真是煎熬啊。在期盼、煎熬甚至已有一些失望的情绪中，我开始学习修车，从擦洗发动机、卸装轮胎等开始。日思夜盼中，喜讯终于降临，1978 年 2 月 28 日得到通知，到地区招生办领取大学入学通知书，并在地区一中的大学录取喜讯榜上看到了自己的名字。这就是我的录取，录取在修车时。就这样，我有幸成为七七级全国二十七万名大学生中的一员。喜悦的心情，同"范进中举"一样，但结局不同。命运的改变，从此开始。

短短的三个多月时间，工农兵学商五种社会身份，我一下子就转换了三种。如此具有戏剧性，除了那个特殊年代，除了我们那个特殊群体，恐怕难得再有了。人生的每个片段总是有内在联系的，前一段是后一段的沉淀和积累，后一段是前一段的延续和发展。人生如戏，总是一幕接一幕地演绎下去，无非有的幕长、戏份重，有的幕短、戏份轻而已。常言道，临事是苦，回想是乐。四十年了，回想当时，真真是苦乐自知。"失之东隅，收之桑榆"，人生总与得失相伴。知青的经历是得是失，很难简单肯定或否定，但事不避难、义不逃责，确实是那时打下的基础。知青经历于我来讲，是一份不愿再重复而又宝贵的历练和财富，历久弥新。

（刊于 2017 年 12 月 25 日《人民政协报》，后被编入 2018 年纪念《人民政协报》创刊三十五周年副刊文集《笔墨华夏》一书）

一切景语皆情语

数码相机进入寻常人家以后，"全民摄影"时代逐渐来临。本人也附庸风雅，将中学时代借海鸥双镜头相机、拍黑白的照片、自己冲洗印制的爱好又重新拾起。由于工作中出差较多，有更多的机会贪个早晚"挂笏看山"，也就多了个节假日时，与同好或自驾或乘飞机、汽车周转"形散山水"的安排，多了些应邀参加摄影鉴赏、交流、切磋的活动。秋水鱼踪、长空鸟迹、四时山水、自然人文，进入视野、进入镜头，然后仔细把玩，并将拍摄时或把玩时的感受变成文字，码排整齐，更多时候是"独乐乐"，也有时与同好"众乐乐"，自我感觉很是适意，既为工作之余添些亮色，也为退休以后的生活添点乐趣。此心此念，乐此不疲。

王国维先生在《人间词话》一书中言："昔人论诗词，有景语、情语之别。不知一切景语，皆情语也。"初读到此话时体会不深，几乎一掠而过，随着摄影爱好的加深，体会多了起来，真有"良有以也"之感。景由心生，触景生情是一个过程。记不清是谁讲过的一句话："重要的不是看到的风景，而是看风景的心情。"有了看风景的心情，拍到一张自认为尚可的照片时，往往有一种"言有尽而意无穷"之感。在"看山是山、看水是水，看山不是山、看水不是水，看山还是山、看水还是水"的反复中，总有一些画外音、一些心绪及一些镜头之外的历史沿革、人文掌故到嘴边要脱口而出之感。于是，在摄影家看来仅仅是几张照片的东西，在我看来却敝帚自珍成为"作品"。于是，不惮浅陋，不讲究平仄对仗，把韵脚大致理顺就将这种感觉记录下来。于是，在一些"作品"后边又加了若干文字的注。

摄影，学会容易，想成家很难，想成为大家就更难。诗词，读人家的作品很美，但自己写起来很难。我拍我所见，我言我所感。拍得好当然重要，但不作为唯一的追求，喜欢、愉悦就好。照片就是照片，记录去过的地方、看到过的风景和人文，真实记录而已。写出来的东西臻于相当境界不易，不是专业作家，能畅抒胸臆就好。顺口溜就是顺口溜，留下当时的感悟，真情实感而已。如此，结集送到朋友手里，心中也就坦然些了。否则，称之为摄影作品、称之为诗，既不足以结集，也会亵渎朋友的视听和情绪。

王国维先生在《人间词话》中还有一段论诗词题目的话："非无题也，诗词中之意，不能以题尽之也。自《画庵》《草堂》每调立题，并古人无题之词亦为之作题。如观一幅

佳山水，而即曰此某山某河，可乎？诗有题而诗亡，词有题而词亡。"本来这些顺口溜与相关照片配在一起，确实无须加题。只选择少数图片作为插图，绝大多数没有图、文一一对应，将文字单独抽出来，如没个题目，容易使人云里雾里，不知所云。在诸多含义中抽象出几个字来表达，确实颇费周章，总觉得有些"隔"，难以达意，如拍的秋天和胡杨的系列照片，将顺口溜单独抽出来，题目就只好在"秋什么""什么秋""胡杨之几"上折腾费劲了。但题目是个指引，聊胜于无吧！另外，还需要说明的是，前五部分是与所拍照片相对应的看图说话、自说自话，最后一部分是回朋友的话，是朋友间的对话。

记得年前同朋友相聚时曾自嘲："萧疏白发再辞颠，劬劳蹭蹬又一年。待到不鼓退食日，江湖山水寄心闲。"人生六十，一个甲子，毕竟是一个阶段的结束，另一个阶段的开始。在这将退不退之时，拿什么作为这个阶段转换的标识，这就是弄这么一个小册子的初衷，各位朋友，列位看官，见笑啦。

（本文为拙作《景语·情语》一书自序，2018 年化学工业出版社出版）

且行且摄吟

人生一世，草木一秋。繁忙的公务之余，单一的退休生活，如没有一些爱好，紧张的神经难以松弛，宽余的时光何以排遣？不仅人生的每个阶段都有值得享受爱好的事物，就是一个阶段中，忙时闲时，此时彼时，只要保持着对美好的追求，亦能寻觅到值得享受爱好的事物。利用闲暇行走于山水之间，利用镜头留下美好的瞬间并将即时的感受用文字记录下来，于我正是值得享受爱好的事物之一。

对工作或专业之外的业余爱好，不论体育旅游、琴棋书画、诗词摄影，等等，我以为都应该持一个态度——"唯自适"。"适"者，掌握好度也。"唯自适"，自我感觉良好者也。过犹不及、矫枉过正，正是前人对掌握不好度的规劝。作为一种爱好、消遣，愉悦就好。追求达到相当的境界，当然也无可厚非，但那主要是专业人士的事情。"术业有专攻"，不以为生，何必努力去抢别人的饭碗，何必孜孜以求挤入大家的行列。也正因为有这一基本定位，摄影也好，记录下当时的心绪也好，表达出当时所看到的、所想到的即可。不会也不可能会为获得一个画面而几日厮守，不会也不可能会为一句话、一个字而"捻断数根须"。有爱

好而不成为负担，作为一件轻松愉快的事情，有追求而不废寝忘食，作为一个享受的过程。"为人性僻耽佳句，语不惊人死不休"，专业人士所为，从心所欲不逾矩，吾辈何乐而不为？有些时候，以打酱油的态度对待一些事情，自娱而能娱他，独乐乐而能众乐乐，善莫大焉。

器材、技术、追求、场景、境界高度契合，往往产生大片，但我以为"重要的不是看到的风景，而是看风景的心情"。尊崇诗词的格律、平仄，有韵律、文字、意境之美，往往成就名篇，但我只能在情感的畅意表达上努力尝试。所以，在照片中，我喜欢"静心得真趣""岁月闲静好"的写意小品；在文字中，我喜欢"但得小自在""便是东篱叟"的浅吟低唱。

摄影是一种世界语言，汉字是我们的通用文字。有数码相机就可以拍，识文断字就可以写，无非是"横看成岭侧成峰，远近高低各不同"而已。山高水长、海阔天空、人生百态，世界才丰富多彩。且行且摄吟，我将此作为同大自然、人文景观的一种链接，将此作为自己感悟的一种表达，将此作为一条不断在走的路。正因为如此，画册以《且行且摄吟》名之。

（本文为拙作《且行且摄吟》摄影集的前言）

火塘边的那一盅烤茶

　　茶作为国饮，历史悠久，品类繁多，好者甚众。早在三千年前，我国就有了使用茶的文字记载。茶从制作上分，有不发酵茶，如绿茶类；有半发酵茶，如铁观音类；有发酵茶，如红茶类；有后发酵茶，如普洱茶类。从颜色上分，有绿、红、黄、黑、白、青六种。如从添加和配伍上分，有花茶、八宝茶、盖碗茶、打油茶、奶茶、酥油茶等，真可谓林林总总，不一而足。

　　作为好茶人，不同制作工艺、不同颜色、不同添加和配伍的茶，都不排斥，也见识过一些茶艺师诠释演绎很雅致茶道的过程。但越是喝得多了，经历得多了，越是对四十多年前当知青时，在山寨农户家火塘边喝过的那一盅烤茶，情有独钟，念念不忘。

　　烤茶，指的是喝茶时的一种冲泡方式，山民们往往形象地称之为"颠茶罐"。那一声"走，到我家颠茶罐去！"是那么的韵味悠长。颠茶罐，顾名思义，是将茶叶放进土陶罐几至盈口，然后在火塘边文火慢烤，边烤边颠抖，以便使茶叶受热均匀，焦煳大体一致。当茶叶的焦煳味弥散开后，再冲以滚烫的开水。第一道茶水用以烫口杯，从第二道开喝，直至心神俱宁，茶味寡淡。

　　为何火塘边的那一盅烤茶至今难以忘怀，细细想来，主要有三。

一是念其返璞归真。烤茶用的茶叶为生产队自产分给各户的粗茶。茶树一般有二十来年树龄，属小乔木型大叶类。一年采摘两次，不讲究"一枪一旗"之鲜嫩，而取其叶色绿、叶质厚之耐泡和味厚长，简单晾晒炒揉即得。冲茶之水由竹管接山溪水直接进家，是长年流淌的活水，无意中符合茶圣陆羽的要求——山水为上，江水为中，井水为下。烤茶的茶罐为土陶所制，大小如成人拳头，敞口、收脖、阔肚、平底，圆弧形的把手，无盖。口杯为粗白瓷杯，盈盈一握，浅浅两口，大小相宜，深浅合适，一罐茶水可布四杯。烧火的木柴为松树，不时的噼啪爆裂声中，送出淡淡的松香。劳作之余，夜幕降临，围坐火塘边，红红火火的火塘，使若明若暗的油灯增加了一些生气。壶中咕嘟的水声伴着倒茶、喝茶声，时断时续的谈天说地，汤色如酱、味感浓厚的粗茶，两三杯下肚，热烫、粗老、苦涩、温润、回甘、平和，依次而来，须臾，口齿留香，腹中温暖，真应了一句话："苦中蕴含着舒爽。"冲淡、简朴、本真，反倒升华了这一盅粗茶。

　　二是念其有烟火味。生活就应该有烟火气。有人讲过，烟火才是生活的真谛。没有烟火，生活就是一场孤独的旅行。话说得绝对了些，但道理是有的。真性情就是人间烟火，就是生活。茶具只有烤罐、茶杯，没有茶

承、茶海、茶巾、茶托等，即泡即喝，剔除了茶之外的仪式，体现的是茶的本来价值和生活的本来面目。没有茶艺师的手法身段，也不用关公巡城、韩信点兵，落尽繁文缛节，坐在木凳或稻草编成的草墩上，喝透了还可敞着怀，不拘礼数，随性随意，怎么自在怎么来。喝茶本是享受，享受时还要端着、拘着，那是自作自受。规矩在许多场合是要讲究的，但三五人松弛一下，自斟自饮，我斟你饮，互斟互饮，其乐融融，其情悠悠，其意绵绵，大可不必循规蹈矩。这种放松的喝，自我、自在的喝，没有仪式感，没有仪式的约束，深得我心。高堂明轩、精雅别舍，是一种情怀；山野村风、粗粝简朴，是一种烟火。在喝茶中体悟人生况味，在仪式里求，在精致里求，似乎问道于盲，未必能如愿。精致、烟火是不一样的人生，人在不同的阶段会有不同的韵致，将喝茶上升为道，是文化；简朴的茶风，不执着于茶之外，是生活，是茶之初心、茶禅之所在。茶如是，生活亦如是。

三是念其心无挂碍。"万事不如杯在手。"无论春雨霏霏、秋高气爽、终风苦雨，还是春霜侵人；无论"一日看尽长安花""时不利兮骓不逝"，还是"艰难苦恨繁霜鬓"，用最本质的方式喝茶，那氤氲中散开去的陶然，那涩滞中蕴含滋养着的醇和，那三言两句中淡淡的乡愁，茶之外的一切慢慢地放下，一杯一盅足清心。心清则事简，事简则神宁。似淡而实美，至味于平和。唯淡唯和，乃得其养。茶，泡的是时光，喝的是岁月，虽非大道，关乎心境。喝茶时甘苦自然，舒缓随性，使人心无挂碍，放松下来，岂不美哉。心无挂碍，可向茶中求。茶深小神仙，喝茶喝到心无挂碍，放下恩怨荣辱，心静如止水，这是得了茶之深味。

茶至简至深，必然心底无事天地宽。

（刊于 2018 年 6 月 25 日《人民政协报》）

岁月如酒

北宋人朱肱在所著《酒经》中开宗明义："酒之作尚矣，仪狄作酒醪，杜康秫酒，岂以善酿得名，盖抑始于此耶。"朱肱断言，大禹时代即有酒，杜康为历史上酿酒第一人。不论其说如何，酒在我国历史悠久，则是不争的事实。有人将饮酒人的各类心境表现，在古诗词的名句中寻章摘句，一一加以对照描绘。如，有钱人家，"兰陵美酒郁金香，玉碗盛来琥珀光"；才子文人，"一曲新词酒一杯，去年天气旧亭台"；深闺佳人，"东篱把酒黄昏后，有暗香盈袖"；不得志人，"且乐生前一杯酒，何须身后千载名"；豪爽之人，"酒酣胸胆尚开张。鬓微霜，又何妨"；送别之际，"主人酒尽君未醉，薄暮途遥归不归"；失恋后，"今宵酒醒何处？杨柳岸，晓风残月"；失眠时，"新寒中酒敲窗雨，残香细袅秋情绪"。这一搭配，惟妙惟肖，足以解颐。但我初识酒时，却全然没有可与上述对应的心境和感受。

不管酒如何发展变化，当初因祛病、防病而兴起是其原因之一。中医认为"酒为百药之长"，理由是药借酒力，酒助药势。我初识酒时，确实因防寒祛湿之需，当药而用，倒是体现了酒的初心和本源。

有言道：出外十日要想着风雨，出外百日要想着寒暑，出外千日要想着生死。四十多年前在南方农村当知青，离家较远，又不知何时能离开，那是风雨、寒暑、生死都得想着的。在南方，秋声暮雨，有时老霖雨不停。春冬时节，如无阳光，室内室外，阴冷入骨。知青劳作，泥里来水里去，经常要面对湿、冷、阴、寒，身心俱疲是常态。老人们常说，劳作之余，来一两口酒，可除湿祛寒，舒筋活血，安神护体。不听老人言，吃亏在眼前。我听了当地老人的经验之谈，尝试着、努力坚持着隔三岔五晚上抿一两口，离开农村时除了腰肌劳损外没落下其他大的毛病，似乎得益于这一两口土酒的护佑。即便参横斗转、身心疲惫，就着蜡烛或小油灯看尽可能找到的书，没有虚掷时光，似乎也得益于这一两口土酒的支撑。

初识的酒，并非现在美酒佳酿，而是小农作坊里手工酿制的三四毛钱一斤的苞谷土酒。苞谷者，玉米也，南方多产。将苞谷蒸煮、发酵、榨取而成，是真正的原浆，但杂质多，度数高低不同，入口辣、燥、粗、陋，毫无快感。为调和酒性、改善口感，用部队的行军壶，装酒一斤半，加白砂糖半斤，每次喝前先晃荡一番，以促其融合互补。心理学家麦基说，你看到的只是你想看到的，你相信什么，才能看见什么。良药苦

口，久而久之，不知是白砂糖的作用，还是心理的作用，这苞谷土酒由辣、燥、粗、陋，竟逐渐有了些许平和、清冽之感。"明月一壶酒，清风万卷书。"当时月明与否无闲情涉及，万卷书也不敢奢望，夜晚时分，有一两口土酒，手执有字的书即很满足。"三杯软饱后，一枕黑甜馀。"当时不可能一饮三杯，知青生活艰苦，生产队每天全劳动力十二个工分，值一毛一分钱，年终才能分红，平时没有多少余钱买酒，再说酒量也浅，两口也就软饱啦！静思往事，如在眼前。现想起来，当时我们那些男知青，一行军壶土酒几乎成了标配，但基本当"药"使用，偶尔开怀一下，也不及量。知青房间，家徒四壁，一壶土酒明晃晃地挂在床头，格外醒目。一壶酒本来可以对付月余，农民兄弟、知青伙伴串门时来上几口，所剩就不多了。自己喝时，还是且喝且珍惜的。所以，那时还不知醉为何事。

黄苗子先生有言，酒虽小道，却和世情有关。知青经历不可再来，也不能再来，但知青经历确实是我们这一代人独有的历练。自在不成人，成人不自在。人间天上，要好便多磨。知青经历中的那一味苞谷土酒并不重要，重要的是酒中积淀的三山五岳。那一味苞谷土酒，浸泡着生活的不易和艰辛，伴随着岁月的砥砺和磨炼，孕育着对未来的向往和追求，也沉积着对人生未来挑战的不懈与坚韧。有那一味充满了知青岁月酸甜苦辣、五味杂陈的苞谷土酒垫底，对离开农村以后的学习、工作、生活，就有了底气，就有了任事的底子。如同京剧《红灯记》中李玉和的一句唱词：临行喝妈一碗酒，浑身是胆雄赳赳。岁月如酒，经苦涩而知甘醇的美好，历坎坷而知坦途的不易。酒如岁月，事物都有两面，酒亦如此。"物无美恶，过则成灾"，"惟酒无量，不及乱"。酒既可作药引，亦宜佐兴致、调气氛、增友谊。拍浮酒池，病酒不断，酗放自肆，或伤及国帑公藏，则是其异化了。古人早已有言："虽可忘忧，然能作疾。"今人也有言："无逾越，有愉悦；有逾越，无愉悦。"信然。谨记。

（刊于 2018 年 8 月 11 日《人民政协报》）

那远去的绿皮火车

　　人生的历程中，总有一些事，不因岁月的流逝而泯灭，反而虽然远去，仍然挥之不去，即之也温，成为人生某个阶段的一段特殊记忆。于我而言，回溯时间轴，仍然挥之不去，即之也温，成为一段特殊记忆的事，就是 20 世纪 70 年代末 80 年代初求学和返家路上的绿皮火车。

　　1978 年初，有幸成为恢复高考后进入大学读书的莘莘学子中的一员，由此，开始了乘火车由昆明到成都负笈求学的历程。大学四年，八个寒暑假，开学、放假回家，在成昆线上乘火车往返了十七次。单向每次如不晚点需整整二十四个小时，那时火车晚点是常态，晚点几个小时并不鲜见。十七次就是十七天，就是四百零八个小时。穷学生，买不到也买不起卧铺票，多数是坐票，部分是站票。一年三百六十五天，四年共一千四百六十天，其中有十七天是在火车上或坐或站度过的。一天二十四小时，一年八千七百六十个小时，四年共三万五千零四十个小时，其中有四百零八个小时是在火车上或坐或站度过的。十七天与一千四百六十天，四百零八个小时与三万五千零四十个小时相较，似乎微不足道。几十年过去了，虽往返坐或站度过的艰辛已经淡忘，一些经岁月沉淀下来的感受，吉光片羽，仍留在记忆中，并不时地翻上心头。

都说最美的风景在求学的路上，这对现在的一些学生来讲，未必皆如此，而对我们那一代人来讲，有大学上可是满心欢喜。那远去的绿皮火车，承载着被耽误十年、终于获得学习机会的学子们向学、向上的执着与追求。刚刚洗去脸庞、脚杆上泥土的所谓"知识青年"，特别是我们这一类"文革"期间的高中毕业生，知识结构、知识储备十分粗陋。转身成

为新一代大学生，社会身份转变确实不小，但这个转变仅仅是开始，只是一个台阶，远没有转成。给了学习的机会，还得看能不能抓住、能不能抓好。当时，广泛传诵着叶剑英元帅作于 1962 年的《攻关》诗："攻城不怕坚，攻书莫畏难，科学有险阻，苦战能过关。"诵读这首诗，既是对向学的鼓励，也是向学精神的写照。

"文革"后恢复考试入学的第一批大学生，在五百七十万考生中最终录取二十七万，录取率为 4.7%。二十七万人中，年龄跨度、社会身份、受教育程度差距较大，但十分珍惜难得的学习机会，则是一致的。称其为如饥似渴学习的一代大学生，毫不为过。火车上往返学校和家的时间，耗时长，还经常晚点，一旦有座位坐下来，不管是忽明忽暗的光线，不管是熙来攘往、上上下下的旅客，不管是塞在行李架上、通道上的行李、背篓、竹筐，看书，不仅是学习之所需，也是打发这难熬时光的良方。但能心静即身凉，真有点达致昧于周遭，一心只读圣贤书，不管身边过客的味道。可以这么说，我乘火车往返学校和家的时间，约三分之一是在读书中度过的，而且，多数在读未断句的古文、枯燥的史料。因为读这些书，要心无旁骛，特别是不断句的古文，一走神就读不成句了，不用心就读非所读了。我所乘坐往返学校和家的绿皮火车，实际成了我课堂和图书馆的延续。

火车穿行在横断山脉中，车窗外山连着山，水连着水，山水相连，隧道接着隧道，桥涵连着桥涵，色彩单调，画面重复，想心有旁骛而实际也无多少可供旁骛，真不如把注意力放在书中时间消磨得快些。所以，时至今日，我仍有一习惯，出差或外出时，总要带上一两本纸质书或电子书。时至今日，在家中舒适的书房里，一本闲书，一壶老茶，脑海中往往还会回放当年在绿皮火车上读书的情形，使得有时，既蜉蝣于书中，又蜉蝣于书外，移情入过往而心与之接。

都说事非经过不知难，艰难困苦，玉汝于成，许多事情，确实如此。成昆铁路于1958年7月开工建设后不久停工，1964年复工，1970年7月1日竣工通车。成昆铁路北起成都，南至昆明，由海拔三百米至五百米的川西平原，在横断山脉中一路攀升到海拔一千九百米左右的滇中高原，是全长一千零九十六公里的国家级单线电气化铁路。成昆铁路有约三分之一穿行在横断山脉中。横断山脉为中国地势第一级阶梯与第二级阶梯的交界，褶皱紧密、断层成束、奇峰耸立、深渊密布、水系繁多，因地质状况复杂，地震、山体滑塌频仍。成昆铁路创造了当时世界铁路建设史上的奇迹，被联合国誉之为与美国阿波罗带回的月球岩石、苏联第一颗人造卫星一起，"象征20世纪人类征服自然的三大奇迹"。正因为艰难险峻，在成昆铁路沿线，可以看到不少的陵园。据说，为建设成昆铁路，牺牲达七百多人，按此计算，每三公里约有两名建设者为此捐躯。作为西南地区的铁路干线，成昆铁路可以说是筑路工人用鲜血和生命铺就的。1981年7月，由于泥石流，致使由格里坪开往成都的一列火车发生坠桥事故，造成二百多人死亡或失踪。用鲜血和生命铺就的路，有时也要用鲜血和生命去走过。

行走在成昆铁路线上，既惜日之短，亦愁夜之长。景外之景，象外之象，时空在交替，注意力会转移，思维会变化。现实与抽象，物质与精神，感受与感染，一会儿相互叠加又相互交替，一会儿相互影响又相互分离，情生于景而超乎景。成昆铁路沿途站点，多在集中联片贫困地区，火车窗内窗外，都是那个年代物资匮乏，许多人难以温饱的现实写照。国家正在拨乱反正，百废待兴，改革开放刚刚蹒跚起步。那时，经过十年动乱后人们对美好生活的向往，如大旱之望云霓；那时，许多事情，不正如成昆铁路一样，逢山开路，遇水搭桥，闯关夺隘，充满着筚路蓝缕的艰辛与牺牲；那时，心向美好，各美其美，美人之美，美美与共的愿景与追求，是律动十分强烈的主旋律。美好的向往与艰难的起步，发展的远景与暗中涌动的种种暗流与摩擦，与成昆铁路线上火车从一个隧道出来，经过短短的一座桥涵又进入另一个隧道，一会儿憋闷，一会儿敞开的声响、光线和场景，自然现象与社会现实感，是如此的缠绵与契合。主体与客体、社会与自然，如万花筒一般，剪不断，理还乱。但有一点是肯定无疑的，那就是，求学路上乘坐的绿皮火车，确实是改变命运的火车。而我们国家，在 20 世纪 70 年代末 80 年代初，也正好启动了改变国家、民族命运的火车。没有改变国家、民族命运的火车，哪来改变个人命运的火车。

向往和牵挂，是一种真情和心境。有了向往，追求就多了一份力量；有了牵挂，亲情就多了一份温馨。往是上学，是追求，返是回家，是牵挂。山隔千重，水过百渡。在火车上读书疲惫之余，思接窗外之余，在夜幕降临睡意袭来之余，一路摇晃和杂响的火车，摇晃似乎要将你推入蒙眬、失意和睡眠，杂响又似乎要将你拉回。在这一推一拉之中，山一程，水一程，一座座山峦、一条条山涧、一个个小站被抛向身后，一批批过客在身边上下，在错位、换位。人虽可老，来者无穷。航空、高铁的发展，信息技术的日新月异，让出行便捷、世界变小、阅读方便。"坐地日行八万里，巡天遥看一千河"（毛泽东诗句），由诗人的想象变成了现实。读万卷书、行万里路，"游子久不归，不识陌与阡"（曹植诗句），已被视频技术轻松化解。既可虽远在天涯，却如在眼前，也可身未动，心已远。现在北京工作生活，再回昆明就更远了，但乘飞机可午发而夕至，已开通的高铁，也可夕发而朝至。现在，上飞机就有了很快就要到达的感觉，全然没有了闲暇去回味回家、回故乡的牵挂和温馨。不知为何，一程下来，真正觉得是少了点什么。快捷当然是好事，但快则快矣，有时快了，少了些周折，少了些体悟，也就容易乏味了。

哥伦比亚作家、《百年孤独》作者加西亚·马尔克斯写过一段话，生活不是我们活过的日子，而是我们记住的日子，我们为了讲述而在记忆中重现的日子。现在，看到绿皮火车的机会不多了，乘坐更是少之又少。绿皮火车本身不一定重要，附着于它身上的那一段历史、那一段记忆才是十分重要的。那十七趟乘坐的经历与感受，不论日月，它都在那里，岁月虽邈，常忆常新。

（2020 年 4 月 21 日）

碧色寨火车站的芳华

　　位于云南省红河哈尼族彝族自治州蒙自县的碧色寨火车站，因是百年滇越铁路的一个重要站点而有名，近年，又因是电影《芳华》的外景地之一，成为网红打卡地。身临碧色寨火车站，放眼望去，写满历史烟云的红瓦黄墙的法国式火车站建筑遗址，静静躺着伸向远方的一米窄轨，张贴着《芳华》剧照的墙壁，一群群拿着相机、手机，身着租来的 20 世纪七八十年代军装拍照的少男少女，以及不时出现的中男中女、老男老女。驻足于此，一时间，还真弄不清了，到底是碧色寨火车站的芳华，还是芳华的碧色寨火车站。随后一想，生活也许就是这样，历史需要抹上现在的色彩才能缤纷鲜活，现在需要寻找历史的痕迹才能厚重绵长。历史需要芳华，芳华承

载历史。但于我而言，更愿意看到的还是碧色寨火车站历史的"芳华"。

中国近代史，是一部已衰败的清王朝及无数志士仁人，学习借鉴西方，"师夷长技以制夷"，以及受西方势力侵略掠夺的历史。交往与战火、欺压与抗争、民族工商业的萌动与割地赔款，血与火，艰难与曲折，相互交织，相互纠结，令人扼腕唏嘘。回望历史，有时是很具体的。当年的滇越铁路与碧色寨火车站，就是浓缩着这段历史的一个活化石，就是揆诸这段历史的一个窗口。千秋兴废，以史为鉴。历史的记忆和启迪，才是碧色寨火车站的"芳华"。

碧色寨火车站站台斑驳的老墙上，挂着一座据说当年火车站建成时来自法国的钟。钟已经没了时针、分针，不知因经历了什么而定格于何年何月？但历史不会因时钟的定格而尘封，不会因岁月的千淘万漉而停滞。法国作家雨果曾说："历史是什么：是过去传到将来的回声，是将来对过去的反映。"的确如此，穿越时间的幕墙，历史不仅展现在我们面前，而且愈久愈深沉。

碧色寨火车站，记录着一段屈辱与血泪的历史。1840年鸦片战争后，西方国家势力大举进攻中国。云南毗邻的东南亚国家，多为法国殖民地。打开中

国西南门户，掠取云南铁路修筑权，夺取云南丰富的矿产资源，扩大在华势力范围，是法国殖民东方的既定战略。1885 年，"中国不败而败，法国不胜而胜"的中法战争，使法国这一既定战略得以逐步实施。1903 年，法国与清政府签订《中法会订滇越铁路章程》，其中规定，河口至云南府（即昆明），准许法国公司修筑铁路，铁路占用土地由中国无偿拨给；中国地方官员要协助法国进行修筑铁路的购料、招派劳工、征地、占房等；铁路产业可在八十年后由中国收回，但须由铁路进款项内还清铁路各种费用，清算办法以法国铁路公司的进款账簿为准。这些规定对中国的不平等和强权霸凌，不仅可见一斑，而且是赤裸裸的。

滇越铁路全长八百五十九公里，分越南境内的越段和云南境内的滇段。越段由海防市至老街，长三百九十四公里，1901 年动工，1903 年建成。滇段（现称昆河铁路）由河口至昆明，长四百六十五公里，1903 年动工，1910 年正式通车。碧色寨火车站是其中一个特等站。滇段铁路海拔高差一千九百多米，四百二十五座桥梁、一百一十五条隧道占全程的 36%，曲线占 53%，一米轨距，每小时三十公里的时速。

因山势险峻、工程艰难，滇越铁路被英国《泰晤士报》称之为与苏伊士运河、巴拿马运河相媲美的"世界三大工程奇迹"。但滇段铁路的奇迹，却是用鲜血和生命铸就的。修筑滇段铁路的七年间，前后征用的劳工近三十万人。近三十万的劳工无不遭受野蛮的奴役，许多人送命、伤残于筑路中。据法国方面统计，有1.2 万人为此丧命。而云南地方官员则告："据沿路所查访，此次滇越铁路劳工所毙人数，其死于瘴、于疾、于饿毙、于虐待者，实不止六七万人计。"所以被称为："血染南溪河，尸铺滇越路。

千山遍白骨，万壑血泪流。"因此，当地有民谣："一根枕木一条命，一根道钉一滴血。"仅为修建跨度为六十七米的五家寨人字桥，上百吨钢铁构件，由劳工一件件拉、扛上山，两根三百五十五米长、五吨重的铁链，由二百名劳工排成数百米长的队列，肩扛背驮着蜿蜒爬行三天才运到工地。劳工的劳作被称为"死亡之上的舞蹈"，有八百多人在此身亡。这座人字桥又被称为"白骨堆成的桥"。这条用中国劳工的鲜血和生命筑成、由法国控制经营的滇越铁路，成为法国殖民者操纵、控制云南的工具，不仅使云南的对外交通命脉受制于外人，也加深了云南的半殖民地化。这条路，实际上就是一根插在云南身上，源源不断掠夺中国资源和财产的大吸血管。垄断、哄抬火车运价不说，据《建国前滇越铁路修建史料》，在通车的三十年间，法国通过滇越铁路运走的云南大锡，达 23.4 万多吨，价值连城，怎能车载斗量？

碧色寨火车站，记录着一段屈辱与血泪，也记录云南发展的历史。如同基督教骑着炮弹进入中国一样，西方近代的工业技术、贸易等，也骑着炮弹进入中国。滇越铁路是云南的第一条铁路，也是我国的第一条国际干线，对云南的发展变化，确实产生过不少的影响。滇越铁路沿线，世居着彝族、哈尼族、瑶族等十二个少数民族，"天末遐荒"，社会封

闭与外界缺少联系，经济落后自给不足，文化单一发展滞后。且不论那喘着粗气、冒着白烟疾速穿越在云南高原的钢铁怪物，那每天四十对列车经停的碧色寨火车站，还有车站旁至今仍留存遗址的希腊人哥胪士（Kalos）建的供人住宿、经营西餐、贩卖洋酒的豪华酒店，美孚石油公司遗址，水塔和大水龙头，现已不能使用，仍像模像样并似乎仍回响着当年木制球拍击打球声的红土网球场，包括已经泯灭在岁月中的那些洋行、百货公司、邮政局、海关等，无不是当年云南地方官员、知识分子、士绅、民众向外看、认识世界、盯衡内外大势的一个个窗口。所以，至今还流传着的"云南十八怪"之一——"火车不通国内通国外"。

因为这些外来的影响和刺激，清末民初，个旧锡矿的工商业者，拟集资兴建拥有完全自主权的个碧石民营铁路，以发展民族工商业，抵制殖民者的掠夺与盘剥。时任云南都督的蔡锷称"该绅商等倡议筹款修筑，足见关心桑梓，注意交通深切，嘉尚所诂……"，予以赞同支持。个碧石铁路1915年开工，1921年个碧段通车，1936年全线通车。个碧石铁路呈"T"字形，横笔两端为锡都个旧、碧色寨，竖笔下端为石屏，交接点为鸡街，全长一百七十七公里，为六寸轨距。个碧石铁路建成，碧色寨火车站成了米轨、寸轨火车交汇换装的一个车站而"繁荣"一时。个碧石铁路不仅在个旧锡都的历史上，在中国民族工业史上，也留下了浓墨重彩的一笔。"对人民之生计、政府之金融财政、社会之商业交流，均与之息息相关，实不啻个旧之生命线。"

因为这些外来的影响和刺激，不仅使个旧锡业有了较快的发展，碧色寨火车站及周边成为中西商业和文化的交流地，成为贸

307

易、货物转运中心和集散地，商店、洋行林立，人头攒动，商贾云集，当时的商业繁华程度被誉为"小巴黎""小香港"。与此相关，也推动了昆明、宜良、开远等的兴起和发展，进而影响了云南近代工业、商业、贸易及社会发展的进程。正如恩格斯所言："没有哪一次巨大的历史灾难不是以历史的巨大进步为补偿的。"滇越铁路、碧色寨火车站，蚌病成珠。

碧色寨火车站，记录着一段维护正义、抵抗侵略的历史。有侵略，就有反抗；有屈辱，就有抗争。1915 年 12 月，袁世凯在"筹安会""请愿团"的帝制闹剧下粉墨登场，宣布接受帝位，取消民国，改用洪宪年号。为维护辛亥革命成果，推翻袁世凯帝制，被袁世凯羁縻的蔡锷潜出北京，辗转多地，经滇越铁路，并在碧色寨火车站躲过袁世凯势力刺杀后到达昆明，与云南都督唐继尧等，领导云南首倡反袁武装起义，发动了护国战争。驻蒙自的国民军第一师第三旅步兵第二团团长朱德，亦率官兵从碧色寨乘火车赴昆明参加护国战争。

抗日战争时期，大批内迁的企业、工厂、机关、学校人员经滇越铁路进入抗战大后方。北大、清华、南开等北方院校的闻一多、朱自清、陈寅恪、冯友兰、陈岱孙、沈从文、钱穆、吴宓、郑天挺、刘文典、傅斯年、潘光旦、金岳霖等一批灿若星辰的教授、学者，经滇越铁路到达碧色寨，进而进入蒙自西南联大分校。至今，闻一多先生在此借居的"何妨一下楼"，仍然面向游人开放（闻居此时潜心学问，很少下楼，因郑天挺劝他"何妨一下楼呢"而得名）。战火纷飞，山河破碎，抗日不忘研究学问，研究学问不忘抗日，真正的中国知识分子那种担爱国、爱真理、爱学问于一肩的风骨，经滇越铁路，来到边远小镇，开枝散叶。

七七事变以后，云南作为抗战的大后方，滇越铁路与滇缅公路、驼峰航线一起，肩负着承运国际友好组织和人士、爱国华人和华侨援助抗战物资的重要使命，特别是1938年广州及大亚湾的陷落，东南沿海被日军封锁后，滇越铁路又开行了夜间列车，成为维系国际援助抗战物资运输的大动脉、重要的后勤补给线。1938年，货运量达到四十万吨，1939年，又猛增到五十余万吨，直到1940年日军控制越南后，滇越铁路的抗战使命才告结束。为维持这条重要的补给线，当地军民奋起抗击日军的狂轰滥炸。据记载，抗战期间，日军战机共对滇越铁路滇段进行了近一百次的大规模轰炸，炸毁铁路七百八十多处，两千多名当地军民死伤。仅就"人字桥"处，1940年3月1日，日本四十多架轰炸机投下了七百多颗炸弹。炸弹击中列车，引起隧洞塌方。即使如此，炸了修，修了炸，铁路始终在顽强地运行，颠扑不破，颠扑不断。

20世纪70年代末的对越自卫反击战，碧色寨火车站同样发挥着不可替代的作用。

江流石不转。一百多年前的碧色寨火车站，穿过世纪的血泪、风雨走到今天，在惠风和畅、天朗气清的今天，用它沉淀的历史，用运行在米轨上的旅游小火车，向观光客述说着它的前世今生，告诫人们，走得再远，走到再光辉的未来，都不能忘记来时的路……

（2020年5月6日）

图书在版编目(CIP)数据

公余存墨／常荣军著. — 北京：中国文史出版
社，2020.10
（政协委员文库）
ISBN 978 – 7 – 5205 – 2019 – 5

Ⅰ. ①公… Ⅱ. ①常… Ⅲ. ①散文集 – 中国 – 当代
Ⅳ. ①I267

中国版本图书馆 CIP 数据核字（2020）第 077131 号

责任编辑：薛未未

出版发行：**中国文史出版社**
社　　址：北京市海淀区西八里庄路 69 号院　邮编：100142
电　　话：010 – 81136606　81136602　81136603（发行部）
传　　真：010 – 81136655
印　　装：北京新华印刷有限公司
经　　销：全国新华书店
开　　本：720 × 1020　1/16
印　　张：20.25　　字数：233 千字
版　　次：2020 年 10 月第 1 版
印　　次：2020 年 10 月第 1 次印刷
定　　价：88.00 元